光文社文庫

本格推理小説

白い兎が逃げる

新装版

有栖川有栖

光 文 社

Contents

不在の証明

1

右手からサッカーのボールが転がってきた。まずい。ボールの後には子供が飛び出してくるぞ、と思った次の瞬間、梶山常雄（かじやまつねお）の体は宙に舞っていた。案の定、ボールを追ってきた少年と衝突してしまったのだ。跳ねとばされたハーフパンツの小学生が尻餅をつくのが逆さに見えた。梶山がアスファルトの上に叩きつけられたのは、そのコンマ数秒後だ。とっさに左手で受け身の姿勢をとったものの、自転車のハンドルの上に落ちた左の太股（ふともも）に激痛が走った。

「……大丈夫ですか？」

小学生が気遣って、おそるおそる尋ねる。彼の方に怪我はなかったのだろう。梶山は「大丈夫」と短く答えながら、慌てて立ち上がった。少々、大丈夫でなかろうと、倒れて唸（うな）っているわけにはいかない。

「泥棒！」

一ブロック後方で、中年の婦人が叫んだ。振り返ってみると、声の主は路上にへたり込んだままこちらを指差している。梶山にハンドバッグをひったくられた弾みで転倒したまま、立てないでいるらしい。早くここから逃げなくては。

「泥棒、泥棒！」と連呼する婦人と梶山を交互に見て、少年はぽかんとしている。梶山は自転車の籠から盗ったばかりのバッグを摑み出すと、太股の痛みをこらえながら駈けだした。どうして自転車を起こして乗って逃げなかったのか、と後になって考えてもうまく説明できない。ひたすら混乱していたため、自転車を起こす時間が惜しい、と思ったのだろう。バッグをひったくられた婦人の叫び声を振り切るようにして、彼は西へ走った。そちらの方が人通りが少なそうだったからだ。肘を擦り剝いたのと太股が少し痛むぐらいで、走るのに支障はない。これならば逃げ切れるだろう。子供の頃から、脚力にはそこそこ自信がある。

婦人が叫ぶ声はじきに聞こえなくなった。しかし、まだまだ気を緩めてはならない。彼は夕暮れが迫る町を懸命に駈けた。広い通りを避けて、倉庫の間をくぐり、貨物の引き込み線を横切って、人気のない道を選んでジグザグに逃走する。あまり土地勘がない方にきてしまっていたが、どこまで走っても空中庭園と称する展望台を持った梅田スカイビルの威容が見えているので、方角の見当はつく。おそらく今いるところは、阪急中津駅とＪＲ福島駅を結んだ直線上のどこかだろう。平日だったら勤め帰りの人間が行き交う時間だろうが、土曜日だったのが幸いした。

どちらかの駅から電車に乗るか、それともなにわ筋に出ていっそのことタクシーを拾うか？　いずれにせよ、いつまでもハンドバッグを持っているわけにはいかない。中身を確認して、バッグはさっさと棄てすててしまおう。ここまできたら、もう追跡はまいただろうし。そう考えた梶山は、近くにあったビルの建設現場に入り込んで、シートを掛けて山積みしてある鉄材の陰に隠れた。作業員の姿はどこにもなく、何かの事情で工事がストップしているようだ。土曜だから休んでいる、という感じではなかった。賃貸マンションでも建てようとしたところで、資金難に陥ってしまったのかもしれない。

梶山はひと息つくと、バッグを開いて物色を始める。財布の他に金目のものはなかった。さて、その財布にいくら入っているかだ。それを確認する瞬間は、いつものことながら期待と興奮で胸が高鳴る。はたして今回の収穫は……。

紙幣が三枚。それもすべて千円札だ。梶山の口から溜め息が洩れた。身形みなりのいいおばさんだったのに、これでは甲斐がないこと夥おびただしい。棄ててきた自転車――それも盗品なのだが――の代金も出ず、せいぜい絆創膏と薬代ではないか。がっかりしたとたんに、脇腹がきりきりと痛みだした。全力疾走がこたえたらしい。「あちち」と思わず顔が歪ゆがんだ。誰もやってきそうにないから、痛みが治まるまでここで休むしかない。今日はハズレやないか、大嘘つきめ、と彼はスポーツ新聞の星占いを呪った。

脇腹の痛みはなかなか引かない。しかし、あまりにも人気がないので、身を隠していてもまったく不安は感じなかった。四月の太陽はビルの谷間に没していき、黄昏(たそがれ)があたりを包み始めていた。

　舌打ちしながら三千円を自分の財布に移し、バッグを鉄材の隙間に押し込んでいると、靴音が近づいてきたので緊張する。黒っぽいジャケットの男が歩いてくるのを覗(のぞ)き見しながら逃げる用意をしたが、男は工事現場の斜め向かいにある五階建ての古びたビルに向かっていった。梶山は鉄材の陰から首を突き出して、男の様子を食い入るように見つめる。見覚えがある顔だった。

「あれは……」

　小説家の黒須俊也(くろすとしや)ではないのか？　吊り上がり気味の眉の下に、間隔がやや開いた目。しゃくれた顎(あご)。本のカバーの著者写真で見たままの顔だ。いや、思っていたよりずっと華奢(きゃしゃ)だが、体格は顔写真だけでは判らないものだ。どうして黒須俊也がこんなところにいるのだろう、と疑問に思いかけたが、大阪在住の小説家なのだから大阪市内を歩いていて何の不思議もない。あのビルに仕事場をかまえている、ということだってありうる。そうだとしたら、いささかみすぼらしい仕事場ではあるが。ビルの入口には、原島(はらしま)ビルというプレートが掲げられていた。

　黒須俊也らしき人物の出現に気をとられているうちに、脇腹の痛みが治まってきた。いつまでもここに潜んでいるわけにもいかないから、そろそろ立ち去るとしよう。

腰を上げかけたところで、邪魔が入った。黒須が入っていった原島ビルの隣の喫茶店から男女が出てきて、道端で口論を始めたのだ。どうやら二人は店のマスターとウエイトレスらしく、ゴミの出し方と勤務態度について男が注意している。店内にゴミを溜め込むなとか、注文はメモに書いてきちんと伝えろとか。客がいる店内では言いにくいし、かといって客が途切れるまで待っていられなかったために路上でのお小言となったのであろう。女の方はふくれっ面で、それぐらいのことでがみがみ言われる筋合いはない、と言い返す。「これから気をつけるように」「はい、すみませんでした」で終わりそうなものなのに、どちらの口調も粘着質で、なかなかその場を動こうとはしなかった。

梶山は、完全にずらかるタイミングを逸した。工事現場の奥は行き止まりになっているから、彼らの傍らを通らないわけにはいかないのだが、のこのこ出ていったら、ただならぬ印象を与えてしまうだろう。万が一、あのマスターがここの工事に関係があって、呼び止められでもしたら厄介だ。焦ることもないか、と思って再び腰を下ろした。

とても長く感じられたが、二人が店の前で言い合っていたのはせいぜい四、五分のことだろう。お互いに言い足りないふうであったが、店を放っておくわけにもいかないからか、「帰る時にゴミを棄てておきなさい」とマスターが切り上げる。梶山は、その時にちらりと腕時計を見た。六時十分だった。

よし行こう、としかけたら、今度はパトカーのサイレンが聞こえてきた。大通りを通り過ぎていくのではなく、この裏通りにまで入ってくるようだ。梶山の心臓のビートが速くなる。

「……くるなよ。……こっちくるな」

思わず合掌していた。たった三千円ぽっちのことで捕まってはかなわない。警察に連行され、取調室で厳しく余罪を追及される自分の姿を想像して、彼は恐怖した。今年の初めに失業して以来、四カ月足らずの間に二十件のひったくりをやらかしている。刑事が机を叩きながら「吐け」と凄んだら、ぼろぼろとその全部を自供してしまいそうだった。前科がないとはいえ、ごめんなさい、ですむわけがない。

パトカーが接近する。徐行しているのだろう。サイレンの音は、ほんの少しずつ大きくなっていく。彼は鉄材の山のさらに奥に潜り込み、胎児のように丸まって危機が去るのを待った。怖い。後悔の念が、真夏の入道雲のように次々に湧いてくる。いっそのこと心証をよくするため、両手を頭上に上げて投降しようか、とまで思った。

だが、サイレンは工事現場の前を通過した。こうあっさりとやり過ごせるとは、警察なんて愚鈍なものだ、と安心しかけたのも束の間、少したつとまた引き返してきた。黒須らしい男が入ったビルの四階の窓から、何ごとだ、というふうに外を覗く者もいた。

たかが三千円入ったバッグをひったくったぐらいで、何故こんなにしつこいんだ？　大阪府警は暇なのか？　もしかしたら、今日は大々的なひったくり撲滅キャンペーンの初日なのだろうか？　梶山は何だか腹が立ってきた。

息を殺して縮こまっていると、パトカーは再び前を通り過ぎていった。しばし耳を澄ませていたが、大通りを曲がったようで、戻ってくる気配はない。そうとなったら、さっさと逃げよう。そう決意して、スニーカーの靴紐を結び直していた時だ。またしても彼は出鼻を挫かれた。

原島ビルから、誰かが出てくる。黒須俊也らしき男だった。いや、よくよく見ても黒須本人にしか見えない。アクションたっぷりの彼の小説のファンである梶山は、こんな状況でなかったら声をかけて、手帳に記念のサインでもしてもらいたかったな、と呑気なことを思った。それにしても——

黒須の挙動が、どうも変だ。左右を窺って、人通りがないことを確かめているようだ。秘密めいて、不審であった。暗くて見えないだろうが、目が合っては困るので、いったん首を引っ込める。五、六秒待ってまた覗いてみると、男は逡巡を断ち切って、そろそろと喫茶店の前まで出てきていた。

もしかしたら、と梶山は想像する。いたって地味な雑居ビルらしいが、その一室にいかがわしい秘密クラブでもあるのではないだろうか？　だから、黒須はあのように人の目を気にしているのかもしれない。何だか知らないけれど、内緒にしておいてあげるよ。

黒須は西に歩きだした。歩くというより、ほとんど小走りだ。まるで犯罪者が現場から立ち去ろうとしているよう。その背中は、たちまち夕暮れの町に溶けていった。

ともあれ、ようやく誰もいなくなった。パトカーも黒須も西へ向かったので、梶山は資材置場から這い出して、東に向かうことにした。大阪駅の方から逃げてきたのだが、JRの貨物線の下の地下トンネルをくぐって梅田に戻り、人込みにまぎれてしまえばいい。ひったくり一人のために大捜査網を敷いているわけもあるまいし。

やれやれと安心しかけた彼だったが、線路の近くまできたところで、ぎくりとして足が止まった。二人連れの巡査と出くわしたからだ。思わず顔をそむけたら、ジーンズの両膝が泥で汚れているのが目に入る。やばい、と思ったために、さらに身のこなしがぎくしゃくとなるのが判る。

「もしもし、あなた」

巡査の一人に呼び止められた。平静を装おうとするが、「はい」と応える声が裏返ってしまう。

「喧嘩でもしたんですか？　服の肘が破れてるし、ズボンには泥がついてるし。ちょっと質問させてください」

まだ二十代の半ばだろうか。自分と同年輩の巡査だったが、職質をかけるその口調は一人前のプロのものだった。梶山の足許から顫えが這い上がってきて、膝ががくがくと揺れた。二人の巡査はそれを見逃さない。

「あなた、名前は？」

無駄だと知りながら、梶山はくるりと向きをかえて駈けだそうとした。たちまち右の肩を摑まれて、引き戻される。警官の目は、いまや無辜の市民を見るそれではなかった。

「さっきの強盗か」「匂うな」「署に連絡」と彼らはまくしたてる。強盗とはどういうことだ？　ケチなひったくりを捕まえて、それは大袈裟だろう、と呆れたが、口を挟むことはできない。傍らを貨物列車が通過するゴトゴトという音に混じって、複数のパトカーが走り回るサイレンが聞こえていた。もしかしたら、ハンドバッグのひったくり以外の大きな事件がこの近辺で発生したのかもしれない。きっとそうだ、と思ったのだが——

「訊いてるんやから返事をしなさいよ。あんた、さっき自転車で子供とぶつかってこけたんやないか？」

手柄をあげたことを確信したのか、巡査の口許には笑みが浮かんでいた。

2

「梶山常雄は、被害者の女性が足を骨折していたとは思っていなかったそうです。一カ月の重傷だと捜査員から聞いて、大変申し訳ないことをした、としおらしいことを言っていました。大したワルでもなさそうですから、心から反省したんでしょう」

船曳警部は太鼓腹の上で伸び切ったサスペンダーに指を掛けたまま、火村英生と私に事件の経緯を説明してくれる。といっても、今回、〈臨床犯罪学者〉である火村助教授が警部から相談を持ちかけられたのは窃盗事件についてではない。梶山常雄の証言が、他の重大な事件に大きく関わっているのである。

　ここはビルの谷間にある大淀署の道場に設けられたある殺人事件の捜査本部。窓からは柔らかな陽光が射し込んでいて、春眠を誘われそうだった。捜査員たちは連絡要員を残して街に散っており、室内は閑散としている。火村と私は、班長である船曳警部の机を囲むようにして椅子に掛けていた。海坊主という綽名がついたこの禿頭の警部が担当した難事件に、これまで火村は何度も捜査協力をしてきているので、全幅の信頼を獲得ずみだ。ついでに助手の名目で参加している推理作家の私も。

「つまり、警部は梶山という男は信用できる、とお考えなんですね？」

　私の問いに、太鼓腹の警部は頷く。

「有栖川さんに笑われるかもしれませんが、デカの勘からすると信じてやっていいですな。けしからん常習ひったくり犯ですけど、生活費に困ってのことやったみたいですし、悔悛の情も本物でしょう。また、そういった人物評はさて措いても、彼には自分の犯行に無関係な点で嘘をつく理由がないんですよ。——ねぇ、火村先生？」

　梶山の供述調書を読んでいた助教授は、顔を伏せたまま「そうですね」と答えた。

「黒須俊也を始めとする殺人事件の関係者と梶山の間に何のつながりもなかったのならば、彼が虚偽の証言をする必要はありません。梶山が単に黒須俊也の書く小説の愛読者だったならば、ね」

「接点は見つかりません。彼のアパートに黒須俊也の著書が多数あったことは確かです。けっこう人気作家やそうで。えーと、劇画調のタイトルでしたな。流れ星のなんとか、というんでしたっけ？」

「流星シリーズです」

私が答えた。流崎星児と名乗る刑事崩れの殺し屋をダーティ・ヒーローにしたシリーズで、これまでに二十冊近く出ている。ハリウッドのアクション映画をノベライズしたような作風だ。大ベストセラーにまでは至っていないが、しっかり固定ファンがついているのだろう。どこの書店の棚にも――私の著書と違って――必ず何冊かは並んでいる。

「有栖川さんのお仲間ではないんですね？」

「違いますね。大阪在住の作家のよしみで二冊ほど読んでみましたけれど、黒須さんが書いているのは推理小説ではありません。ハードボイルドや冒険小説かというと、そうでもないようで、アクション小説とでも分類するしかないですね」

要するに、かなり通俗的なのだ。主人公の流崎星児にはまるでストイックなところがなく、見境もなく拳銃を撃ちまくるわ、どこに魅力があるのか女には滅法強いわ、脚を射たれても半日で完治するわで、ハードボイルドや冒険小説のファンからはまるで評価されていない。おまけに、刑事時代に事故で右腕をなくして義手を嵌めている、という臆面もない設定だ。

しかし、乱暴だなぁ、と苦笑しながらも最後までぐいぐいと読めてしまうのだ。侮れない才能である。

黒須俊也と私では、付き合いのある出版社がまるで違うし、大阪在住の作家のよしみといったものの面識はない。私も社交的な方ではないが、黒須は他の作家とはまったく没交渉だった。彼が市内のどこに住んでいるのかも、今度の事件の捜査に加わるまで知らなかった。

「結局、梶山がその工事現場に隠れていたのは何時から何時までの間なんや？」

私は調書を見ている火村に尋ねた。彼は前のページをめくって、

「午後五時五十分から六時二十分となっている。喫茶〈たんぽぽ〉のマスターと従業員の口論が終わったところで腕時計を見たら六時十分だった、というのは明瞭に記憶しているらしいな。そして、そのすぐ後にパトカーがサイレンを鳴らしながらやってくる」

そのパトカーが探し求めていたのは、他の誰でもなく梶山常雄だった。彼にすればケチなひったくり事件のつもりだったようだが、被害者に大怪我を負わせていたのだから、パトカーが走り回りもする。

「通報を受けて梶山を捜していた大淀署のパトカーですよ。その刻限に付近を探査していたことは確認ずみです。マンション工事現場の前を行ったりきたりしたことも。そのへんの梶山の証言に嘘はありません」

「喫茶店のマスターと従業員には？」

火村は調書を机に置いて、椅子の背にもたれる。

「もちろん、裏を取りました。六時過ぎにそのようなことがあった、ということです。その様子を工事現場から覗いていた人物がいたことには、まるで気がつかなかったそうですね。日暮れ時でしたし、それは不自然でもない。昨日の夕方、実地検分をしてみましたが、梶山が言う場所からは喫茶〈たんぽぽ〉とその隣の原島ビルの玄関の様子を見ることは無理なく可能でしたが、その反対は難しい状況でした」

「梶山がいた位置からは、ビルに出入りする人間の顔もはっきりと見分けられるんですね？」

私はしつこく念を押す。

「ちゃんと見えますね。ですから、黒須俊也の旗色は非常に悪いんですよ」

黒須俊也には、殺人の嫌疑が掛けられている。〈たんぽぽ〉の隣の原島ビルの２０２号室で、彼の双子の弟が殺害されたのだ。事件が起きたのは三日前――四月八日土曜日――で、司法解剖で出された死亡推定時刻は午後五時から七時の間となっていた。死因は撲殺で、鉄製の文鎮で眉間(みけん)と側頭部を殴打されたのだ。

被害者の名は黒須克也(かつや)、三十一歳。天満橋(てんまばし)に事務所をかまえて、コンピュータ・ソフトの制作会社を経営していた。といっても、従業員は社長の彼以外にはアルバイトに毛が生えた程度の大学生が一人いるだけらしいが。小回りを利かせて、個別企業向けに汎用性(はんようせい)に乏しい経理ソフトなどを作成していたという。

その彼が、どうして原島ビルの202号室で殺されたのか？ 202号室は蓑田芳恵（みのだよしえ）という翻訳家の女性が仕事部屋にしていた。彼女と黒須克也は親しい仲で、彼はふだんから頻繁に蓑田芳恵の仕事部屋に出入りしていたのだ。死体発見者は、外出先から帰ってきた彼女である。警察の記録によると、通報したのは七時五十七分となっている。

「翻訳の仕事をするために借りていた部屋なので、金目のものはありません。実際、部屋からは本一冊もなくなっておらず、黒須克也と鉢合わせになったビル荒らしが文鎮を振り回した、とも思えません。また、彼女はあちこちの会社から特許関連の翻訳を頼まれていましたけれど、その中に重要な機密が含まれていたわけでもないので、産業スパイのしわざでもない」

「実の弟を殺したと疑われるほど、黒須俊也の動機は強いんでしょうか？」

同業者のよしみで庇（かば）うわけではないが、私はまだ納得していなかった。警部はサスペンダーを腹の上でパチンと弾く。

「無茶苦茶に仲が悪い兄弟だったようです。馬が合わない、というんですかね。一卵性双生児やのに。憎たらしい相手が自分とそっくりな顔をしてるやなんて、ちょっと悲劇的ですね。そのことがお互いの憎しみを増幅させたのかもしれません。もちろん、ただ仲が悪いというだけで実の弟を殺害するとは考えにくい。問題は、蓑田芳恵という女性がからんでいることです。どうやら三角関係やったようで」

「双子の兄弟が同じ女性を好きになった、ということですか？　それで諍いが生じて兄が弟を殺した？　ふーん、それが本当やとしたら因果なことですね。小説的すぎて、ありそうでない話に思いますけれど」

「関係者から話を聞いて回ったところ、被害者は敵の少ないタイプだったようです。浮かび上がったたった一人の敵が、双子の兄の俊也なんですわ。しかも、犯行のあった時間にその俊也らしき人物が現場のビルに出入りするのを目撃した、という男が現れた。疑わざるを得ません」

　当然のことながら、黒須克也殺害事件の捜査員は、当初は梶山常雄という男の存在すら知らなかった。梶山を取り調べていた捜査員の方から、うちの被疑者が原島ビルでの殺人事件について重要な情報を持っている、と伝えてきたのだ。俄然、捜査本部は色めきたった。

「動機があるだけじゃなくて、現場に出入りするところを見られたんでは弁解の余地がない。火村先生や有栖川さんに協力を要請するには及ばない……はずやったんですが」

　黒須俊也は頑強に否認しているのだ。

「やっていない、の一点張りですか」

「アリバイを主張しています。ぬけぬけと小癪な、と思ったんですが、これがなかなか崩せない。そこで、先生方のご意見を伺いたくなったんです」

先生方と言ってくださるが、聞きたいのは火村の意見だろう。

「アリバイ崩しですか。——自信はどうや、助教授?」

犯罪学者は、だらしなく結んだネクタイの結び目をいじっていた。

「事件の概要を聞いている途中なんだから、まだ何とも言えないだろう。被害者がどうして202号室にいたのかも判らない」

「蓑田芳恵を訪ねていったからやろう。決まってるやないか」

「それは見当がつく。しかし、蓑田は留守にしていたんだろ?」

私たちが憶測で質疑応答しても仕方がない。警部の説明を聞かなくては。

「被害者は、予告もなく蓑田の仕事部屋を訪問することが日常的にあったそうです。彼女から部屋の鍵も預かっています。蓑田によると、会う約束はしていなかったということですが、土曜日の夕方でしたから食事に誘いに行ったのかもしれません」

「しかし、留守だった」火村が言葉を挟む。「土曜日だから、彼女も仕事を休んでいたんですか?」

「いいえ。仕事をどっさり抱えているので、たいていは土曜日も働いていたそうで、事件当日も例外ではありませんでした。被害者がやってきた時に留守だったのは、たまたま自宅に資料を取りに戻っていたからです」

「自宅とは、どこです?」

「現場のすぐ近所、歩いて一分ほどのところにあるマンションです。彼女はそこで生活していて、原島ビルの仕事部屋に通勤していたわけです」

　翻訳なんて自宅でできる仕事だろうに、贅沢だな、と思った。仕事部屋を作ってそこに通勤しているという物書きの話はよく聞く。気持ちの切り替えができてよいのだろうが、私にはそんな経済的余裕はない。

「職業柄でしょうが、大変な数の蔵書があるんですよ。それが２ＤＫのマンションにあふれてしまったので、書庫も兼ねて近所に仕事場を設けたのだとか。事件のあった日、彼女は午後一時から２０２号室で、ある工業特許関係の翻訳をしていたんですが、マンションに置いてある本が必要になった。それで、五時頃に本を取りに自宅に帰ったんやそうです。本を捜し、ついでにあれこれ家事をしてから仕事場に戻ったのが八時前。鍵は掛かっていませんでした。そこで黒須克也の撲殺死体を発見したわけです」

「黒須克也が死んでいたことに驚愕（きょうがく）したでしょうが、彼が部屋にいたこと自体に驚くことはなかったわけですね？」

　これは私の質問だ。

「はい。それまでにも、仕事場に行ってみたら彼がソファに掛けて待っていた、ということが何度かあったので。彼は、蓑田芳恵の自宅には足を向けなかったんです。ちらかっているし、男が出入りしているのを見たら下品な噂をたてる隣人がいる、という理由で彼女が部屋に入れたがらなかったからです」

「そのへんの事情は、彼女から直接聞きましょう。——これで殴られたわけですか」

火村は捜査資料のファイルを開き、添付されている写真を見た。竜の浮き彫りが施された黒い文鎮が写っている。長さ二十センチ、重さは二・二キログラム。適当な厚みがあって、握れば手に馴染みそうだ。

「東北を旅行した時に買った南部土産の鉄製の文鎮です。実用というより装飾品ですね。いつも仕事場の机に置いてあったと言います」

「そんなものが凶器として使われたということは、この犯行は計画的なものではなかった、と見ていいんでしょうか？」

推理作家の素人考えだが、いかにも発作的な犯行に思える。

「そのようにも見えます」と警部は言ってから「しかし、頭を殴るのに手頃な文鎮がそこにあることを知っていた人物による計画的な犯行という可能性もあるし、断定することはできませんね」

「黒須俊也も202号室に出入りしていたんですか？」

「何度か入ったことがあるそうです。そもそも、蓑田と知り合ったのは兄の俊也の方が先なんです。克也が後からその彼女をかっさらいかけたので俊也が殺意を抱いたのではないか、という見方をする者もいます」

「それはいいとして……ちょっと待ってください。俊也が克也を殺したと仮定した場合、どうして兄はその時間に弟が蓑田芳恵の仕事場に一人でいることを知っていたんでしょうか？」

警部は渋い顔になった。

「そこはよく判っていません。『黒須兄弟はあなたの仕事場を借りて何かを話し合おうとしていたのではないのか？』と蓑田に尋ねてみたところ、『そんなことは聞いていない。断りもなく勝手に私の部屋を使うはずがないし、あの二人が話し合うのなら他にいくらでも適当な場所があったはずです』という答えでしたね。『その話し合いにあなたにも加わって欲しかったのでは？』とも訊きましたが、『私は聞いていない』と言うばかりです。彼女にすれば、親しい男友だちが殺されたこともさることながら、自分の仕事場が殺人現場になったことが非常なショックのようです」

「俊也の方は、202号室で克也と会う約束なんかしていない、と否定しているんでしょうね」

「もちろんです。ここ一カ月間、弟とは会ったこともなければ電話で話したこともない、と言い張っています」

「兄弟が202号室で偶然に鉢合わせした。そして、口論になった果てに兄が弟を殴り殺した……ということかな」

「鮫やんあたりはそう見ています」

謹厳な学者のような鮫山警部補の顔が浮かんだ。

「凶器は喫茶店の前に出ていたゴミ箱から発見されたということですが」火村は若白髪まじりの頭髪をゆっくりと掻きつつ「犯人はどういうつもりだったんでしょうね。もともと現場にあったものなんだから、死体のそばに放置しておいてもよかったものを、わざわざ持ち出しておいて、ゴミ箱を見るなり棄てている。かなり狼狽していたということですか」

問い掛けとも独白とも取れる口調だった。彼にしては珍しい。

「そうですな。狼狽えていたので、われ知らず凶器を手にしたまま現場を飛び出したんでしょう。ビルを出たところで、はっと気がついて、目についたゴミ箱に棄てたのかもしれません」

「梶山は、黒須らしき男が文鎮を棄てるところも目撃しているんですか?」

「いいえ。その場面は見ていないそうです。——確認しておきますが、梶山は鉄材の陰に隠れていた約三十分の間、ずっと原島ビルを注視していたわけではなくて、しばらく目を離していた時間もある」

それはそうだろう。私立探偵が張り込んでいたわけではないのだ。パトカーが行ったりきたりしている間は、奥に引っ込んで身を硬くしていたであろうし。

「ということはですね」私は思いついて「犯行があったと思われる時間帯に、原島ビルに出入りしたのは黒須俊也だけではなかったかもしれないわけですね？」

「そのとおり。ただ、あたりは静かだったので、首を引っ込めていても靴音は聞こえたそうで、何人かが通り過ぎていく足音を耳にしたけれど、ビルに出入りする人間はいなかった、と梶山は話しています」

その証言にどれほどの確度があるのか判断できない。あまり靴音をたてないものを履いた人物がこそこそと出入りした可能性もあるだろう。

「黒須俊也が主張しているアリバイというのは堅牢なものなんですか？」

「難物ですね。犯行があったと思われる時間に、彼は船に乗っていたと言っています」

椅子を軋(きし)ませながら、警部は座り直した。

3

薄暗い階段を上ると、黄色いテープが行く手を遮断していた。二階全体が立入禁止になっている。しかし、フロアには２０１号室と２０２号室のふた部屋があるだけで、しかも２０１号室は空室だそうなので、不便をこうむる住民はいないわけだ。もっとも、同じ屋根の下で殺人事件が発生したことで心穏やかではないだろうし、大勢の捜査員が出入りすることは迷惑であろうが。

「殺風景なビルですけれど、何部屋ぐらい埋まっているんですか？」

テープをくぐる前に、案内してきてくれた警部に訊いてみる。

「一階から五階まで各ふた部屋あるので、ビル全体の部屋数は十です。そのうち入居者がいるのは、202号、301号、302号、401号の四つだけ。不景気なビルですな。101号は管理人室のようなもので、七十歳のオーナーが時々やってきて、掃除の合間にテレビを見て過ごしているようですが、事件当日は土曜日だったので顔を出していません」

「メールボックスを見た感じではオフィスが多いようですね。住んでいる人はいるんでしょうか？」

「いません。オーナーの原島氏も本宅が別にありますし、202号室の蓑田芳恵も先ほどお話ししたとおり近くのマンションで暮らしている。他の三つの部屋の入居者も同様です。301号室と302号室を借りているのは女性下着の通信販売会社。401号室はミニコミ誌の編集プロダクションです。通販会社の方は土曜は休業していましたが、401号室には社員が一人出てきて仕事をしていました。各務（かがみ）ユキという女性です。彼女は、二階で殺人事件があったことなどまるで気がつかなかった、と言っています。後で話をお聞きになりますか？」

火村が「はい」と答えて、絹の黒い手袋を嵌めた。テープをくぐって、202号室に入る。中には、所轄の捜査員が一人いるだけで、私たちを見るなり畏（かしこ）まって敬礼した。

部屋の広さは十畳ほどだろうか。大きな事務机が窓を背にして据えられ、左右の壁はびっしりと本で埋まった書架だ。机の上にも、洋書や各種の辞書がいくつもの山を築いている。ざっと見たところ文学書のたぐいは少数で、蓑田芳恵の仕事は企業向けのものが主であることを窺わせる。机上には、商社やコンピュータ会社の社用封筒も散らばっていた。入ってすぐ右手にレザー貼りのソファ、左手に観葉植物の鉢が一つ。鉢の傍らの壁にモンドリアン風の抽象画が掛かっている。室内にあるものは、それですべてだった。

「黒須克也はソファの前にうつぶせに倒れていました。発見した蓑田は、最初は急病で苦しんでいるのかと思ったそうです」

リノリウムの床を指差して警部が言う。踊るような人間の形がビニールテープで描かれており、死体発見時の様子を容易に思い描くことができた。

「現場からめぼしい遺留品は見つかっていません。遺っている指紋はたいていが蓑田芳恵のもので、被害者のものが少し。黒須俊也のものもソファと窓枠に二つ三ついていました。しかし、いずれも古そうなものですし、ここにきたことがあるのは本人も認めていることですから、殺人事件の証拠にはなりません」

火村は机の上を調べている。

「ポストイットがあちこちに貼ってある。書き散らしたメモも多いな。こういったものの中に意味がありそうなものは？」

「蓑田の仕事に関するものばかりです。彼女が被害者に宛てたものやら、被害者が書いたものはありません」

「犯人と被害者が格闘したような痕跡はなかったんですか？」

「死体発見時には、机の上の本が何冊か床に落ちていました。文鎮を振り上げる犯人を見て逃げ回ったのかもしれません。遺体の手の甲に爪で引っ掻かれた痕もついています」

「被害者はかなり華奢な男性だったんでしたね」

「身長一メートル六十二センチ、体重五十キロ。そして、力仕事とは無縁の優男という体型でした。もっとも、兄の俊也も同じような体格ですから、激しく揉み合ったんやないでしょうか」

ハードなアクション小説の作者に似合わないが、それだからこそ願望を託して非現実的なまでにタフな主人公を創造したのかもしれない。

火村は入念に現場を調べていた。と、ドアがノックされて、廊下に出ていた刑事が顔を突き出す。

「蓑田さんと黒須俊也さんがいらっしゃいましたが」

これはこれは。いいタイミングだ。

「あ、そう」警部は手を打って「ちょうどええ。火村先生、核心の人物が蓑田芳恵さんと同伴でお見えのようです。話を聞きますね？」

拒むわけがなかった。私たちは隣の２０１号室に移動する。ふだんは空き部屋だが、捜査員らが使えるようにとオーナーが開放しているのだ。これもオーナー提供のパイプ椅子が四脚あるだけのがらんとした部屋だが、重宝しているらしい。

スーツ姿の小柄な男と浮かぬ顔をした女が、並んで椅子に掛けていた。黒須俊也と蓑田芳恵だ。俊也は、芳恵の耳許に顔を寄せて何ごとか囁いていたが、私たちが入室すると前を向き直った。二人は起立する。

「僕の疑いは晴れましたか?」

俊也は挨拶を省いて警部に尋ねた。急かすような口調で、棘がある。

「その件については、これからゆっくりとお話ししましょう。できれば、蓑田さんとは席を別にする方が望ましいんですが」

「いいですよ。彼女の話もお聞きになるでしょう。ならば、僕が先に席をはずします。隣でコーヒーでも飲んで、二十分ぐらいしたら戻ります。それでいいですか? では後ほど」

せっかちに言うと、彼は私たちの傍らをすり抜けて廊下へ出ていった。マイペースな男だ、というのが第一印象だ。警部は鼻で吐息をついて、残された芳恵を座らせる。私は彼女の印象をまとめようとした。ベージュのタートルネック・セーターと茶色いパンツが、栗色に染めた髪によく似合っている。立ち上がった時、すらりと身長が高いのに気がついた。学生時代は運動部に属していたタイプに見える。鼻筋の通った上品な顔立ちをしていたが、その顔に張りついているのは、近しい人間を奇禍で亡くした悲嘆というよりは、とんでもないトラブルに巻き込まれた困惑に思えた。

「あの、俊也さんに誘われて、様子を見にきただけなんです。捜査に進展があったら伺いたい、と思いまして……」

弁明するように言う。唇が動くたびに、白い糸切り歯が見えた。

「ちょっと硬直しています。そこで、助っ人に加わっていただきましてね。――まぁ、楽になさってください」

警部は私たちを紹介する。私が推理作家だと聞いて、彼女は小首を傾げた。

「じゃあ……そちらの有栖川さんは、同じ作家でも俊也さんとお知り合いというのではないんですね？　彼、挨拶もしませんでしたけれど……」

「違います」私は答える。「火村の手伝いをしているだけです。黒須俊也さんの御作は拝読したことがあるのですが、こんなことでご縁ができてしまうとは思ってもみませんでした」

「そうですか。……あの、俊也さんはどういう立場にあるんでしょうか？　『誓って自分はやっていない』と今も私に訴えていたんですが……」

警部はつるつるの頭をひと撫でした。

「相変わらず潔白を訴えていらっしゃいますか。梶山常雄の目撃談を話しても、『そんな泥棒野郎のでまかせに耳を貸すなんて、警察はどうかしている』とえらい剣幕で、いやはや、叱られてしまいましたよ」

「克也さんと違って、気の強い人ですから……。似ていない兄弟ですね」

「仲もよろしくなかったし」

「はい。たった二人の兄弟で、しかも双子なんだから、あそこまで啀み合わなくてもいいのに。相性ですね」

「もともと不仲であった、という証言を得ていますが、それがエスカレートしたのは、あなたを挟んでややこしいことになったからではありませんか？　不躾な質問をしてすみません。こんなことを訊くのも職務なもので、ご理解を」

それはいい、と言うように蓑田は右手をひらひらと振った。

「私が二人のどちらと交際するかで思わせぶりな態度をとったのが悪い、とお考えなのかもしれませんね。でも、正直なところ私が責任を感じる必要はありません。どちらとも、友人としてお付き合いしていただけなんですから。私はどちらとも深いお付き合いはしていません」

「そうなんですか？　俊也さんによると、現在のあなたは彼と非常に親密でそのことを克也さんが嫉妬していた、と言います。また、その反対にあなたの気持ちが克也さんに傾いたので俊也さんがかりかりきていた、という話も聞きました」

「後のお話はどなたの証言なんでしょうか？　俊也さんの周辺の方なんでしょうね。でも、それは不正確な観察です。あるいは、誇張があるんじゃないでしょうか」

双子と距離をおきたがっているらしい。警部は鼻を鳴らす。まぁいいだろう、と言うように。

「あなたが先に知り合ったのは俊也さんでしたね。一年前に、インタビューをしたのがきっかけだとか?」

「はい。私の本業は翻訳ですが、ライターの知人に『人手がないのでインタビュアーのアルバイトをして欲しい』と頼まれてやったんです。ある商社の社内誌に載せる記事でした。その担当さんが俊也さんの大のファンだったんです」

「そのインタビューの後、俊也さんからお茶に誘われたんでしたね。それで、交際が始まった」

「あの、でも、昼間に映画を観たり、たまにお酒を飲みながら仕事の愚痴を交換する程度のお付き合いです」

「そうしているうちに、克也さんとも面識ができた?」

「はい。あの、世間は狭いと申しますけれど、私と克也さんが同じ会社から仕事の依頼を受けていて、そこに打ち合わせに行った際に出くわしたんです。俊也さんに瓜二つだったので、『もしかして、ご兄弟ですか?』と訊いてみたら『双子の弟です。兄貴をご存知なんですか?』といったやりとりが最初の会話です。クライアントに待たされる時間があったので色々と雑談をしたら、双子なのに性格が大違いなのが私には面白くて、話もよく弾んだんです。それで、彼からも食事に誘われるようになりました。もしも私が俊也さんの恋人だったらお断わりしたはずですけれど、そうではありませんでしたから……」

「言葉は悪いですが、いわゆるふた股をかけている意識は皆無だったんですね？」

「それは、あの、まったくありません。ただ、両方と話していると、兄弟がお互いに相手をよく思っていないことが判りましたから、『この前、お兄さんに会ったら』とか『弟さんとお食事をしたら』とかは言わないようにしていました。気分を害するでしょうから。でも、あの、しゃべっているうちにバレるもんですね。『あんな男と付き合うとろくなことがない』と両方から説教されました。よけいなお世話だ、と思いつつ、どちらが本命というわけでもないんだからどちらとも絶交しかねていた、というのが、あの、本当のところです」

しっかりした口調だったが、頻繁に入る「あの」が耳障（みみざわ）りだった。緊張しているのか、いつもの口癖なのか。

「あなたがおっしゃることは、すべて事実なのかもしれません。しかし、事実だとしても、俊也さんと克也さんがあなたの態度を勘違いして、互いに憎み合っていた可能性はあるんやないですか？　いやいや、私はそんなにもてません、なんて謙遜なさらずに、本当のことだけを話してください」

「ああ、困りました」と彼女は頬を両手で包む。「あの、そういうことって、やっぱりないと思うんです。いえ、よく判りません。ご当人たちに訊いてみてください」

「そのご当人たちの片割れが死んでいるんです。残った俊也さんにだけ訊いてもねぇ。さっきも申したとおり、彼は『克也が私を嫉妬していた』と言い切っています。そう言わないとプライドが許さないみたいですよ」

翻訳家は黙って応えなかった。閉じた口許からも糸切り歯が覗いている。

「克也さんの遺体を見つけた時のことを、もう一度お話し願えますか？」

不愉快な記憶を手繰(たぐ)りながら、彼女は語った。ほとんどは警部から聞いたままだ。克也が死んでいるのに気づいた時は、自分でも驚くほど大きな悲鳴をあげたと言う。その声にびっくりして、四階にいた編集プロダクションの各務ユキが飛んできた。現場の電話は使ってはいけないと判断し、警察への通報は四階の事務所の電話を使わせてもらったそうだ。

何か質問は、と警部に促されて火村が尋ねる。

「あなたは五時頃に自宅マンションへ戻ったんだそうですね。克也さんが何時頃に仕事場にやってきたのか見当がつきますか？」

「いいえ。さっぱり」

「どれぐらい202号室にいたんでしょう。あなたがいつまでも帰ってこなかったのなら、電話の一本ぐらいかけそうに思いますが。連絡はなかった？」

なかったのだそうだ。ということは、彼はそんなに長く待たなかったのかもしれない。あるいは、ソファでうたた寝でもしていたのか？

警察は当日の克也の行動を洗い、片町(かたまち)の自宅近くである程度のことを摑んでいる。行きつけの喫茶店で昼食をとったこと、午後四時半にレンタルビデオ店で借りていたDVDを返却したこと。それ以降の足取りは判っていない。四時半に片町付近にいたのなら、原島ビルには五時過ぎにはやってこられるが。

「あなたに会う以外の目的で、彼がここにくることはありますか？」

「あの、そんな用事はないはずです。このあたりには知り合いもいないようでしたし……」

「そうですか」火村は目尻に人差し指を当てて「五時から八時前までお仕事を中断したんですね。自宅で何かなさっていたんですか？」

「大したことはしていません。資料を何冊か捜すのに手間取ったり、洗濯物を取り込んで気晴らしにアイロンを当てているうちに七時近くになったので、お蕎麦(そば)を茹(ゆ)でて軽い夕食をとったり。そうしているうちに八時近くになったんです」

「ずっとお独り(ひと)だったんですね？」

「ええ。そうですけれど……」蓑田芳恵は、不安そうに顔を曇らせる。「あの、独りでいたんでは、まずいですか？」

「いいえ、全然。――それでは、克也さん以外の方から電話はありませんでしたか？　たとえば、俊也さんから」

「電話は一本もありません」

「事件の前、俊也さんと最後に会ったのはいつです？」

「……一週間ほど前だったでしょうか。ミナミでお酒を」

「では、克也さんと最後に会ったのは？」

「彼は仕事が忙しそうで、ここのところひと月近く会っていません。何度か電話はかかってきましたけれど」

どちらとより親密だったのか、よく判らない。やっぱり本当はふた股をかけていたのではないか、と疑いたくなる。

「こんな質問をされてもお困りになるかもしれませんが、俊也さんが犯人かもしれない、と思いますか？」

彼女は短い深呼吸をしてから、「思いません」ときっぱり答えた。

4

「そうですか。芳恵さんは僕の無実を信じてくれているんですね。よかった。それなら、警察に少々いじめられても耐えられる。彼女が信じていてくれるなら満足です」

黒須俊也は晴れ晴れとした表情をしていた。心底、安堵（あんど）しているようだ。警部が席をはずしたせいで、気が楽になっているのかもしれない。多弁だ。顔中の筋肉を動かして、よくしゃべる。

「でも、あなたとは友人として付き合っているだけだ、とおっしゃってましたよ」

私が言うと、アクション作家は苦笑する。

「芳恵さんが？　有栖川さんは意地悪なことを教えてくれますね。でも、それは照れて言っているんだ、と自惚（うぬぼ）れておきましょう。僕は真剣に付き合っているつもりです。まだプロポーズしたわけではありませんが」

「するおつもりですか？」

「うーん。多分、そのうちに。こんな事件に巻き込まれてしまいましたから、少し時間をおかないとね。ムードを盛り上げ直さなくてはなりません」

「盛り上がっていたんですか？」

「だんだんと。小説で言えば、佳境に入る準備にかかったあたりですか。克也が横槍を入れなかったら、もっとストーリー展開が早かったのに。あいつは敵じゃなかった。自転車操業だった会社経営に専念しているべき時期だったのに」

殺された弟を悼（いた）む気持ちは希薄らしい。そして、それを隠そうともしない。私は呆れていた。

「不仲の原因は何なんですか？」

「特にありません。相性の問題ですよ。お互い、何故だか相手の顔を見ていると皮肉をぶつけたり突っ掛かっていきたくなってしまうという因果な話で。しかし、それにしても血肉を分けた兄弟ですからね、しかも双子の。殺したりしません。僕は、現在の自分のポジションにそれなりに満足していましたもの。破滅するのは真っ平だ」

　自分の仕事ぶりとその成果に満足していたようだ。なるほど、それが本当ならば、憎たらしいというだけで人を殺めたりはするまい。と思う一方、この事件が衝動的なものであるらしいことを考えると、彼を容疑者から除外するわけにはいかない。まして、犯行時間にこそこそと現場を出入りする不審な姿を目撃されているとあれば。その件に言及すると、右の頬が吊り上がった。質問した私を嘲っているようにも見える。

「ああ、あの泥棒の証言ね。それについては、僕も考えてみました。梶山常雄なんて男はまったく知らない。だから僕を恨んでいるわけもないのに、どうしてそんな出鱈目をほざくのか。そんなことで嘘をついても何の益もない。とすると、可能性は二つです」彼は指を二本立てる。「一つ。単なる錯覚である。二つ。僕の愛読者であるかのように話しているが、実は流崎星児が活躍する小説が気に入らなくて作者に異常な敵意を抱いており、僕を陥れようとしている」

「二番目の可能性はありませんよ。彼があなたらしき人物が原島ビルを出入りするのを見た、と証言したのは、まだ克也さん殺害のニュースが報道される前です」

「じゃあ、錯覚ということになります。それで決まりだ。僕は、その時間に大阪にいなかった。いることが不可能だったんですから。有栖川さんがご専門の現場不在証明という奴です。

いやぁ、アリバイが証明できなかったら、冤罪事件の犠牲者になっていたかもしれない。その点はラッキーでした」

俊也は腕を組んで、誇らしげに胸を反らした。不敵な態度だ。

「事件があった前日から、小豆島にいらしてたんですね。取材ですか？」

「そうです。七日と八日。一泊二日の取材旅行でした。熱心なファンの女性から、『ぜひ、私の住んでいるオリーブの島、小豆島を舞台にした小説を書いてもらいたい』というお手紙をいただいたもので、リクエストにお応えすることにしたんです。その方とお会いして、車で島内を案内してもらいました。女性といっても六十歳のご婦人で、そのご主人も一緒にドライブしたんですよ。ご夫婦揃って僕のファンなんです。次作では、流崎星児が寒霞渓のロープウェイで壮絶なアクションをやらかすでしょう」

翌八日——つまり殺人事件の当日——もその夫妻と島内を巡り、午後四時過ぎに土庄港で別れたそうだ。港まで送ってもらっておきながら、乗船する前に別れているのが若干ひっかかるが。

「ご夫婦で水産加工会社をやってらっしゃるんですが、そちらでトラブルが発生した、という連絡が入ったんです。『最後までお見送りしたかったのに』と恐縮していらっしゃいましたが、たかが小豆島から大阪に帰るぐらいのことですからね。『ここで充分です。どうぞ会社へ』と言ってお別れしました。それが四時五分ぐらいでしたか」

船曳警部によると、鮫山警部補が現地に飛んでその夫妻と対面し、黒須俊也の供述に間違いがないことを確認している。熱烈なファンなら彼のために偽証もしかねない、と突っ込んだ調査をしたのだが、証人は信頼に足る人物のようであったし、俊也を港まで送った際、夫妻はたまたま会った複数の知人に『大阪から取材にいらした黒須先生だ』と紹介していた。その全員がグルだと考えるのは、あまりにも非現実的だった。

「16時21分発のジェットフォイルに乗りました。関西汽船のジェットラインとかいう便です。大阪の天保山（てんぽうざん）着が18時31分。何度も訊かれるから暗記してしまった。六時半に大阪港に着いたわけですから、六時前後にこのあたりで目撃されたのは明らかに別人です。あるいは、その証言自体が虚偽だ。いずれにせよ、僕には関係がない」

四時過ぎに小豆島にいたのなら六時に大阪に帰り着くことは不可能だ、と思うものの、小豆島にはいくつも港があり、色んな方角に定期便が出ているから、盲点に入りやすい特別なルートがあるのかもしれない。たとえば、船で姫路（ひめじ）に渡って新幹線に乗り換える、だとか。そのあたりは後で時刻表を繰って検証するとしよう。アクション作家が偽造したアリバイ工作が破れなかったなら、本格推理作家の名折れだ。

「あなたが16時21分発の船に乗っていたことを証明するのは可能ですか？　船内で誰か知っている人に会ったとか――」

俊也は肩をすくめた。

「有栖川さん、そこまで要求します？『はい、お友だちにばったり会いました』なんて言ったら、でき過ぎもいいところでしょ。あまりにも白々しい。『取材をしたいから船長にインタビューさせてくれ』と頼んだりもしませんでした。船内では、ぐっすりと眠っていたんです。あなたもお乗りになれば判る。適度な上下の揺れが子守歌のように心地よくて、熟睡できますよ」

「証人がいないのはいたって自然です。ところで、乗船名簿はお書きになったんですか？」

黙っていた火村が尋ねる。俊也は大きく頷いた。

「書きましたし、警察はちゃんとそれを回収しています。それでも僕を疑っているらしいから、共犯者でも使ったと考えているんでしょうかね。馬鹿げています。アリバイ工作に共犯なんか使ったらたちまち脅迫されて、今度はそいつを消さなくてはならなくなる……というのが、下手な推理小説でありがちな展開ですよね」

彼は私の同意を求めた。あなたもそんなありがちな小説を書いているんじゃないの、と当て擦られているようで面白くない。

「取材旅行だったら、編集者が同行するものではありませんか？」

「ふだんなら同行してくれていたでしょうね。ところが、今回はアクシデントが生じた。小豆島のご夫婦の都合に合わせて予定を立てていたら、担当編集者が急性胃炎で倒れてしまいましてね。前日に入院してしまったので、急遽、僕が単身で行くことになったんです。小豆島は大阪港から船で渡ったら二時間ちょっとですし、向こうでは案内役が待っていてくれたから、何の不自由もありませんでしたよ。まぁ、わざわざ東京から編集者にきてもらうのも悪いような近場の取材旅行だった」

　同行する予定だった編集者が前日に急病で倒れた。黒須俊也はその機会を利用して、殺人計画を練り上げたのだろうか？　もしそうだとしたら、即席のアリバイ工作ではないか。そんなものが崩せなくてどうする、と私は自らを鼓舞する。さっきは現場の状況から突発的な犯行では、と思いかけたのだが、事前のアリバイ工作があったのなら計画殺人だ。

「有栖川さんはアリバイ崩しものの推理小説を書いたりなさるんでしょう？」

　俊也から訊かれて「ええ」と答える。

「どうやったら四時過ぎまで小豆島にいた男が六時に大阪に帰り着けるか、方法が判ったら教えてください。僕もたまにはそういう話を書いてみたい。いや、もしもあなたがそのトリックを解明したら、作品化する権利はあなたに属するのかな？　でも、出題者である僕がいなかったらそのトリックは編み出すことができなかったわけだし。どう扱ったらいいんでしょうね。ともあれ、僕のアリバイを崩してみせてください。ちょっとやそっとじゃ、見破れませんよ」

　とぼけたことを。何となくむしゃくしゃするので、一矢報いてやりたくなった。

「流星シリーズでアリバイ崩しものをお書きになるのも面白そうですね。黒須さんが書くのも似合っていますよ。隻腕のヒーロー、流崎星児の設定にもトリックを仕掛けていらっしゃるようだし」

アクション作家の眉がぴくりと動いた。

「トリックとは……どういうことです?」

「流崎は事故で右腕をなくして義手を嵌めていることになっていますが、とてもそうだと思えない描写を見つけました。あれは伏線だ。本当は、なくしてないんでしょう? シリーズのクライマックス、絶体絶命のピンチに陥った場面で、彼の右手がコートの下からするりと出てきてコルト・ガバメントを撃つ。そういう企(たくら)みを秘めたシリーズなんですね、あれは」

「だ、駄目ですよ、有栖川さん。そんなとっておきの企業秘密を公の場でしゃべっちゃ。ここだけ。ここだけの話にすると約束してください。……と、どこの描写でピンときました?」

「さぁ。それが思い出せないんです。三十四ともなると、めっきり記憶力が減退していて」

やれやれ、と火村が溜め息をつく。つまらないやり方で同業者をいじめるなよ、と言うように。

流崎星児には実は右腕がある、としか思えない描写があるのは事実だ。ただ、それは作者がシリーズ全体に仕掛けた大きな罠(わな)というより、単純なミスだろう。黒須俊也はそれを告白するどころか、「そのアイディア、いただき!」とばかりに食いついてきた。軽蔑するどころか感服した。

プロだよ、あんた。

5

各務ユキの話を聞いている間、私は近くのコンビニに走りたくなる気持ちを抑えていた。時刻表が見たかったのだ。四階で根を詰めて仕事をしていたため、事件があったことにはまるで気がつかなかった、と言う証人からヒアリングをしても埒が明かないではないか。そう思うのだが、火村は彼女の話に真剣に耳を傾けていた。大きな円縁の眼鏡を掛けたミニコミ誌編集者は、セーターの袖をまくった両腕を振り回しながら、熱っぽく語ってくれる。

「六時頃は大童やったんです。編集長と電話でずーっと話していました。酔って駅の階段から落ちた自分の不徳は棚に上げて、『君は仕事が遅すぎる。牛を雇ってるんやないぞ』とか、ひどいことを言うんで。こっちは土曜も日曜も潰して働いているのに。病院の公衆電話でがなり立てて、きっと周りで顰蹙を買っていたと思いますよ。時間ですか？　えーと、六時前から六時四十分ぐらいまで。うんざりするほどの長電話でした。その間、格闘する音や叫び声なんかはまるで聞こえませんでしたよ。そのかわり、パトカーのサイレンがうるさかった。受話器の向こうで編集長が『何や何や、近所で火事か？』と驚いてました。それで窓から顔を出して見て、『パトカーです。銀行強盗でも逃げ回っているのかも』と答えたんです」

原島ビルの四階から彼女が首を突き出したのを、梶山がしっかり見ている。彼の証言にさらなる信憑性が付与されたことだけが収穫か。

「まったく、もう」各務ユキは肩を落として「ひどい一日でした。お腹がすいたのをがまんしながら校了したのは、八時前です。これでご飯が食べられるわ、と喜んでいたら、階下からあのすごい悲鳴です。びっくりしましたよぉ。怖がってもよかったはずやのに、反射的に駈け下りていました。天性の野次馬根性っていうのかなぁ。われながら見上げたもんです。で、下りてみたら蓑田さんが戸口で立ち尽くしていました。中で知り合いの男性が死んでいる、と言うので覗いてみたら、髪の毛が血でぐっしょりとなって……うう、思い出したないわ。死んでから少し時間がたっているようでしたね。けれど、他殺まる判り。部屋に入る気になれなかったし、殺人事件やったら現場保存が大事やとドラマでよく言っていたので、蓑田さんをここの事務所まで連れ上がって一一〇番させました。彼女、しっかりした女性なんですけれど、さすがにパニックになっていましたね。『さっきパトカーがうろうろしてたけど、あれに関係があるんですか？　強盗がうろついてるのかしら』と言ったら、『パトカーって何のことです？』とか、おろおろしながら訊くんです。よそ行きっぽいスカーフを巻いていたので、『どこかに出かけてたんですか？』と訊くと、『いいえ、家にいました』って。あの人のマンション、ここから見えてるんですよ。サイレンが聞こえなかったわけないのに」

「へえ、それは変ですね」火村は合いの手を入れる。「よほど混乱していたのかもしれませんね。あるいは……」

そう言ったきり、彼は口をつぐんだ。何かひっかかったらしい。人差し指で、ゆっくりと唇をなぞり始めた。やがて、「どうもありがとうございました」と礼を言う。

「お役に立てました？　だったら、ええんですけど。——ところで火村先生、これまでにも警察に協力して殺人事件を解決してきたんですか？　そんな学者さんがいてるとは知りませんでした。今度、うちの雑誌でインタビューをお願いしたら受けていただけますか？」

勢い込む彼女に、助教授は「それはご遠慮します」と丁重に答える。野次馬根性のみなぎった編集者は残念そうだった。

「仕方ありませんね。内緒の捜査協力なんやから。私、秘密は守りますよ。この事件に火村先生がタッチしていることは編集長にもしゃべりません」

「感謝します」という言葉に彼女は大いに喜び、部屋を出ていく火村をうっとりと見送っていた。渋い先生が好みのタイプだったのだろう。私は彼の背中を押して廊下に出る。こんなところで真実は得られまい。

「あまり参考にはならなかったでしょう」警部が言う。「一応、話の裏は取ってあります。編集長との長電話の件は本当です。病院の電話を独占して、他の患者と喧嘩になりかけたそうですよ」

　怖そうな編集長だ。

「つらい仕事なんですね、編集者も」

　捜査本部へ戻らなくてはならない警部と別れると、私は火村をひっぱるようにしてコンビニに行き、大判の時刻表を買った。どこかに腰を落ち着けて、黒須俊也のアリバイ攻略を開始したい。ならば、現場の隣の喫茶店でコーヒーにしよう、と火村が提案した。

　店先に置かれたアルミ製のゴミ箱を一瞥してから入ると、「いらっしゃいませ」という太い声に迎えられる。〈たんぽぽ〉のマスターは、愛らしい店名とは不似合いの眼光鋭いオッサンだった。眉毛が薄くてほとんどない。捜査四課から転職したのだろうか、とつまらないことを考える。注文を取りにきた化粧の濃いウエイトレスがあのマスターと口論したのだとしたら、いい度胸だ。

　時刻表をせわしなく繰る私の前で、火村はキャメルを吹かしていた。アリバイ崩しは私に任せたつもりなのだろうか？　それなら、それでよい。

　しかし、私の意気込みはたちまち空転した。四時過ぎまで小豆島にいたという事実が動かないとしたら、俊也を六時までに現場に立たせることは到底不可能なのである。彼が話したジェットフォイルに乗るのが最速のルートであることに疑問の余地がない。島から姫路に渡って新幹線に乗り継いだのではないか、という仮説は笑止だ。姫路行きの船が出るのが土庄港ではなく、島の正反対の福田港からである、というのは無視したとしても——無視していいわけないが——17時15分発で18時55分姫路着のフェリーにしか乗れないのだ。逆転の発想で、四国に渡ったらどうだろうか？　馬鹿馬鹿しいと思いつつ調べてみると、16時20分土庄発で16時55分高松港着というフェリーがあった。高松港から現場まで一時間で行く方法など、考えるのも虚しい。飛行機で飛べば大阪まで三十五分ではあるが、高松からの航空便が着くのは関西国際空港なのだ。関空から現場に移動するだけで一時間を要する。

「まいったな。鉄壁のアリバイか」

私は頭を掻きむしりたくなった。集中力をフルに発揮しなくてはならないのに店内に流れる生温いフォークソングが耳障りで、私はマスターの風体に合わない趣味を呪った。

「目は閉じられても、耳は閉じられへん。不便なもんやな」

ぶつぶつこぼしていると、どうして私がぼやいているのか判らないだろうに、「そう。そうなんだ」と火村が納得していた。

とにかく、そう簡単に旗を巻くわけにはいかない。何しろ自分は本格推理作家——

「あ」

もしかしたら、そういうことか？

「どうした、アリス。時刻表に解答が載ってたのか？」

火村はさして興味なさそうに訊く。頭の休憩をしていたのだろう。憩いの時間はおしまいにしてもらおう。

「いいや。なんぼ時刻表をにらんでも無駄や、ということが判明した。四時五分まで小豆島にいた人物が六時頃に現場に立つことはあり得ない。黒須俊也は、証言したとおりの船に乗って、六時三十一分に大阪港に戻ってきたんや。これは間違いがない」

「とすると、アリバイ成立だな」

「いいや、そう考えるのも早計やな。下船した彼が車を飛ばしたら、七時までに現場に着くことがかろうじて可能や。黒須克也の死亡推定時刻は午後五時から七時の間。つまり、犯行にぎりぎりで間に合う。克也がその時間に原島ビルの202号室にいてることを、俊也は何らかの方法で予期できたんやろう。あるいは、二人は待ち合わせをしていたのかもしれん」

助教授の反応は鈍かった。二本目の煙草を唇の端でくわえたまま、白けた目でこちらを見ている。

「六時十分に俊也を見た、という梶山の証言を忘れてるわけやないぞ。しかし、あれに拘って(こだわ)いるかぎり、こんなシンプルな真相も見えんようになってしまうんや。梶山が見たのは俊也やない。あれは替え玉や」

「替え玉？　つまり、黒須兄弟とそっくりな男が他にもいて、俊也はそいつを囮(おとり)に使ったとでも言いたいわけか。無茶なことを言うな。そんな便利な男を、いつどこでどうやって調達したんだ？」

「そこまで知るかよ。何かの機会に見つけたんやろう。そいつを六時前後にうろちょろさせて、さも犯行がその時間であったように偽装を——」

火村は煙草を指に挟み、私の眼前でゆっくりと左右に振った。お前は催眠術師か。

「目を覚ませよ。そんなに顔の似た男が共犯者に使えたのなら、もっとうまい利用の仕方があっただろう」

それはそうだが、あえて微妙な使い方をしたところが悪知恵ではないのか？　いや……待て。火村は、共犯者という言葉を使った。黒須俊也は、共犯者を使ったりはしていない、と得意げに話していたっけ。共犯者がいたことを前提とした推理なんか組み立てたら、彼に馬鹿にされてしまうではないか。しかも、顔がそっくりな共犯者だったなんて言おうものなら、本格推理作家引退を勧告されてしまう。

「あ」

また閃(ひらめ)いた。

「大胆なことを思いついた」

「何だ。さっきの仮説はもう棄てたのか。思い切りがいいな」

「ああ、男らしいやろ。——黒須兄弟とそっくりな顔の共犯者なんて必要ない。そんなものを持ち出すことなく、彼のアリバイは崩せる。聞いて驚くなよ。小豆島に取材旅行に行ったのは、実は弟の克也やった……としたらどうや？」

火村は目を細めて、紫煙を天井に吹き上げた。

「熱烈な黒須俊也ファンの夫婦はそれに気がつかなかったわけか。まぁ、いくら愛読者でも作家本人とは一面識もなかったわけだから、無理はないか。担当編集者は急病で同行できなかったしな」

「ああ。俊也は編集者が入院したという報せを聞いて、ばたばたと計画を立てたんやろう。自分のふりをして小豆島に取材に行ってくれ、と仲の悪い克也に拝んで頼んだわけや。理由はどうとでもつくやろう。破格のお小遣いを約束したのかもしれない。しかし、それは克也を殺害するための罠やった」

私は高揚した気分で語り続けた。

「俊也は、帰りには16時21分土庄港発のジェットフォイルに乗るように克也に命じていた。そうしておいて、自分は六時頃に原島ビルの付近で怪しい行動をとって見せ、あたかもその時刻に事件が起きたかのような印象を振り撒いた。自分で自分に化けたんやな。しかし、実際の犯行時刻はやっぱり七時やったんや。２０２号室で会うことを克也と約束しておいて、大阪港から駈けつけた彼を文鎮で殴って殺した。つまり、被害者の克也自身が知らず知らず犯人のアリバイ工作を手伝っていたことになるわけで、これやったら金で雇った共犯者に後で脅迫される恐れもない。――どうや？」

火村は心持ち身を乗り出した。

「もしそれが的中していなかったら、自分の小説で使おう、とか思ってるだろう？」

「よく判るな。あかんか？」

「あくわけねぇだろうが。――いいか、アリス。お前は今しがた『原島ビルの付近で怪しい行動をとって見せ』と言ったけれど、俊也は具体的に誰に向けてパフォーマンスをやったんだ？」

「梶山常雄や。彼しか見てない」

「梶山がその日のその時間に工事現場に潜んでビルを見ていたことを、予測できた人間がこの世にいるか？」

「あ」

私は分厚い時刻表を手に取って、それに自分の頭をぶつけた。不覚であった。返す言葉がない。

「猪突猛進（ちょとつもうしん）もいいところだな。そんなに俊也のアリバイを崩したいか？」

「……崩せたら事件解決に大きく前進するやないか。何しろ、彼は現場に出入りしているところを目撃されてるんやから」

「自分より売れてる作家に対抗意識を燃やしすぎだな。――おっと、気を悪くしたのか？怒るなって。とにかく、彼が現場に不在だったことは証明されたみたいだぜ」

どうも納得がいかない。大きな見落としをしているような気がしてならなかった。火村は俊也のアリバイの前に膝を屈したのだろうか？　何か考えていることはあるのか、と尋ねかけたところへウエイトレスが寄ってきて、コップに水を注ぎ足してくれた。気が利く。これはマスターの再教育の成果なのかもしれない。

「ああ、ちょっと君」立ち去ろうとする彼女を火村が呼び止める。「隣で殺人事件があったでしょう。そのことで調べているんだけれど、二、三質問をしてもいいかな？」

カウンターで皿を洗っていたマスターが顔を上げるのが見えた。気難しそうな表情をしている。

「刑事さんなんですか？」

腫れぼったい瞼をしたウエイトレスは、ぱちぱちと瞬きをする。ちょうど火村の教え子ぐらいの年齢だろう。

「警察の捜査の手伝いをしているんだ。――土曜日の六時過ぎに、店の前でマスターと話し込んでいたというのは君かな？」

彼女は気まずそうに「話し込んでいたんやのうて、叱られてたんです。ええ、それって私です」

「ゴミが溜まっているとか、ゴミの出し方がよくない、と叱られていたそうだね。棄てるべきものを棄てていなかったことを注意されたの？」

「はい。お客さんのオーダーの訊き方とか、他のことも注意されましたけど。……それがどうかしたんですか？」

マスターは皿を洗いながら聞き耳をたてているようだ。

「大切なことかもしれないんだ。この店のゴミ箱に、殺人に使われた凶器が棄てられていたそうだね。それを発見したのは、ここの人じゃないの？」

「違います」カウンターから野太い声が飛んできた。「刑事さんがゴミ箱の底から見つけ出したんですわ。血のついた文鎮。人のゴミ箱にとんでもないもんを棄てやがったな、と嫌な気がしましたよ」

火村はにやりと笑って、ウエイトレスに訊く。

「君は、ゴミを棄ててから帰るようにマスターに言われたそうだね。仕事を上がったのは、六時二十分より後だろ。何時？」

それよりも早かったら梶山が見ているはずだ。

「あの日は……六時半です」

「店を出る際にゴミを棄てたね。その時、血のついた文鎮が棄ててあるのに気がつかなかった？」

「あったんでしょうけど、暗くて底まで見えませんでした」

「ゴミ箱は空っぽだと思っていたわけだ」

ウエイトレスの「そうです」という答えに、火村は満足そうだった。

「ありがとう。とても参考になった」

何がどう参考になったのかが私は理解できず、「どういうことや？」と問い質した。

「謎の答えが見えかけてきたぜ」

助教授はテーブルの上の伝票を取って立ち上がる。にわかに事態が動きだしたようだ。

外に出ると、彼は携帯電話を出してどこかにダイヤルしようとした。その時、「火村先生」と後ろから呼ぶ声。原島ビルの前に、黒須俊也が立っていた。

「お二人とも、まだいらしたんですか」

それはこちらが言いたい台詞だ。私たちの動向を窺っていたのではないか。

「喫茶店で聞き込みですか。おや、時刻表をお持ちですね。僕のアリバイの検証をしていらしたみたいですね。成果はありましたか？」

火村は、きっと相手を見据えた。俊也は思わず怯む。

「あなたのアリバイなんて無意味です。私たちは、今やもう一つの不在を問題にしているんですよ」

「……どういうことです？」

助教授は黙ったまま電話をジャケットにしまった。

チャイムに応え、すぐに蓑田芳恵は出てきた。俊也の肩越しに火村と私を見つけて、あら、という顔をする。

「話があって戻ってきたんだ。今、いいかな？」

俊也が掠れた声で言った。

「いいけど……どうしたの？　火村先生と有栖川さんがご一緒みたいだけれど」

「このお二人が君に話があるんだそうだ。できれば僕も立ち会いたい」

「事情がよく判らないけど、入っていただきましょう。──あの、すごく散らかっていますが、どうぞ」

ダイニング・キッチンに通された。その際、火村は何も変わったところのない彼女の後頭部をしげしげと眺めているようだった。

芳恵はテーブルの上に散乱していた本と郵便物をすばやく片づけて、私たちに椅子を勧める。二脚しかなかったので、彼女と俊也は傍らのソファに着いた。奥の部屋はアコーディオン・カーテンで隠されている。三段スライド式の本棚が一方の壁をふさいでいて、あふれた本が床に堆く積まれていた。

「お食事の準備中ではありませんでしたか？　突然にお邪魔して申し訳ありません。急いで確かめたいことができたものですから」

火村は丁重に言い、お茶を淹れに立とうとする芳恵を止めた。

「用事があっての訪問ですから、早くそれをすませてしまいます。――蓑田さんに確認したいことがあるんです」

「はい。何でしょうか？」

彼女は明らかに緊張している。その隣で、俊也は重い試練に耐えるように唇を噛んでいた。

火村が何を質そうとしているのかは、私も知らない。

「克也さんの遺体を発見した直後、あなたは各務さんに『パトカーって何のことです？』と尋ねたそうですね。ご記憶ですか？」

「ああ……」額に手をやって「そうでしたっけ。よく覚えていません」

「おっしゃったんだそうです。パトカーがこの近辺を行き来したことを知らなかったかのような発言です。各務さんはこうも言った。あなたがよそ行き風のスカーフをしていたので『どこかに出かけてたんですか？』。すると、あなたは『いいえ、家にいました』と答えた。チグハグなやりとりです。私は、これに引っ掛かりました。パトカーがこのあたりを通った時間、あなたは家にいなかったんじゃありませんか？」

妙なことを言う。そんなことは考えてもみなかったが、だったらどうだというのか？　彼女が嘘をついていたのだとしても、パトカーのサイレンも聞こえないぐらい遠くに出かけていたのなら、事件に関与していなかったことになるだけだ。

「この家におりました。パトカーのサイレンが耳に入らなかったのは、考えごとをしていたんでしょう」

「よく言われることですが、目と違って耳は閉じられませんよ」

喫茶店で私が洩らした呟(つぶや)きの引用だ。

「心ここにあらず、ということもあります。あんな大きな音が聞こえなかったのか、と言われても返事のしようがないんです」

芳恵は毅然として言い放った。火村に立ち向かおうとしているかのようだが、その理由もまた理解しがたい。あなたが犯人だ、と糾弾されているわけでもないのに。

「そう向きにならなくても――」

「失礼な方ですね、先生は」芳恵の声が高くなった。「どうでもいい質問で私を苛立(いらだ)たせておいて、『そう向きにならなくても』とおっしゃるなんて、愉快ではありません」

「謝罪すべきことは、後でまとめてお詫びします。――失礼ついでに、もう一つだけお願いしたいことがある。そのタートルネックをめくって喉(のど)を見せていただけますか?」

「やめてもらえませんか」俊也が怒気を込めて言った。「警察の協力者だそうですが、あなたには他人に何かを強要する権利はないんですよ、火村先生。彼女の代わりに言いましょう。あんまり図に乗ると、出ていってもらう」

火村はそれを両掌で受けとめた。落ち着き払っている。

「無理強いするつもりはありませんでした。駄目ならば結構です。——すっかり不快な思いをさせたようですから、お暇することにします」

「ちょ、ちょっと待ってよ」俊也は慌てた。「思わせ振りなことばかり言っておいて、お暇するも何もないでしょう。言いたいことがあるなら、この場ではっきりおっしゃってください。そうでないと気持ちが悪くてかなわない」

「では、話してしまいましょうか」

そうやって揺さぶりをかけながら、火村は二人の反応を観察しているのだ。どちらかを真犯人と目しているのかもしれない。だが、どちらを？ 俊也は堅牢なアリバイに守られているし、芳恵については犯行当時ここから離れた場所にいた可能性すら火村は示唆している。彼と彼女が組んだら犯行が行なえた、というわけでもないだろう。私はなりゆきに注目した。

「克也さんが殺された時間について、錯誤があります。工事現場に潜んでいた梶山は、俊也さんらしき人物を二度目撃していますね。原島ビルに入るところと、出ていくところ。警察は、その出入りの間に犯行が行なわれたと見ていますが、誤りです。実際は、ほんの少しずれていた。私は喫茶店で聞き込みをした結果、それを知ったんです」

芳恵の顔が蒼い。

「梶山によると、俊也さんらしき人物——仮にXと呼びましょう——Xが人目を憚りながらビルを立ち去ったのは六時二十分頃です。Xは克也さんを撲殺したところで、凶器の文鎮を喫茶店のゴミ箱に棄てて逃げたのだ、と見られていました。しかし、その時点で克也さんが殺害されていたという確固たる証拠はないし、また梶山はXがゴミ箱に文鎮を棄てるところを目撃したわけでもないのです。六時二十分、梶山が工事現場から遁走した時、克也さんはまだ生存していたはずです」

「どうして言い切れるんですか？　Xが凶器を棄てたのは、たまたま梶山が目をそらした隙だったのかもしれないでしょう」

　俊也が唇を尖らせる。

「目をそらしていても、凶器を棄てたら梶山の注意を惹かざるを得なかったはずです。文鎮は鉄製で重さが二キロ以上あったんですよ。アルミでできたゴミ箱に棄てたら、無造作に投げ込んだのでなくてもそれなりの音がしたはずだから、梶山の印象に遺ったことでしょう。あたりは静かだったそうだし……耳は、閉じられない」

「彼が供述し忘れているだけでしょう。いや、そんなことをここで言い合っても水掛け論か。――で、六時二十分に文鎮が棄てられていなかったのだとしたら、どうなるんですか？」

「喫茶店で聞きました。あの日、ゴミ箱にゴミが棄てられたのは六時半だそうです。血のついた文鎮はゴミ箱の底から見つかっています。するとどうなります？　凶器が棄てられたのは、その間の十分間ということになるでしょう」

芳恵は相変わらず無言のままだ。もっぱら俊也が嘴(くちばし)を挟む。

「……そういうことになるかな。しかし、凶器が棄てられた時間に数分のずれがある、というだけじゃないですか。それで事件の様相が劇的に変化するわけでもない」

「変化しますよ。それをご説明する前に、あなたとそっくりの顔をしたXの正体を明確にしておきましょう。Xが原島ビルの前に現われた時間、あなたは小豆島から大阪に向かう船の上にいた。あなたはXではない」

「おや、僕のアリバイを認定してくださるんですね。有栖川さんでもトリックは見破れませんでしたか」

「挑発するのはおやめなさい。あなたの現場不在証明は本物だ。したがって、Xは克也さんだったことになる。生きている被害者自身が目撃されていることからも、犯行時間が六時二十分より後だったことは間違いがない。その一方で、六時三十分以前に凶器がゴミ箱に棄てられたという事実がある。この二つを突き合わせれば、犯行時間は非常に狭く限定される。実際に犯行があったのは、おそらくその中間の六時二十五分頃でしょう。克也さんは、いったん原島ビルから立ち去った直後に舞い戻ってきた。梶山は克也さんやパトカーが去ったのと反対方向へ逃げてしまっていたので、その姿を見た者はいない。引き返してきた克也さんは202号室に上がっていき、撲殺されたんです。――どうです。劇的に変化しましたね？」

俊也は低く唸って、認めた。

「なるほど。大した変わりようです。しかし……まさかねぇ。六時二十五分が犯行時間だったとすると、怪しくなってくるのは四階にいた編集プロダクションの女性だ。彼女と克也の間で、何かトラブルが生じたんですかね」

「私は各務さんを疑ってなんかいませんよ。彼女が犯行現場に不在だったことは証明できます。その時間、ずっと事務所で電話をかけていたんです。犯人ではない」

「すると、第三の人物がビルに潜んでいたと？」

火村は頷く。

「ええ。そして、その第三の人物とは、202号室にいて最も自然な人物。蓑田芳恵さんでしょう」

「馬鹿な」俊也は目尻を吊り上げた。「彼女はこの部屋に帰っていた、と言っているじゃないか。その時間、202号室は空っぽだったんだ」

「空っぽだったら克也さんを撲殺した人物が存在しないことになる。犯人がいたはずだ。——私が言っていることは間違っていますか、蓑田さん？」

「彼女に訊かないでくれ。ただでさえショックを受けて傷ついているのに」

俊也は、傍らの女の肩に腕を回した。懸命に庇護しようとしている。火村の目に、ふと哀れみに似た色が浮かんだ。

「あなたと蓑田さんに、ひと晩だけ時間を与えましょう。朝までに答えを出してください」

「時間？　何のために？」

「警察に出頭するか、警察が迎えにくるのを待つか。そのいずれかを選択するための猶予です。私は、蓑田さんのことを殺人者だと思っていない。彼女は、自らの身を守ろうとして結果的に克也さんを殺めてしまったんでしょう。――蓑田さん。あなたは、克也さんに危害を加えられて生命の危険を感じ、それを振り払うために文鎮を使ったのではありませんか？　もしそうだとしたら、あなたの行為は正当防衛であって、不法ではない」

　私の目は私の体を離れ、事件当日の夕暮れ時へと飛翔する。そして、資材置場の陰でびくびくしながら蹲る梶山の視線に重なった。原島ビルから男が出てくる。男は通りの様子を窺い、人気がないと判ると遠ざかるサイレンに促されるかのように小走りで駆け出した。まるで、犯罪の現場から逃走するように。

　辻褄は合う。しかし、火村がそこまで合わせるのは、いささか軽率ではないのか？　芳恵が克也を殴打したのが的中していたとして、それが正当防衛であるか否かは判断が難しい。当事者である芳恵以外に、真実を知る者はいないのだから。私は思ったままを口にした。

「正当防衛だ、とお前が言い切る根拠はあるのか？」

「親切すぎる推理だって言いたいのか、アリス？　ならば、彼女に喉を見せてもらおうじゃないか。生命の危険を感じた痕跡があるだろう。後頭部には殴られたと覚しき痕はないから、頸部(けいぶ)を絞められたんだと俺は見ている」

　芳恵は黙って白い頸(くび)をさらした。喉に青黒い形が二つ遺っている。親指の型のようだ。俊也も初めて見たらしく、愕然(がくぜん)として両目を見開いた。

「あの日、何が起きたんですか？　――自分の口からは話しにくいご様子ですね。私が代わってしゃべりましょう。無視できない誤りがあったら指摘してください」

　火村は諭(さと)すように言って、話し始める。

「克也さんが２０２号室にやってきた。あらかじめ連絡をした上で訪ねてきたのか、不意の訪問だったのかは知りません。どういう会話が交わされたのかも不明ですが、あなたたちは口論を始めた。彼が愛する女性の頸を絞めるほど激昂(げきこう)したところから推(お)して、あなたから別れ話を持ちかけたのかもしれない。俊也さんとだけより親密な交際を続けるので別れて欲しい、と。不仲の兄が選ばれたことに彼は取り乱し、発作的にあなたに摑み掛かって頸を絞めた。あなたは意識を失う。扼殺(やくさつ)される寸前で救われたのは、窓の下をパトカーのサイレンが通ったからかもしれない。克也さんはわれに返ると、自分のしでかしたことの恐ろしさに顫(ふる)えたことでしょう。しかし、完全に理性を取り戻すには至っていなかった。正気になったのは、ビルから抜け出し、しばらく走ってからだ。とんでもないことをしてしまったが、手当てをすれば助かるかもしれない。そう考えた克也さんは、急いで２０２号室に引き返した。それを目撃していた人間はいないので、すべては推測です。彼がおそるおそる戻ってきたのは、あなたの意識が回復しかけていた頃だ。まだ朦朧としていたあなたの目に、克也さんが映った。それが、止めを刺そうと迫ってくる悪鬼に見えたかもしれない。あなたは机の上の文鎮を握って……夢中で振り下ろした。それが六時二十五分頃。あなたは恐慌をきたし、ビルを飛び出したところで血のついた文鎮を握ったままなのに気づき、ゴミ箱に棄てた。そして、ここの部屋で気持ちを落ち着けてから、遺体発見者を装うべく202号室に戻ったんです」

芳恵は異議を唱えなかった。ただ、何度か頷いたのみで。

やがて、切れ切れに言う。

「彼は……私を介抱しに戻ってきてくれていたんでしょう。でも、そうは見えなかった。まだ生きていたのか、と襲ってきたようにしか……」

「そんなことがあったなんて、僕は知らなかった」

俊也は苦しげな声を出す。

「私の煮え切らない態度がすべての原因だわ。あなたに話して、警察について行ってもらいたいと思っていた。でも、なかなか言い出せなかった。あなたが悲しむだろうと思って。その時を、少しでも少しでも先送りしたいと考えているうちに、ますます話すことが難しくなって……」

警部や火村に質問された際、彼女は黒須兄弟のいずれとも深い付き合いではない、とアピールしていた。あれは、自分を中心とした三角関係は少しも深刻な事態ではなかった、という印象を振り撒いているつもりだったのだろう。

俊也は茫然として、深々と椅子にもたれかかった。彼の虚脱感が、こちらにも伝わってくるようだ。彼は気怠そうに火村に顔を向ける。

「先生がさっき言った『もう一つの不在』というのは、このことだったんですね？　つまり……」

「そう。蓑田さんがパトカーのサイレンを聞いていなかったことですよ。現場とすぐ目と鼻の先にいたと認めていながら、まるでどこか遠くに出かけていたかのようなことを言う、と奇妙に感じた。どこか遠く。それがどこなのかについて考えているうちに、ピントが合ってきたんです。遠くに行っていたのは彼女の肉体ではなく、意識だったのではないか、と」

私は、俊也に尋ねずにはいられなかった。

「蓑田さんの身に起きたアクシデントについて、黒須さんは薄々、気がついていたんやないですか？　それで彼女を庇うために、梶山の目撃談を利用しつつ、さも自分のアリバイが偽物であるかのように匂わせて、私たちを攪乱しようとした。あなたは――」

「もう結構」

俊也は右手を上げて遮った。

「もう、いい。これ以上は何も言わないでお帰りください。明日の朝まで猶予をいただけるんでしょう？　僕たちを二人だけにして欲しい」

　火村に続いて、私も腰を上げた。掛ける言葉も思いつかないまま、部屋を出ようとしたのだが――

「有栖川さん」

　黒須俊也に名前を呼ばれた。

「僕は、これからも威勢のいい小説を書くし……現実でもタフなヒーローになってみせますよ」

　作家は芳恵の肩を強く抱いていた。

「そうしてください」

　私は、そっとドアを閉めた。

地下室の処刑

1

現場となったビルの周囲は報道関係者と野次馬でごった返していた。事件の性質を考えればそれも無理はない。

警察の捜査に協力してフィールドワークを行なう〈臨床犯罪学者〉火村英生とともに、私も幾多の殺人事件の現場に乗り込んできた。しかし、今回はいつもとまるで様子が違っていた。異様に張り詰めた棘々(とげとげ)しい空気が渦巻き、恐ろしいほどだ。待ち構えていた鮫山警部補は「こちらです」と急き立てるように私たちを立入禁止のテープの内側に招き、ビルの入口脇の部屋に通した。かつては喫茶店だったのだろう。カウンターの残骸といくつかのテーブル、椅子が遺っている。その一脚に浅く掛けていた船曳警部は、私たちを見るなり勢いよく立ち上がった。

「お待ちしていました。今回は特にご無理を言ってしまい、すみません。あまり時間がないかもしれないもんで」

「あまり時間がないとは、どういうことですか？」

だらしなくゆるめたネクタイの結び目を直しながら——さらにゆるめながら——火村が尋ねた。禿頭に太鼓腹の警部は、私たちの背後のドアをちらりと見て、

「電話でご説明したような事件なもので、公安の連中が押し掛けているんですわ。こっちに任せろ、と。しかし、われわれとしても譲れない事件ですから、綱引きになっています。私としては先生と有栖川さんのお知恵を拝借して、彼らに捜査を乗っ取られる前に解決してしまいたいわけで——」

「譲れないのは、森下さんのことがあるからですね？」

問わずもがなのことを私が訊いた。

「そうです。部下が巻き込まれた事件を、公安に譲り渡せるわけがないでしょう。あんなヘボ捜査しかできん連中に。しかし、アレがらみの事件ですからね。今のところうちの部長ががんばってくれてますが、このままやと上の方から『船曳、出しゃばらんで引き下がれ』とお達しがくるのに決まっています。ですから、時間がないんです」

ドアがいきなり開き、私の背中をかすめた。入ってきたのは、不機嫌そうな顔をした猪首の捜査員だ。後ろに森下刑事を従えている。黒いジャケットに白いTシャツ、ジーンズにスニーカーという出で立ちの森下はひどく疲れた様子で、瞼が腫れぼったい。両手首には包帯

が巻かれていた。

「船曳さん、森下君をお返しするよ」

ほとんど頸のない男は突き放すように言った。公安の刑事だったのだ。

「また話が聞きたくなったら呼ぶよ。ところで、君たちはいつまでここにおるんや？　本部で他の仕事が待ってると思うけどな」それから火村と私を一瞥して「この二人はもしかして……」

英都大学社会学部の火村助教授と作家の有栖川有栖だ、とだけ警部は紹介した。猪首の刑事は顎をしゃくって「ああ」と言う。

「お噂は伺っていますよ。捜査一課の民間ボランティアですね。いや、秘密兵器ですかね。しかし、今回はご足労いただくこともなかったのに。本件はわれわれの管轄です」

これに対して警部は腰に両手をやり、挑戦的に言い返すのだった。

「おたくの領分には手を触れませんが、そっちも縄張りを守ってもらいたいもんです。殺しはうちが専門です」

「地下室で起きたことはうちの仕事ですよ。地下は、アンダーグラウンドは、うちに任せなさい」

気の利いた台詞だったと自負したのか、相手は笑みを浮かべた。火村や私は、この公安警察と刑事警察の鍔迫り合いを傍観するしかない。きつい調子の応酬が二度、三度と続いた後、相手が折れた。

「頑固な人やな。じゃあ、上からストップが掛かるまで好きにやりなさい。ただし、私たちの邪魔は絶対にさせませんからね」

「もちろん。おそらく邪魔をする暇もないでしょう」

頸のない刑事は、火村に冷ややかな視線を投げてから退出した。やれやれ、ひとまずは収まったようだ。船曳は、自らに気合いを入れるかのようにサスペンダーで腹をパチンと弾いた。

「では、先生方を現場にご案内しましょうか。鮫やんはあいつらが大事な証拠を台なしにせんように観察してくれ。——森下、行くぞ」

若い部下は眦を決して、「はい」と力強く答えた。

＊

コンクリート製の階段を地下室へと下りると、死の匂いがした。ここで起きた惨劇について知らずとも、足を踏み入れたとたんに嫌な感じがしたのではないか。開口部はまるでなく、天井からぶら下がった蛍光灯の照度も頼りないために、二十五平米ほどの部屋はいかにも陰気くさかった。

私は室内を見渡す。階段を下りて正面の壁際に、パイプ椅子が二脚。左手の壁際にも二脚。

そして、中央の蛍光灯の真下に一脚。中央の椅子はコンクリートが剝き出しの床に倒れており、その近くにチョークで人間の輪郭が描かれていた。人形の中には1番と書いたプレートが立っている。この地下室に他にあるものと言えば、手錠が一つと、ちぎって丸められた粘着テープの玉が四つだけ。

船曳警部は床の人形の傍らに立った2番のプレートを指した。

「割れたワイングラスが転がってたのはそこです。飲み物がこぼれた痕がまだ遺ってるでしょう」

鑑識に回されたため、破片はきれいに片づけられている。グラスが割れるチャリンという音を想像した。

「森下さんが縛られていたのは、どこですか？」

火村英生の問いに、森下は一脚の椅子を指差した。

「有栖川さんが立っている横のあれです」

階段から最も離れた端っこの椅子だった。六時間ほど前まで、彼は粘着テープでそこに縛りつけられていたのだ。そして、世にも残酷な場面を目撃した。

「後ろ手にされて両手首を背もたれに、両足首は椅子の脚にくくりつけられました。たかが布製のテープで縛られたぐらい何とかなる、ともがきまくったんですけど、腑甲斐ないことに……」

アイドル風の整った顔が、口惜しそうに歪む。警部は、その肩をぽんと叩いた。

「森下よ。お前は映画のスーパーマンやない」

慰めの言葉は、あまり通じていないらしい。森下は歯嚙みをして、自分が縛られていた椅子をにらんでいる。

「どうせ救えんかった、ですか。警部のおっしゃるとおりです。僕はそこに縛られたまま、目の前で起きることを見ているしかできなかった。刑事として、これ以上の屈辱はありません」

気休めにしかならないと思いつつも、私は言う。

「けれど、自力でテープをちぎれたのは森下さんだけやったんでしょう？　森下さんが手首を傷だらけにしながらテープをほどいてなかったら——」

彼は慰めを拒絶する。

「優しい言葉は必要ありませんよ、有栖川さん。僕がテープをちぎらなかったとしても、もう三時間待てば助けはきたんです。小宮山(こみやま)と蔭浦(かげうら)はここを立ち去る時に言った約束を守ったんですからね」

「ええい、すんだことをごちゃごちゃ言うな」警部は声を荒らげた。「それを情けないと思うんやったら、独りで意味のない反省会なんかやってんと前向きに頭を使わんかい。誰がどうやって嵯峨(さが)を殺したのか考えるんや。一課の刑事やろが」

森下は唇を噛む。火村は黙ったまま、堅い靴音を響かせて室内を一周した。しかし、見るべきものはなさそうだ。

「階上に戻りますか？」

警部が訊く。「いいえ」と答えたのは、森下だった。

「ここでお話しします。不愉快な場所ですが、その方が記憶をたどりやすいので。——火村先生も有栖川さんも、それでいいですか？」

火村は足を止めて振り向いた。

「ええ、もちろん」

彼がそう言うのなら、〈助手〉の私に異存があるはずもない。

私たちは、壁際の四つの椅子に座る。森下は自分が拘束されていた不快な椅子をあえて選んだ。そして、死体が横たわっていたあたりに視線を向けたまま、しっかりとした口調で語り始める。

ある奇怪な処刑の顛末を。

2

昨日——九月九日、日曜日の午後。

大阪府警捜査一課の刑事、森下恵一は菓子折りを手土産にして、結婚したばかりの中学時代の友人宅を訪ねた。お茶を飲みながら夕方まで過ごし、予定どおり夕食は断わって暇を告げたのは新婚の二人に対する遠慮からだが、歩いて十五分ほどのところにある生家へ久しぶりに顔を出そうと思ったからでもあった。事前に電話を入れていたわけでもないが、「あんたはいつも突然やってくる」とぼやきながらも母親はあり合わせのもので食事を作ってくれるだろう。たまに「あんたは――」とぼやかせるのも親孝行だ。

大阪内環状線に沿って地下鉄南巽(みなみたつみ)駅の方へと向かう。沿道に見知らぬ店ができているのを発見し、ここを歩くのも何年ぶりだろうか、と考えたりしながら。大阪市の東端の生野区(いくの)のそのまた端。ここから町一つ東に行けば、もう東大阪市になる。彼が生まれ育ったのは、小さな工場で埋まった絵に描いたような下町だった。くすんだ灰色の故郷で過ごしたため、子供の頃は山の手と聞いてもどういうところか見当がつかなかったものだ。――もっとも、今住んでいるワンルームマンションも、山の手からほど遠い街中にあるのだが。

どんよりと曇っていたせいで、午後六時を回ったばかりだというのに、夕闇が町を包みかけていた。どこからか夕餉(ゆうげ)のしたくの匂いが漂ってきて、腹が鳴る。足取りを速めたのだが――南巽の交差点に差し掛かったあたりで彼の運命は思いがけない方向に転がりだす。

チャコール・グレイのフリースを着た小柄な男が、道路を挟んだ地下鉄の出入口からとんとんと上がってきた。三十歳前後だろうか。目深(まぶか)に野球帽をかぶり、俯(うつむ)きかげんなので顔がよく見えない。なのに、その男を見た瞬間、森下は自分の職務を思い出していた。

——あいつ。

手配中の誰かだ、と直感した。しかし、何者かまではにわかに思い出せない。悠長に考え込んでいる暇はなかった。もしかしたら勘違いかもしれない、という疑心に駆られながらも、後をつけることにする。

野球帽の男は交差点を西に折れて、早足に進んでいく。生家のある方向だった。過積載のダンプカーが巻き上げていく排気ガスと埃をかぶりながら、森下は尾行対象の歩調に合わせて歩く。道路を挟んだままの尾行だ。きょろきょろと周囲を気にするでもないし、男にはとりたてて不審なそぶりはなかった。だが、確かに手配写真で見た覚えがあるのだ。せめてもう一度正面から顔が見たい。いっそ追い抜いてから振り返ってやろうか、と思うのだが、あまりにも相手の足取りが速すぎて、小走りにならなくては追いつけそうになかった。

四百メートルほど歩いたところで城東運河にぶつかると、男は運河の手前で道路を渡り、北へ向かいだした。人気の少ない道で、目立たずに尾行するのが難しい。森下は目測二十メートルの間隔を維持することにする。と、男は煙草に火を点けるために立ち止まってしまった。森下はわずかに歩調を落とすが、両者の間隔がたちまち五、六メートル縮まる。相手は初めて後ろからくる人間の存在に気づいたらしく、ちらりとこちらを見た。その横顔でピンときた。背筋に電撃が走る。

——小宮山か。小宮山連！

ケチな押し込み強盗などではなかった。警視庁が全国に指名手配している大物で、連続爆破事件で無辜の市民を八人も死亡させ、四十人以上に重軽傷を負わせているテロ集団の一員だ。一連の事件は首都圏で起きていたので、まさか関西方面で、しかも自分の生家のすぐそばで小宮山連に出喰わすとは夢にも思っていなかった。こんなこともあるのか。

緊張のあまり、膝がぐらつきそうだった。しかし、内心の動揺を悟られてはならない。早く小宮山の目と耳が届かない場所から通報しなくては。ショルダーバッグの中には携帯電話が入っている。小宮山のライターは火の点きがよくないらしく、何度もカチカチとやっていた。追い越してしまった方が自然だろう。森下は素知らぬふうを装って、野球帽の男の傍らを通り過ぎた。不意に「おい」と男から呼び止められたらどうしよう、と思うと心臓が十六ビートを打ったが、案ずるようなことは起きなかった。

しばらく歩いて角を曲がり、電柱の陰に身を隠した。バッグから携帯を取り出して応援を要請したかったが、電話をかけているうちに相手を見失ってはならない。小宮山の目的地がこの近くだったなら、そこを確認してから通報しても遅くはないだろう。彼は電柱の陰から、ひょいと首を覗かせた。やがて現われたくわえ煙草のテロリストは、橋の上に駐まっていた車のそばで立ち止まり、あたりを窺う。犯罪者めいたしぐさだった。車種が青いカローラなのは判るが、薄暗いためにナンバープレートは読み取れない。ここまで確認できたら、車が走りださないうちに連絡を入れた方がよさそうだ。

森下は携帯の短縮ダイヤルを使って府警本部の捜査一課を呼び出した。同じ班の茅野(ちの)が出たのに、「あ、茅野さんですか？」と言ったところで、ぶつりと切れた。この忙しい時に、と舌打ちしてすぐにかけ直す。

「もしもし、聞こえますか？　森下です。今、生野区巽中(たつみなか)の路上にいます。城東運河の縁なんですが、えらい奴を見つけました。すぐ応援を差し向けてください。シャ――」

そこまでしか言えなかった。後ろから何者かに抱きつかれ、湿った布で口許を覆われたからだ。抵抗する間もないまま、意識が急速に遠くなる。わが身に何が降り掛かったのか理解できなかった。ただ、ぼんやりと判ったのは、自分を押さえ込んでいるのが女だということと、大変な失敗をやらかした、ということだけだった。

＊

少しずつ意識が戻ってくる。

ずきずきと頭が痛んだ。

最初に目に映ったのは、スニーカーを履いた自分の両足。そして、寒々としたコンクリートの床だ。

――ここは……？

顔に落ちてくる前髪を掻き上げようとして、両手の自由が奪われていることに気づく。パイプ椅子に後ろ手に縛られていたのだ。両足首も、布製のテープでしっかりと椅子の脚に固定されている。

――地下室か。

何もない、がらんとした部屋だった。階上に通じているらしい階段はあるが、窓も扉も見えない。片隅に折り畳まれたパイプ椅子が何脚か立て掛けてあった。蛍光灯の灯り(あかり)は弱々しく、湿った匂いが鼻を衝く。地下室だとしても、どういう建物の内部なのかを推測する手掛かりはなかった。

――俺は小宮山連を見つけて、本部に通報しようとした。電話をかけたら茅野さんが出て……それから、どうした？

記憶が甦(よみがえ)ってきた。後ろから何者かに抱きつかれ、口許をふさがれたのだ。それで意識を喪失してしまったということは、クロロホルムのたぐいを嗅(か)がされたのに違いない。あいつらならば、それぐらいの小道具は常備していてもおかしくない。あいつら――シャングリラ十字軍ならば。

彼らの母体は、カテラルの光というチベット仏教まがいの新興宗教である。全財産を布施(ふせ)に供させて出家させ、家族の絆(きずな)を断ち切らせるというやり方が社会的に非難されているものの、カテラルの光そのものはさして危険な宗教団体でもない。そこからはみ出した過激分子がシャングリラ十字軍だった。彼らは非現実的な理想郷シャングリラを建設するため、汚(お)

辱にまみれた現世を浄化するため粛正の鉄槌を下すと称し、テレビ局や競馬場で爆弾を爆発させた。おぞましい狂気のシャングリラ革命。公安当局が事前に動いていたため、その計画はたちまちねじ伏せられ、主要メンバー──隊員──の多くを逮捕することができたが、代表である鬼塚竜造を始めとする幹部ら四人が、警察の手をすり抜けて逃走を続けている。警視庁によって全国に指名手配されているその四人とは、鬼塚竜造、万田孝明、蔭浦典子、そして小宮山連だ。

──やっぱりあれは小宮山だったんや。俺を眠らせたのは女やったから、もしかすると蔭浦典子か。あいつら、もっぱら首都圏で活発に動いてたのに、大阪に潜伏してたとはな。そういえば、鬼塚は大阪の出身やと聞いたことがある。

意識が完全に回復し、頭に掛かっていた靄が晴れていく。不覚をとったのが午後六時十分ぐらいだったろう。あれからどれぐらいの時間が経過したのかが知りたかったが、腕時計を見られないから、一時間がたったのか半日がたったのか、さっぱり判らない。したがって、ここがどのあたりなのかも見当のつけようがなかった。

──俺をどうするつもりや。

当然の不安が忍び寄る。崇高なシャングリラ革命を妨害する敵、腐った権力の走狗として処刑するのか？　あるいは逃亡の時間を稼ぐために拉致しただけなのか？　後者であることを祈る。しかし、もしそうだとしても楽観はできなかった。誰も近づかない廃屋に閉じ込められたのなら助けなどやってこず、飢えと渇きで死ぬのを待つだけかもしれない。それもまた酷(ひど)い処刑と言える。

——あいつらはマスコミや大衆を憎むくせに、警察を直接の標的にしたことはない。拉致した刑事をわざわざ殺すこともないんやないか。

そう希望を抱きかけたが、虚しい気がした。監禁した刑事を、わざわざ助けることも期待できないだろう。何しろ彼らは生死を懸けて革命を遂行しているつもりなのだ。刑事に容赦などしまい。

喉が渇いて耐えられなくなるまで、どれぐらいかかる？　飢えが襲ってくるまでは何時間だろうか？　森下は警察官になって初めて生命の危機をリアルに感じたが、両手首の縛(いまし)めはきつく、いくら懸命にもがいてもはずれない。

——このまま放置されると決まったわけでもない。

椅子ごと床に倒れて暴れまくっても体力を消耗するだけだ。しばらく様子を見ることにした。

どれほどの時間が流れただろう。三十分ほどか。死角にあるドアが開く音がして、誰かが階段を下りてきた。小宮山か、と身構えたが、違った。まだ十代の後半に見える茶髪の女だ。蔭浦典子ではない。蔭浦は二十九歳だし、もっとがっちりとした体格をしているはずだ。

「あ」

女は、森下の意識が戻っていることに驚きの声を発すると、階段の半ばで引き返した。誰かを呼びに行ったらしい。一分とたたないうちに、別の人間がやってきた。小宮山連だった。野球帽をかぶったままだ。

「目が覚めたかい、森下さん。名前はバッグに入ってた名刺やら何やらで確認させてもらったよ。大阪府警捜査一課の森下恵一刑事。だろ？」

黙って頷く。「そして、あんたは小宮山連だ」と返してやりたかったが、状況がはっきりしないうちは迂闊（うかつ）なことを口にしない方がいい、と思って自制したのだ。しかし、その必要はなかった。

「俺のことを知っているんだろ？」

よく通るテノールが地下室に響いた。

「とぼけなくていいよ。仲間に連絡をとろうとしていたっけ。『シャングリラ十字軍の小宮山連を発見しました』とか。せっかく手柄を立てるチャンスだったのに、惜しかったね。俺に気を取られすぎて、後ろから危ない奴が迫っているのに気がつかなかったんだ。刑事ったって背中に目がついているわけじゃないから、仕方がないよな。またあんた、運が悪かった。ちょっと飲み物を買うために車を離れていた俺の相棒が、絶妙のタイミングで戻ってきたんだもの。こっちにすれば、危機一髪だ。相棒が戻るのがもう三十秒遅かったら、俺たちはパトカーに包囲されていただろうな。大逆転劇だ」

饒舌（じょうぜつ）だった。身振り手振りも派手で、自己顕示欲が強そうな男だ。さすがに手配写真はよく特徴を捉えていたな、と今さらながら思う。やや肉が弛（ゆる）んだ目許、唇から覗いた糸切り歯が写真のままなのは当然として、虚無的な、とろんとした目つきが印象的だ。

「やっぱり……小宮山連か？」

相手は一歩踏み出し、森下の真正面に立った。

「そうだよ、森下さん。——昏睡している間に身体検査をさせてもらったけれど、黒い手帳が出てこなかった。あんた、非番だったんだね。だったら仕事を忘れて、気楽に休日を過ごすべきだったよ。そうすれば、こんな恐ろしい場所に連れてこられなくてすんだのに。今頃、ベッドでいい夢が見られていたかもしれないなぁ」

「今、何時や？」

小宮山は腕時計をしていたが、文字盤を覗き込むことはできなかった。

「真夜中さ。交番の巡査もうつらうつらする時間。——どうして時間なんか知りたがるのかな？　さては、明日の出勤に間に合うかどうか気にしていたりして。それまでに帰してくれ、と頼まれそうだな」

警察官を小馬鹿にして楽しんでいるようだ。からかわれるだけですむのか、その挙げ句に殺されるのか？　森下は自分の運命の行方を探っていた。

「助けはこないよ、刑事さん」

小宮山はうれしそうに言った。

「判ってる」森下は苦々しげに応える。「俺は電話でまだ用件を伝えきってなかったからな。――あんたの相棒は素晴らしい勘をしてるよ」

相手は小さく首を傾げた。

「素晴らしい勘、とは？」

「俺は『えらい奴を見つけました』とか言うただけや。それを耳にした瞬間にやばいと察するや否や、電光石火の早業で睡眠剤で湿らせた布を取り出し、俺を押さえ込んだんやからな。すごいもんや。それも修行の賜物か？」

小宮山は身を屈めて含み笑いをした。野球帽のマークが間近にくる。二度とシアトル・マリナーズを応援する気になれそうもなかった。

「こりゃおかしい。あんたは『私は警察官です』と自分でアピールしていたじゃないか。え、判らない？　じゃあ、後々のために忠告しておこう。携帯のストラップはもっと考えて選ぶべきだ。あんたの電話にぶらさがっていたキャラクターが何かぐらい、俺たちは知っているんだよ。あれはフーくんだろ？　相棒はケイちゃんだっけ？」

大阪府警のマスコットだった。なんてつまらないヘマで自分は生命の危機に瀕しているのだろう、と森下は嘆息した。

「警察が大好きなんだ、あんた。俺たちと正反対だ」

「……俺を拉致してどうする？」

どんな答えが返ってくるか恐ろしかったが、訊かずにはいられなかった。小宮山は帽子を脱ぎ、ついてもいない埃を払いながらにやにやと笑う。

「あんたをどうしようと考えてここにつれてきたわけじゃない。電話で仲間を呼ばれたらおしまいだから、緊急措置として身柄を確保させてもらったまででさ。――はは、身柄を確保だなんて、まるでこっちが刑事みたいだ」

「さっきから余裕綽々（しゃくしゃく）やな。ここに警察が踏み込むことはない、と安心しきってるわけか」

「われわれがここらに潜伏しているという確証を得て、ローラー作戦でもかければ別だろうが……こないね。今夜は絶対にこない。そして、明日になったら、われわれはここにいない。さらに安全な居場所を見つけたから消えるんだ」

「悪あがきはやめろ。あんたたちにとって安全な場所なんか、この国のどこにもないぞ。みんなすっかり有名人になってるんやからな」

「なら、どうして今まで捕まらなかったんだい？　警察が泳がせてくれてるわけでもあるまいし。われわれは、あんたたちが考えている以上にすばしっこいし、我慢強いんだ。いつの日か、シャングリラ革命は必ず達成される」

「無差別テロをまだ繰り返すつもりか。そんなことをして何の意味がある？　今の世の中が狂ってるから浄化するやなんて言いながら、どうして家族連れが詰め掛けた野球場に時限爆弾を仕掛けたりできるのか、俺には理解できん」

「東京ドームのことは言わないでくれ。せっかく手荷物検査を突破したのに、爆破予定の二十分も前に見つかって赤っ恥をかいたんだから。――理解できなくて結構。腐りきった現体制を護るために靴も命もすり減らすような愚昧な輩には、神意は判らないということさ。説法をする気にもなれない。無駄な議論はやめよう。引っ越しを前に、われわれは忙しい」

「俺をここに放っていくつもりか？」

いいや、という答えを恐れながら尋ねた。小宮山は皮肉っぽい笑みを浮かべたまま、イエスともノーとも答えず、腕時計を見た。――そして、告げる。

「二十分たったら戻ってくる。処刑の執行にな」

*

もうそろそろか、と思った頃にドアが開いた。森下は心臓に痛みを覚える。

処刑の執行、と小宮山は言った。やはり殺されるのだ。自分の命は、もう風前の灯なのだ。こんな理不尽な死に方があるだろうか。恐怖と怒りが全身に満ち満ちる。

にらみつけてやろうとしたが、靴音とともに姿を現わしたのは小宮山連ではなかった。初秋だというのに長袖のセーターを着込み、開いているのか閉じているのか定かでないほど細い目をした長身痩軀の男だ。その青白い顔に表情はなく、足取りは重い。どこかぎくしゃくとした動きをしている。鬼塚竜造でも万田孝明でもない。まるで見知らぬ人物だった。

セーターの男に続いて、さっき見かけた茶髪の女が下りてきた。ふっくらとした頰と華奢な体つきにまだ少女っぽさが残っている。ワンショルダーのシャツと短いスカートがよく似合っていた。が、ぱっちりと開いた目には明らかに怯えの色がある。彼女は何を怖がっているのか？　これからおぞましい儀式を目撃することに対してだろうか？

まだ何人か下りてくる。三番目は水泳選手のようにがっちりとした体軀の女だった。身長は一メートル七十以上。真っ赤なシャツの袖をまくって筋肉質の腕を露出させている。ショートヘアに不釣り合いに長い前髪の間からは、鋭い眼光が覗いていた。蔭浦典子だ。この女に捕えられたのか、と切歯しながら森下は相手を見据えた。

「よく見たらなかなかいい男じゃない」蔭浦はそんな森下を見て微笑む。「近頃、流行りの薄っぺらな二枚目ね。朝はシャンプーをしてから警察にご出勤？」

揶揄は無視して、四番目の人物に注目した。ノーネクタイに青いストライプ柄のワイシャツという出で立ちの男だ。扁平で、草鞋のような形の顔をしている。三十代の前半だろうか。背筋を曲げ、俯きかげんで歩く様子はゴリラを連想させるが、窪んだ眼窩の奥にある目は理知的だった。両手を後ろで組んでいるのを尊大な態度だと感じたのは誤解だった。階段を下りて横を向いた時に、手錠がその両手首に嵌まっているのが見えたのだ。

「淋しかった地下室が賑やかになっただろ、刑事さん」

　にやつきながら、最後に小宮山が現われた。驚いたことに、その右手には回転式の拳銃が握られている。ぞっとして、言葉が出なかった。

「こんな狭い部屋に六人も入ったら、窮屈だね。でも、真夜中のセレモニーはすぐに終わるから辛抱していただこう。──めいめい椅子を広げて着席。ああ、嵯峨君は手が使えないから、城君が用意してあげてくれるかな。俺の分はいい」

　小宮山は号令をかけて三人を動かした。城というのは、セーターの男らしい。無言のまま二脚のパイプ椅子を壁際から運んだ。

「みんなは椅子をL字形に並べて座ってくれ。で、その真ん中に嵯峨君の席を。──そう、そんな感じ。刑事さんの隣は蔭浦さんがいいな。城君と安奈ちゃんは、こっち側へくるように」

　茶髪の女の子の名前は安奈。そして、手錠を嵌められている男が嵯峨か。これで登場人物が出揃ったらしい。城、安奈、嵯峨が何者なのか不明だが。

　小宮山は、嵯峨の背中に拳銃の銃口を向けたまま、「ゆっくり座れ」と命じた。手錠の男は諾々と従うしかない。近くで見ると、男の額には大粒の汗がいくつも浮かんでいた。極度に緊張しているようだ。まず彼の正体が知りたかった。

「あんたはシャングリラ十字軍の蔭浦典子やな」森下は隣に寄ってきた女に言う。「ここに集まったのは、みんなカテラルの光の信者か？」

「私は蔭浦だけど、どうして信者の集まりだと思うの？」

大柄な女は涼しげな顔で言う。

「そう考えるのが自然やろ。親戚の法事や俳句サークルの集いとは言わさん」

「おお、ハードボイルドなへらず口を叩くね」小宮山は笑って、銃口で嵯峨の肩を押す。

「ほら、座れよ」

拳銃で突かれながらの命令に逆らえるはずはなかった。全員が着席し、小宮山は嵯峨の傍らに立つ。テノールが宣言した。

「夜も更けた。引っ越しの前でもあるし、あまり時間はとらないようにしよう。――ただ今から嵯峨信人の処刑を執行する」

嵯峨の上半身がびくんと顫えた。

「何やて？」

予想もしていなかった言葉に森下は驚く。小宮山は楽しそうに刑事を見た。

「あんた、よかったね。てっきり自分がここで銃殺に処されると悲壮な覚悟を決めていただろう？　そうじゃないんだ。死ぬのは、『彼』と指差して「われわれの組織に潜り込んで内偵していた公安警察のドブ鼠……というのは嘘だ。この嵯峨君の仕事はそんなスリリングなものじゃない。趣味で右翼系のペーパーを発行していた粋な塾講師さ。なんか珍妙な正義を振りかざす人でね。カテラルの光のことを、幕府転覆を企む異国の邪教だと勘違いしたらしいんだ。そこで彼は隠密を気取り、カテラルを脱会した信者に接触して調査を始め、ひょんなことからシャングリラ十字軍の秘密の一端にたどり着いてしまった。われわれがそのことに気がつかなかったのは、お互いにとって不幸と言うしかない。シャングリラ革命をめざした行動が開始された時、彼は中枢メンバーの名前を警察にたれ込んだ。そのおかげで、十字軍は緒戦において甚大なダメージを被ったわけだ」

スパイ小説の世界で遊んでいるのか。どこまでも誇大妄想に憑かれた連中だ。

「あなたたちの不穏な動きは、早くから公安がマークするところとなっていた。私の密告のせいで逮捕者が出たわけではない」

嵯峨が反駁した。毅然とした態度ではあったが、声が微かに顫えている。

「弁明はしなくてよろしい。われわれは真実を把握している。あんたは、つくづく愚かなことをしたんだ。まぁ、信念に基づく反革命だったらそれも理解できなくはなかったんだけれどね。あんたは革命の戦士と差し違えるつもりで歯向かってきたのではなく、ただわれわれの純粋な理想に嫉妬して、愚昧な妨害を行なっただけだ。われわれの報復の気配を察知すると、東京の何もかもを放棄して、大阪にまで逃げてくるとはね。軽蔑すべき臆病者だ。関西にくれば大丈夫と思ったのかな？　とんでもない。こちらにもカテラルの信者は多いし、われわれ十字軍のシンパの網も構築されているんだよ。むしろ東京よりもやばいことになっている……なんて、刑事さんの前で得意げにバラすことはないか」

「ことの是非は別にして、あなたたちは本当に純粋な宗教団体なのか？　外国の勢力の隠れ蓑ではなく――」

嵯峨の言葉に、小宮山は「ちっ」と舌を鳴らした。

「つくづく馬鹿な人だ。そして卑しいよ。身の回りに不安が生じたら、何でもかんでも外国のせいだと思いたいらしい。誇りというものがないのかね。あいにくだな。われわれは日本人だ。だからこそ、かつては優秀にして勤勉、冷静にして勇敢であった大和民族の白痴化が危機的なレベルにまで達した状況を憂い、救済のための革命を起こしたんじゃないか。もちろん、われわれの最終的な目標は世界革命だが、まずはこの国を浄化する」

「あんなものが革命かね？」嵯峨は怯えながらも黙らない。「罪もない人間を爆弾で吹き飛ばして、何が理想郷の建設だ」

「クソみたいな新聞をしこしこ作って自己満足している人間には理解できないこともある。爆弾が恐ろしかったら、白痴的な不浄の場所に近寄らなければいいのさ。世間はマスコミや警察によって誤解させられている。われわれは無差別テロを行なっているのではない」

「よくまあ、それだけ勝手な出鱈目を並べられるもんや」

森下は呻くように言った。小宮山は鼻で嗤う。

「刑事さん。あんたも昇任試験の問題集にばかり齧りついてないで、自分の頭で物事を考える習慣を養った方がいい。知恵さえあれば、きっと真実が見えてくるはずだ」

「時間がないわよ」

蔭浦典子が言った。小宮山は真顔になって頷く。

「そろそろやろうか。――とにかく、そういうわけで嵯峨信人君に罰を受けてもらうことにしたんだよ、森下さん。ご理解いただけたかな？　飛び入りゲストのあんたには、その処刑に立ち会ってもらう。あんたを閉じ込めておく部屋はここしかなかったし、拳銃をぶっ放せる部屋もここだけなんだ。そっちに血が飛ばないように気をつけるよ」

嵯峨は両目を閉じて、何かぶつぶつと唱えていた。現実から逃避しようとしているのだろう。森下は激しく狼狽する。

「おい、待てって。その人を殺しても、革命にとって何の意味もないやろう。粘着テープでぐるぐる巻きにするでもして、さっさとここから逃げたらどうや？　発砲の音が外に洩れて警察が飛んできたらアホらしいぞ」

「心配してもらわなくても音は洩れないし、逃げる時間は充分にある。目の前で人が死ぬのは嫌かい？」

「……ああ、耐えられへんな。そこにいる二人も、悲痛な顔をしてる」

小宮山は、城と安奈を見た。たしかに安奈は顔色を失いかけていたが、城の方は無感動な様子だった。森下はそれを無気味に思う。こいつは生粋（きっすい）の信者なのか？

「平気さ。彼らは革命の理念を共有しているし、今後もわれわれと行動をともにするんだからな。これしきのことに怖じ気づいていたらシャングリラの建設なんて不可能だ。彼も、彼女も、処刑を肯定している」

「君たち、本当か？」森下は大声を張り上げた。「こんなことが赦されると思ってるのか？」

城はそっぽを向いてしまった。森下は、安奈に呼びかける。

「あなたはずっと顫えてるね。それは、理性と良心が顫えてるんや。シャングリラ革命なんかに騙されたら必ず後悔するよ。今の社会に対しては俺もいっぱい不満を抱いてるけど、それは爆弾ごときで簡単にリセットできる問題やない。そうでしょう？」

「やめろ」小宮山が鬱陶しそうに遮った。「万一、彼女の心に劇的な変化が起きたとしても、処刑を止めることは不可能だ。執行するのは拳銃を持った俺なんだから。もういいよ。警察官として、あんたは精一杯のことをした。オーケー。合格。責任は果たしたから、後は黙ってなさい」

蔭浦が口を挟む。

「討論はもういいから、やって」

「ああ」と小宮山が拳銃の撃鉄を起こした時、「待ってくれ！」と嵯峨が叫んだ。

「ほ、本気なのか？」

「もちろん。あんたは自分の愚行の報いを受けてくたばるんだ。青き山の麓にあるという理想郷を、われらは青く美しき富士の山麓に打ち建てん。さようなら、嵯峨信人君。――シャングリラのために」

「待ってくれ！　最期に、最期に頼みがある。喉がからからだ。何か飲ませてくれないか。死刑囚だって、それぐらいの願いは聞いてもらえるはずだ」

「往生際が悪いわね。つまらない時間稼ぎはやめて」

蔭浦が尖った声を飛ばしたが、小宮山は鷹揚（おうよう）なところを見せる。

「まぁ、いいじゃないか。時間稼ぎは見え見えだけど、二分かそこらですむ。――希望はあるか？　ただし、極上のコーヒーを今から淹れろ、なんてのは却下だ。黙ってたら水道の水になるぞ」

「水は勘弁してくれ。せめて……ワインでも……」

「おや。あんた、ワイン党だったのか。似合わないなぁ」小宮山はサディスティックに嗤う。

「いいよ、判った。――階上にワイン、あったよな？」

並んで座った城と安奈に尋ねる。抑揚のない声で答えたのは城だ。

「蔭浦さんが白ワインの新しいのを買ってきています」

「それを持ってきてくれ」

城は、のそりと立ち上がった。と、それから一拍遅れて「私が」と安奈が追う。「いいよ」「グラスの場所、判りますか？」「だいたい知ってる」と言い合いながら、二人は階段を上がっていった。もしかすると、彼女は地下室の緊迫した空気が息苦しくて、一時でも逃れたかったのかもしれない、と森下は想像した。

二人が戻ってくるまでの間、森下は何とか翻意するよう小宮山と蔭浦に訴えたが、まともに取り合ってもらえない。嵯峨は、すでに半ば死んだような虚ろな目になりかけていた。もはや命乞いをすることもない。

「考え直せ。思い止まれ。宗教家が人を殺していい道理がない」

なおも叫んでいると、「うるさい」と言って蔭浦が椅子を蹴った。そして、森下の背後に回ったかと思うと、彼の口許に粘着テープを貼りつけた。

「これで静かになった。――まったく、自分が殺されるんじゃないと判ったとたんにピーピーとうるさい男だよ」

どこまで愚弄(ぐろう)されなくてはならないのか。森下の怒りに燃えた目を無視し、蔭浦は前を向いて、ゆっくりと脚を組んだ。

階上で何かが割れる音がした。ハプニングが起きたのか？　小宮山が腰を浮かせるのを制して、蔭浦が様子を見にいきかける。しかし、城と安奈はじきに戻ってきた。

「すみません。蔭浦さんが買ってきたのを落として割ってしまったんです。このワインでいいですかね」

城が手にしていたのは、赤ワインのボトルだった。残りはわずかしかない。

「一杯分以上は残ってるじゃないか。それで充分だ。じゃあ、注いでやって」

安奈がかざしたグラスに、城がワインを注ごうとしたが、彼女の手が顫えているためにうまくいかない。苛立った蔭浦が立って、グラスを取り上げた。安奈は身を縮めて自分の椅子に座る。グラスの八分目ぐらいまで注いだところで、ボトルは空になった。蔭浦は、それを嵯峨の口許に運ぶ。

「さぁ、この世で最後の一杯だ。味わって飲みたまえ」

小宮山が猫撫で声を出した。

「おかわりも……できないみたいだな」

嵯峨は、ふっと笑って、差し出されたグラスに口をつける。哀れで正視に堪えなかった。蔭浦は面倒くさそうにグラスを傾ける。

異変が起きたのは、次の瞬間だった。喉を鳴らしてワインを飲んでいた嵯峨が、うっと呻いて苦しみだしたのだ。蔭浦は驚きの表情を浮かべて一歩引く。取り落としたグラスが床で砕け、大きな音を響かせた。

「どうした、噎(む)せただけか?」

小宮山が肩に手を置いたが、嵯峨はなおも激しく身悶(みもだ)えし、ただならぬ事態が発生したことが明らかになる。しかし、誰も彼もなすすべがない。

――手錠をはずしてやれ。早く！

怒鳴りつけたかったが、森下にその自由はなかった。地団駄も踏めない。

「おい、嵯峨。どうしたんだよ。臭い芝居をしてるんじゃないだろうな？」

「芝居のわけないでしょう！」安奈が金切り声をあげた。「本当に苦しんでるやないですか。早く何とかしてあげてください！」

「何とかって……」

小宮山は惚けたように立ち尽くす。蔭浦は嵯峨の口に人差し指を突っ込み、飲んだものを吐かせようとした。が、相手がのた打ち回るのでそれもかなわず、血が出るほど強く指を噛まれただけだ。もがいているうちに椅子が倒れる。嵯峨は床の上で痙攣を始めた。

「それに何が入っていたんだ？」

小宮山は、城が持っているボトルを指差した。無表情だった男もさすがに顔面蒼白になっており、何度も首を振る。

「し、知りませんよ、僕は。置いてあったのを持ってきただけですから。こ、これは、小宮山さんが買ってきたワインですよ」

「さっきまではみんなで飲んでも何ともなかっただろ。それが、どうして今は――」

「安奈。水を汲んできて！」

蔭浦が命じた。安奈は返事もせずに飛んでいく。水を飲ませたからといって、どうなるものでもないだろうに。

「畜生！」

錯乱したように城が叫び、蔭浦たちを驚かせた。

嵯峨は椅子にくくられたまま痙攣していたが、次第にその動きが鈍くなっていく。死が、人を食らっているのだ。できることなら目をつぶりたい、と森下は思ったが、見なくてはならない。これが事件にせよ事故にせよ、自分は刑事なのだ。一部始終をしっかり見なくては。

安奈が戻ってきた。水がこぼれないようコップの口に片手で蓋をしたまま駈けて。しかし、嵯峨はそれが飲める状態ではなかった。間歇的な痙攣もやがて治まり、手錠の男はほとんど動かなくなっていた。

「……ワインに毒物が混入していたんだ。お前ら、何か企んだな？」

小宮山は、城と安奈に鬼のような形相を向けた。二人はきっぱり否定する。

「ぼ、僕らがそんなことするわけありませんよ。この人に毒を盛ってどうしようって言うんですか」

「そうですよ。殺しても仕方ないやないですか。この人……この人……もうすぐ小宮山さんに殺されるとこやってんから！」

「馬鹿野郎！」

小宮山は激昂した。そして、腰に差していた拳銃を取って振りかざす。城が悲鳴をあげた。

「静かにしろ、お前ら。いいか、見せてやる。よく見ろ。ほら、顔を上げないか」

彼は弾倉をスライドさせて、二人にその中を見せた。それから、くるりと振り向いて森下のところにやってくる。

「刑事さん、あんたも見てくれ。弾が入ってるか?」

一発も装塡されていない。森下は、小さく首を振った。

「ないだろ? 見たよな。しかるべきところで、しっかりと証言してくれ。この道具は本物だけど、俺は弾を込めていなかったんだよ。端っから嵯峨を殺す気なんてなかったんだ。――そうだろ?」

彼は蔭浦に同意を求めた。女は「ええ」と答える。

「そうよ。私たちは嵯峨信人に死の恐怖を体験させて、それを制裁とするつもりだった。命まで取るつもりはなかった」

――俺にしゃべらせろ。テープを取れ!

森下が目顔で言うと、蔭浦は乱暴にテープを剝がした。もっと丁寧にやれよ、という抗議は省略して、彼は吼えるように言う。

「処刑ごっこやった? ふざけたことを言うんやな。そんなでまかせを聞いて『ああ、そうですか』と信じられるか。ごっこを刑事に見せて遊ぶほど、あんたたちが暇やったはずがない」

「いや、違うんだ」小宮山が言う。「たまたま転がり込んできたあんたに見せるのは座興みたいなもので、本当の目的は、城と安奈の気持ちを確かめることだった」

「どういうことや？」

「彼らを逃走に連れていくに当たって、革命に参加する決意がどこまで強靭なのかをテストしようとしたんだ。つまりだ、リーダーの手で反革命分子が抹殺される現場に立ち会わせて、それに動揺しないかどうかを観察することによって――」

「ごちゃごちゃぬかすな」森下はキレまくっていた。「そんなこと、どうでもええ。早う救急車を呼べ。死んでしまうぞ！」

「もう手遅れよ」

蔭浦が低い声で言った。彼女だけが冷静さを取り戻しつつあるようだ。

「この人はもう助からない。ほら、ほとんど動かなくなってきてる」

「胃洗浄をやったら助かるかもしれんやないか。もたもたせずに救急車を――」

左頰に平手打ちが飛んだ。目の前で火花が散る。

「ああ、この刑事、うるさい。救急車を呼んで、事情を説明して、ついでに警察に自首しろって言うの？　ふん。そんなことを私たちがするわけないでしょう。通報すれば一縷の望みがあるのかもしれないけれど、この男の命を救う義理なんてないわ。生きられない運命だったのよ。死んでもらう」

「……この人殺し」

「ええ、人殺しよ。だから指名手配されているんでしょ」

簾（すだれ）のように垂れた前髪の間で、狂気を宿した目がぎらぎらと輝いていた。何を言っても通じない、と森下は絶望する。赤いシャツの女は小宮山に言った。

「拳銃に弾を込めてちょうだい」

——俺を射つのか？

小宮山がポケットから弾丸を取り出し、言われたままに装塡する。蔭浦の逆鱗（げきりん）に触れたことを、森下は心から後悔した。

「時間がなくなってきた。さっさとここを撤収しなくてはね」

彼女は溜め息まじりに言うと、「貸して」と小宮山から拳銃を受け取る。そして、慣れた手つきで撃鉄を上げた。

3

「蔭浦は、銃口を城と安奈に向けて『動かずじっとしていなさい』と言いました。そして、小宮山に命じて二人を粘着テープで縛らせたんです。私には、彼女が何をしようとしているのか見当がつかなかったし、城と安奈もわけが判らない様子でした」

森下は落ち着いた口調で話し続ける。

「二人を縛り上げた後、彼女は言いました。『犯人はあなたたち二人のどちらかよね。どっちがやったのか、何故やったのか、詮議している時間はない。だから、二人ともここに置いて行くことにします』。城と安奈は『私は毒なんか入れていない』と訴えましたが、蔭浦も小宮山も聞く耳を持ちません。『どっちがやったかなんて、どうでもいい。知りたくもない。刑事さんはそうもいかないだろうから、三人でよく話し合いなさい。と言っても、刑事さんはあなたたちに質問することはできないけれどね』」

彼は自虐的に蔭浦典子の言葉を再現した。内心、はらわたが煮えくり返っていることだろう。

「彼女は、再び私の口にテープを貼りました。嵯峨の死について私があれこれ尋ねるのを防ぐためというより、単なる嫌がらせですよ。『こんなところに閉じ込められたままでは死んでしまいます』と安奈が涙声で言うのを聞いて、ここはよほど人気のない場所なんだな、と思いました。すると、蔭浦は『私たちが充分遠くに逃げたら、助けがくるように手配してあげる。五時間後には出られるだろうから、おとなしくしていなさい』と言った。『約束する』とも。城と安奈は半信半疑という顔でしたが、私は微塵も信じなかった。このままでは死ぬ、と思いました」

小宮山と蔭浦が立ち去った後、身動きのとれない三人と嵯峨の遺体とが残った。何とも表現しがたい重い空気が地下室いっぱいに充満する。城と安奈は口を揃えて、蔭浦たちの仕打ちを「ひどい」と罵っていたが、それにも倦んでくると、どうしてワインに毒が混入していたのかについて少しずつ話しだした。互いに自分の無実を滔々と並べ立てる。しかし、「あなたがやったんでしょう?」と切り込むことはなかった。

「もどかしかったですよ。二人の話を聞きながら、疑問に思った点があっても質すことができないんですから」

二人は努めて森下の存在を忘れたがっているかのようだった。彼の方にはろくに視線を向けずに、「本当に助けをよこしてくれるのかな」「蔭浦さんは嘘をつかないと思う」などと不安げに言い合うだけ。

その間、森下は何とかして両手首のテープを剝がそうと苦闘していた。しかし、手首の皮が破れてひりひりと痛むまでがんばっても、たかが布製のテープは剝がれてくれない。城と安奈は、そんな彼の努力さえ見ないようにしていた。君たちは人間か、自分の置かれている状況を直視して自ら判断したり行動したりするつもりはないのか、と森下は怒鳴りたかった。

うんざりするほど長い時間が経過した。城と安奈は平静でなくなってきたらしく、救助を待っていていいのだろうか、という不安を表明し始めた。やがて、「ワインに毒を入れたのはあなたでしょう? 白状しなさいよ」と安奈が責めだす。城は「僕じゃないことは僕が知っている。君がグラスに毒をなすりつけておいたに決まっているよ」と言い返し、その応酬は嘴でつつき合うような口論へと発展していった。

待っていても無駄だ。自力でここを脱出し、一刻も早く警察に連絡をしなくては。森下はますます焦った。いくらもがいてもテープを引きちぎるのは難しい。道具を使って何とかならないものか？　城か安奈に「ライターを持っていないか？」と訊きたかったが、しゃべることができない。いや、そもそもポケットにライターを持っていたとしても、彼らも拘束されているのだから取り出すことができないだろう。

「結局、頭に血を上らせたまま一時間半ほどそうしてたかな。おかしなもんです。ええい、どうにでもなれ、と不貞腐れかけた時に、やっと床に散らばっているグラスの破片が目に留まったんです。あれを使うしかない。私は瞬時に決断して、椅子ごと床に倒れ込みました。そして、少しずつ体を這わせていって、適当なガラス片を摘み上げました」

森下は手に入れた道具を苦心して操り、手首も指も傷だらけにしながら、ついにはテープを切断することに成功する。腕時計を見ると、午前四時だった。

「自由を取り戻した私に、城と安奈は『早くこっちのテープも切って』と懇願しました。そうしてやりたかったのは山々ながら、二人が逃走を計ったら私一人では捕まえられません。『警察に連絡する間、少しだけ我慢していてくれ』と諭してから階上に上がり、まず携帯電話を捜しましたが、小宮山らが持ち去ったらしく見つからない。それで、建物の外に出て、近くにあった電話ボックスから通報したんです」

刑事ドラマさながらの話だった。私はあらためて彼の手首の包帯を見て、よくがんばって生還した、と拍手を送りたくなった。

森下が監禁されていたのは、東大阪市内にある四階建ての廃ビルだった。かつてはスポーツクラブやカラオケボックスで埋まったレジャービルだったのだが、不景気のあおりで櫛の歯が欠けるようにテナントが撤退していき、ついにはオーナー会社が倒産。銀行の手に渡ったものの買い手がつかないまま六年が経過している不良債権の見本のような物件だ。国道から一本奥に入ったところという立地も災いしたのだろう。隣接する雑居ビルと貸し工場も空き家となっているため、付近は完全に火が消えたようになっている。小宮山たちが隠れ家とするには最適の場所だった。

「森下の不審な電話を受けて、われわれは巽中に急行したんですよ」船曳警部が言う。「しかし、本人はさらわれた後ですからね。巽中の路上といってもどこか特定できないし、捜索のしようもなかった。何か連絡が入るのを、心配しながら待っていたわけです。いや、まさかシャングリラ十字軍の捕虜になってたとは」

「彼らは勝手にこのビルに入り込んでいたんですか？」

火村は人差し指で顎を撫でながら、警部に尋ねる。

「いいえ。城照文が招き入れたんですよ。城は去年の夏にカテラルの光に入信していて、熱心に活動をしていたようです」

「どうして彼がここに十字軍を？」

「このビルは、かつて彼の父親が所有していた物件なんですよ。無職の城には寄進するものもなく、教団ではもっぱら労働奉仕をしていました。今年の初め、彼はシャングリラ革命計画について大阪支部の先輩信者から聞き、参加するよう誘われますが、第二の爆破事件が起きたところでその先輩が逮捕されてしまった。十字軍はほとんど壊滅状態になり、幹部四人が逃亡。しかし、彼は革命に参加したいという意思表示をしていたため、一カ月ほど前に小宮山から電話で接触を受けました。『しばらく潜伏できる場所を大阪近辺で探している』と。そこで、何の管理もされずに放置されたままで、銀行もしばらくは処分のしようがないであろうこのビルを使うよう勧めたんだそうです」

「小宮山らは、ここで何をしてたんですか?」

気になって私が訊く。

「秘密基地にしていたのではなく、緊急の場合に逃げ込む隠れ家の一つとして利用していたようです。鬼塚や万田が立ち寄ったこともあるらしい。しかし、彼らが何をしていたのかについて、城も深くは関知していません。教えてもらえなかったようで」

火村はなおも顎に指を当てていた。

「もう一人の安奈というのはどういう子なんですか?」

「大石(おおいし)安奈は十九歳の専門学校生で、高校に在籍していた去年の秋からカテラルの大阪支部に出入りをしていました。そこで城をシャングリラ革命に誘った女性の先輩信者と親しくなり、革命計画についても知るところとなりました。どうやら先輩に対して尊敬に近い感情を抱いていたらしいですな。かなり人間的魅力に富んだ女性やったんでしょう。その先輩を介して城と知り合っています。城は、小宮山からの連絡を受けてここを隠れ家にするよう計らうとともに、大石安奈にも協力を求めました。それで、彼女も行動をともにするようになった」

「革命の同志というわけですか」

「ええ、それだけでしょう。恋愛関係にあったとは思えません。それは当人たちも否定していますし、私の目から見てもさして親密ではなさそうですね」

「毒物の混入について、お互いに相手がやった、と主張しているそうです」

「ええ。動機は判らないが、あいつがやったことは間違いない、と」

嵯峨信人を死に至らしめたのはシアン化カリウム、つまり青酸カリだった。解剖の結果、哀れな被害者は致死量の倍以上に相当する〇・六グラムの毒物を摂取したことが判明している。また、ボトルの底にわずかに残っていたワインを鑑定したところ、あまりにも微量だったためか呈色反応は出なかった。したがって、毒物がボトルに投じられていたのか、グラスに注がれた時点で混入したのかは定かでない。

「常識はずれの不可解な事件やな」私は火村に向かって、「城照文と大石安奈のどっちが犯人やったとしても、なんでワインに毒を盛ったりする必要があったのか判らん。わざわざそんなことをせえへんでも、嵯峨信人は銃殺刑に処せられることになってたのに。こんな妙な犯罪は聞いたことがないぞ。――先生は知ってるか？」

「いいや」と犯罪学者は答えた。「思い当たらないね」

「犯人は嵯峨信人を殺すつもりはなかったんやないかな。誰が誰を狙ったのか知らんけど、彼らは仲間割れを起こしてたんやろう。それで残り少ないワインのボトルに毒を入れておいた。ところが処刑直前になって嵯峨がワインを所望したので、それが彼に回ってしもうて……」

語尾をぼやかせて火村の反応を窺う。しかし、応えたのは森下だった。

「でも有栖川さん、もしそんな展開やったとしたら、犯人は嵯峨が毒入りワインを飲むのを黙って見ていたでしょうか？　じたばた騒いででも止めようとしそうなもんです」

「もちろん、普通の状況ならそうです。しかし、ワインを飲ませないように不自然に騒ぐことで、自分が不審に映ることを犯人は恐れたのかもしれませんよ。何しろ窮地に追い詰められている狂信的革命家の集まりやし、その場には拳銃もあった。仲間に毒を盛ろうとしたのが発覚すれば、それこそ即座に処刑されてしまうでしょう。それに、こうも考えられます。思いがけず嵯峨が毒入りワインを飲むはめになったのは気の毒やけれど、どうせ彼は処刑される。銃で頭を射ち抜かれるのも青酸カリで中毒死するのも大差はない、と解釈したのかも」

「と、言うことはですよ」森下は額に手をやって、「犯人はやはり城照文か大石安奈のいずれかだということになりますね。小宮山と蔭浦は、拳銃に弾が装填されておらず、処刑が単なる芝居であることを知っていたんですから」

私は、寸時、考えてから「えー、はい。そういうことですね」

「それが正解やないですかね」船曳警部は言う。「城や大石が嵯峨に殺意を抱いていたとしても、どうせ処刑されるんだから投毒する必要はなかったし、小宮山や蔭浦に殺意があったんなら拳銃であっさり射殺することができた。つまり、嵯峨に青酸カリを飲ませる理由があった者はいないわけやから、犯人がワインに毒を入れた理由は、嵯峨以外の誰かを殺したかったからです」

私たち三人は「ね」と目顔で頷いてから、揃って火村を見た。犯罪学者はおもむろに口を開く。

「その仮説は論理的だと思いますよ。――ただ、いくつか森下さんに確認しておきたいことがあります」

「何でしょうか?」と死地から生還した刑事は背筋を伸ばす。

「問題のワインが注がれた時のことを正確に思い出してください。まず城がボトルを、大石がグラスを持っていたんだけれど、彼女の手が顫えてうまく注げなかったため、見かねた蔭浦がグラスを取ったんでしたね。その際、蔭浦がワインに毒を入れるチャンスはあったんでしょうか?」

「ありません」森下は断言した。「蔭浦は片手にグラスを持って、ぐいと城に差し出しましたから」

「すると、やはり犯人は城か大石のいずれかということになる。大石はボトルに触れていたんですか？」

「本人は指一本触れていない、と言っていますね。私が証言できるのは、地下室に下りてきてからの彼女は、ボトルに触れていない、ということだけです」

「もしも毒がグラスに入っていたのだとしたら、犯人は彼女だということになる。その可能性はどうでしょう？　〇・六グラムの青酸カリの粉末なんて、耳掻きで掬える程度ですが、空っぽのグラスに入っていたら城や蔭浦の目に留まったと思うんですが」

今度は即答が返ってこなかった。しばし考えてから森下は、

「微妙なところですね。気がつかなかった可能性もあります。大石安奈は気を利かせてグラスを洗っていました。だからグラスに付着した水滴に青酸カリの粉末が溶け込んでいたんなら、あまり目立たなかったと思われます。それに、蛍光灯の光がこんな具合ですから、薄暗くて見えにくかったでしょうし」

私は、ふと思いついた。

「グラスを持つ大石の手は顫えてたそうですが、それは演技やったのかもしれませんよ。中にまぶした毒薬に気づかれないよう、わざとグラスを揺らしたのかも。演技をやりすぎて蔭

浦にグラスをひったくられてしまったわけですが、幸いにもばれなかった——」

「うーん、どうかな」森下は判断に迷う。「それは何とも言えません。筋は通っていますが、言い掛かりのような感じもします」

恨みがあって因縁をつけているのではなく、あくまでも可能性を検証しているつもりだ。警部が言う。

「城か、大石か、ここで推論を並べていても絞り切れませんな。直接、二人から話を聞いてみてください。彼らは犯人隠匿によって逮捕ずみですが、現場検証のために間もなくここにやってきます」

では、それまでに城たちがワインを持ってきた階上の部屋を見にいこう、としたところへ鮫山が階段を下りてきた。銀縁眼鏡の警部補は報告する。

「公安の皆さん、ものすごい見落としをやらかしてましたよ」

それが何かと聞かないうちから警部は渋い表情になり、「何や?」と尋ねた。

「ワインが置いてあった厨房の砂糖壺の中から、小指ほどのカプセルが出てきました。中身は刺激臭のある粉末です」

「カリか?」

「なめてみるわけにもいきませんよ。警部や火村先生に見ていただいたら、すぐ所轄の刑事に科捜研に飛んでいかせます」

警部は火村の方を向くと、渋面を崩してうっすらと笑った。

「お聞きになりましたか、先生？　砂糖壺の中ですって。彼らがどやどやと現場に押しかけ、厨房をあさり始めてから六時間がたってるのに、やっと凶器発見か。まったく、どこに目玉つけとんや」

4

スポーツクラブの事務室だった二階の一室で、城照文と大石安奈の事情聴取を行なうことになった。城を別室で待たせ、まずは大石を呼ぶ。夏向きのファッションに身を包んだ十九歳の少女は、うな垂れ、すり足で入ってきた。まだショックから完全に立ち直っていない、という様子だ。殺人を目撃した衝撃なのか、殺人を犯してしまった動揺なのかは判らないが。

「また同じことを話すんですか？　森下さんも現場におったんやから、私が何回も繰り返さんでもええと思うんですけど」

やや不満そうだ。四人の男に囲まれて、あれこれ追及されるかと思うと気が重いのだろう。

「質問する人が替わるんや。我慢してくれるか」警部が穏やかに言う。「こちらは火村先生と有栖川さんで――」

私たちの紹介を聞いても、納得がいかない、と言いたげに表情を曇らせている。どこにでもいる、ごく普通の女の子に見えた。毒殺犯だとは思いにくいし、カルト的新興宗教の信者というのもピンとこない。剝き出しの右肩はいかにも健康的だ。

「カテラルの光への信仰は、あなたにとって大切なものだったのかな」

火村の最初の質問だった。彼女は、当然だ、とばかりに頷き、生きる目標を見つけられず迷子になってる時に指針を示してくれたのがカテラルなのだ、と語った。教団のことになると、にわかに言葉に熱がこもる。

「しかし、小乗仏教的なカテラルの教えとシャングリラ革命との間の距離はあまりにも大きい。君は本気で革命の実現を夢見ていたのか？」

「一応、本気ですよ」

大量殺人を肯定する革命に対する考えを問われて、「一応、本気」という回答は拍子抜けだった。グロテスクだとも言える。そればかりの覚悟で小宮山たちについて行こうとしていたのか。

「このままやったら世界は駄目になっていくばかりでしょう。政治は徹底的に腐敗しているし、市民は白痴化してる。理想の社会を建設するための革命を起こさないと。私たちの親の世代は学生時代にマルクス主義がどうたら言うて暴れたらしいけど、そんな理論にしがみついたから失敗するんです。今、やるべき革命に根拠なんか必要ありません」

馬鹿な。そんな火遊びのとばっちりで殺される人間については想像力が働かないのか。私は胸がむかついたが——彼女は少し言葉を足した。

「……でも、自分の本心もよく判らない。私、地下室の住人になりたがっていたのかもしれませんね」

「地下室の住人ね。アンダーグラウンドへ下りてしまう愉悦かな」

火村は軽く言い換える。

「はい。日陰者に憧れるような感じ。私、自分で言うのも何ですけど、根が真面目すぎるんで、こうなってしまうんです」

地下室の住人ときた。秋山駿か、ドストエフスキーか。本当に真面目な女の子なのかもしれない。アウトサイダーへの憧憬も判らないでもないが、根拠も求めず地下室の住人に焦がれるのなら、坂口安吾でも読んで正しく堕ちる道を模索するべきだった。大石安奈に必要なのは宗教もどきのカルトではなく、おそらくは文学だったのだ。彼女は知っているのだろうか？　白痴化していると社会を軽蔑するまでもなく、書店の棚には世界を呪う言葉を綴った文学作品が何百冊も並んでいることを。

「嵯峨信人という人を初めて知ったのはいつだい？」

火村は淡々と質問を続ける。

「昨日。昼過ぎに小宮山さんと蔭浦さんが拉致ってきたんです。小宮山さんたち、必死であの人を捜してたわけでもないんですけど、たまたま嵯峨さんが巽にいる、という情報が転がり込んできたみたいで突然に」

嵯峨を隠れ家に運び込んだ後、彼らは巽に引き返した。嵯峨の協力者が身辺にいなかったかどうか確かめるためだったらしい。その時に、小宮山が森下に目撃されてしまったわけだ。

「危険を冒(おか)してまで嵯峨氏を拉致してきて、結局は拳銃を突きつけて脅かすだけだった、というのが理解できない」火村は言う。「脅した後で解放したら、彼はきっと警察に駆け込んだだろう。そして、小宮山と蔭浦が大阪市内にいたことを話す。十字軍にとって不利な状況ができるだけじゃないか」

「公安の人にも、その点をさんざん搾(しぼ)られました。説明しましょうか？　私、小宮山さんたちがこそこそ話しているのを聞いたんです。処刑するぞ、と嵯峨さんを脅かして弱みを吐かせ、それをネタに今度はこちらのスパイに仕立てるんだ、とか言ってました。そんなうまい具合にいくかなぁ、と思いましたけど」

重要な発言だった。船曳と森下も、身を乗り出してくる。

「君は、地下室の処刑が茶番だということを事前に知っていたのか？」

「はい」

「しかし、城さんがワインを注ごうとした時は、がたがた顫えてグラスをちゃんと持てなかったんだろ？」

「それはつまり……小宮山さんたちが迫真の演技をやってる。嵯峨さん、城さん、刑事さんが本気でこわがっている。私は、そこで起きてることのすべての意味を知ってたわけでしょ。

私だけが全部知ってるんや、それがばれないようにせな、と思うと変に緊張して手が顫えたんですよ。なんか、ずっとこそばゆくって、早く終わって欲しかった」

「そうか」森下がパチンと手を打つ。「そういえば、小宮山が拳銃を振りかざした時に城は悲鳴をあげたけれど、君は落ち着いていたっけ」

彼女は森下を向いて、微かに笑った。

「弾が抜いてあると知ってたもん」

「彼女の話は信憑性が高いと思います」森下は警部や私たちに言った。「わざと驚く演技はできても、その反対は無理です」

すると、どうなる？　さっき検証していた仮説のどこかに修正を施さなくてはならないのだろうか、と考える間もなく、火村は次の質問をする。

「君はワインに毒を入れていないと言う。じゃあ、誰がやったと思う？」

「城さんです。彼しかできません」

「いつ、どうやって入れた？」

「一階の厨房に、私と彼がワインを取りに行きましたよね。そこで私の目を盗んでやったんですよ。彼が『えーと、蔭浦さんが白の新しいのを買ってきてたな』とか言いながらお酒類が入った戸棚を見ていた時、私は背中を向けてグラスを洗っていましたから、簡単にできたはずですよ」

「なるほど。——蔭浦が買ってきた新しいボトルが割れてしまった経緯を教えてくれるかな」

「グラスを洗った私が振り向いたら、真後ろに彼が立ってたんです。それで腕と腕がぶつかって……」

「彼がボトルを落としたんだね？　それで、やむなく残りわずかな赤ワインを地下室に持っていった」

「はい。——私の意見をしゃべってもかまいませんか？」

どうぞ、と火村は促す。

「彼は、新しいボトルを割ってしまうため、わざと腕をぶつけたんです。そうしたら、赤ワインを嵯峨さんに飲ませるしかなくなりますよね。それが狙いです。多分、城さんが持ってた毒薬はごく少量やったんですよ。ちょっとしか毒がなかったから、新品のボトルに入れたくなかったんやと思います」

「つまり、君とぶつかって白ワインのボトルを割る前に、残りがわずかしかない赤ワインに毒を投じていた、というわけか。手口が凝っているね」

「あの人ならやりかねませんよ。何を考えてるか判れへんもん」

「信頼していないんだね。それは、こんな事件があったからかい？」

「いいえ。その前からですよ。入信したのは私より先やし、尊敬してた先輩が革命に誘った人やというから疑いたくないけど、何か信用できへんのです。カテラルの教えにもほんまは興味がなかったみたいやし」

「彼の信仰心を疑っているんだね？　しかし、そんな柔(やわ)な信者だったら先輩も革命の計画があると打ち明けなかっただろう」

「先輩の真意は知りませんけど……。パソコンとか機械に強いから便利や、と思うたんかもしれません。それと……あの人、『いつ死んでもいい』が口癖でしたから、特攻要員にええと思うたんかも」

「『いつ死んでもいい』というのは、殉教する覚悟ができていた、ということ？」

「深い話をしたことがないから判りませんけど……生きる目標がないから、そんな言葉が口癖だったのかもしれません。あの人、単なる〈自分探し〉でふらっとカテラルに入ったんやないかな、と思うんです」

生きる目標がない、と悩む者ばかりだ。

「君は〈自分探し〉で入信したんじゃないのか？」

彼女はわずかに躊躇(ためら)ってから、「違います」と答えた。

「それはいいや。——しかし、城さんが毒を入れたんだとしたら、動機が判らないな。彼が嵯峨さんを殺したいと思うようなことがあったんだろうか？」

「判りません。面識はなかったみたいだし、昨日、嵯峨さんが連れてこられてから喧嘩をしたわけでもないし。もしかしたら、拳銃で頭を射たれるのがかわいそうや、と思って毒を服ませようとしたのかも……」

「頭を射たれたら即死する場合もある。毒を盛られてもがき苦しむ方が悲惨な気もするけれどね」

「私もそう思うんですけど……城さんの感覚では逆だったのかもしれませんよ」

「たしかに、それは何とも言えないね」と火村は合わせる。「赤ワインを主に飲んでいたのは誰？」

「みんなで分け合って飲んでいましたから、誰とは言えません」

「少しだけ残っていた分を、次に誰が飲むかは予想できなかったんだね？」

「はい。私が飲んだ可能性もあります」

助教授は、若白髪がまじる頭髪をゆっくり掻き回した。それから、一枚のポラロイド写真を取り出して見せる。問題の毒薬らしき粉末が入っていたカプセルの写真である。本来の用途は不明だが、気密性に優れており、空気に触れると風化してしまう青酸カリの保管には適している。残念ながら、表面に細かな凹凸があって指紋の検出はできなかった。

「これに見覚えは？」

しげしげと見てから、安奈は首を振った。

「見たこともありません。これ、何なんですか？　もしかして、ここに毒薬が……」

「詳しくは話せない。――これは砂糖壺の中から出てきたんだ。いつから入っていたと思う？」

「いつからって……コーヒーか紅茶を飲む時にそんなのが入っていたら気がついたはずだから……」

「最後にコーヒーか紅茶を飲んだのは？」

「小宮山さんたちが刑事さんを拉致してきたのが七時より前やった。それからコンビニで買うてきたお弁当を食べた後……いや、違うわ。みんなが地下室に下りていく前にも飲んだから、十二時二十分ぐらい」

「地下室に下りる前だね？　ということは、こいつを砂糖壺に入れる機会があったのも君と城さんだけということになる」

「小宮山さんと蔭浦さんが、ここから逃げる前に隠したのかもしれませんよ」

「こいつはやばい品物なんだ。そして、簡単に入手できるものでもない。持ち去るのなら判るけど、隠して出ていったりはしないだろうな」

彼女は首を伸ばして、机上の写真をもう一度見た。

「やばい品物ということは……やっぱりそれに毒薬が入ってたんですね？」

＊

「そのカプセルを砂糖壺に隠すチャンスがあったのは、僕と安奈さんです。二人とも、厨房でごそごそとものを探し回りましたから、お互いに隙はあった。しかし、僕はやっていませんから犯人は彼女ですね。あの子が嵯峨を殺したんです」城照文は断言した。「動機については見当もつきませんが」

城の口調は終始けだるかった。しゃべるのが億劫でならない、という風情だ。およそ活力というものが感じられず、革命と称するテロ活動に身を投じる人物とは思えなかった。これが現代の革命家なのだろうか？

「革命の大義とも関係がないのに、人を殺したりしないでしょう」私はつい口を挟む。「あなたの知らないところでトラブルがあったということはないんですか？　嵯峨さんが大石さんに失礼なことを言ったとか」

「僕の知らないところであったトラブルなら、僕は知りません。作家のくせにおかしな訊き方をしますね」

推察してみろ、と言っているのだ。つまらない揚げ足をとりやがって、とむっとしたが、相手は涼しい顔をしており、私を不快にするために嫌味を言ったのではないらしい。ふだんからずっとこんな調子だったら、周囲とのコミュニケーションが円滑にいかない場面も多々あるだろうに。城は続ける。

「あらためてお答えします。そんなトラブルはなかった。彼女と嵯峨が二人きりになる機会がありませんでしたから」

　火村は指先でコツンと机を叩いた。

「彼女は、あなたがわざと腕をぶつけてきて白ワインのボトルを割ったと、証言しています。何故そんなことをしたのかと言うと、残り少ない赤ワインに毒を混入したかったからだと――」

「言い掛かりだな。真相は逆ですよ。あの子から体当たりしてきたんです」

「どうしてそんなことを？」

「僕が赤ワインに毒を入れたので白のボトルを割ったのだ、とあらぬことを口走っているんでしょう？　そうやってこちらに嫌疑を向けさせたかったんだな。実際に毒を投じたグラスから目をそらすための工作です」

　そこまで先回りして考えを巡らすだろうか？　いささか疑問だ。

「しかし、彼女には嵯峨さんを殺す動機がない、とあなたも認めている」

「もしかすると、拳銃で頭を射たれるのは酷いから、毒を呷らせてあげよう、という慈悲のつもりだったのかもしれませんね。どちらが残酷な死かは見解が分かれるところですが、彼女にとっては毒杯による死がまだましである、と思えたんでしょう」

　火村は首を振った。

「それは違いますね。大石さんは、小宮山の拳銃に弾が装塡されていなかったことを知っていた、と言っている」

「嘘かもしれませんよ」

「信じる心理的証拠とでもいうべきものはある」

城はひどく鬱陶しそうに眉宇に皺を寄せた。そして、こんな仮説を述べる。

「しかし、それは彼女自身にとって不利な証言ですね。あの子は処刑が猿芝居だと知っていたからこそ、嵯峨を本当に殺すためにグラスに毒を入れた、とも言えるじゃないですか。僕よりも怪しい」

「動機は判らないけれど？」

「ええ。でも、それは僕が頭を悩ます問題ではありません。警察や先生の仕事が解決するべき謎です」

火村は「ごもっとも」と苦笑してから、話を少し変える。

「大石さんと違って、あなたは処刑が執行されることを疑わなかったわけですが、嵯峨さんに同情はしなかったんですか？」

「小宮山さんと蔭浦さんが決めたことです。僕に異存があるはずもない」

「心が痛むこともなく？」

「非常に痛んだ、と答えましょうか？　それとも、まったく平気だったと答えましょうか？　どっちにしても僕の本心かどうか判らないじゃありませんか。無駄な質問です。——まぁ、多少の同情は覚えましたけれど、人間はいつか死ぬんです。死に方なんて、大した問題じゃありません」

「さすがは『いつ死んでもいい』が口癖なだけある。――キシネンリョを自覚することはありますか？」

火村が何と言ったのか、しばらく理解できなかった。

「いいえ、特にありません」

あっさりと答えた城に、助教授はすかさず突っ込む。

「希死念慮なんて言葉、よく聞き取れましたね」

城は肩を落として溜め息をついた。もうたくさんだ、と言うように。

「誰がどんな死に方をしようと、僕には関心がありません。嵯峨信人が銃弾で殺されようが、毒薬で中毒死しようが、どっちだって同じこと。だから、僕が彼に毒を盛ったりするわけはないんです」

その言葉に、最も真実味があった。

*

問題の厨房を見てから喫茶店だった部屋に戻ると、公安の捜査員たちが何やら打ち合わせをしていた。私たちを見ると、あの猪首の刑事がにやりと笑う。

「いつもに比べて捗(はかど)りませんな。いやぁ、砂糖壺の中のカプセルを見つけるのに何時間かかったことか」

警部はむすっとして言い返す。

「もう気がすんだかな、船曳さん」

相手は皮肉を聞き流して、うれしそうに言った。

「もうすぐいい報せが入るぞ。『船曳班は帰社してよろしい』ってな。大学の先生方にもお引き取りいただける」

「何やて」警部は目を剝いた。「これはうちの事件やぞ。そっちは逃げたテロリストを追わないかんやろうが」

「シャン公がらみは全部うちがやる。あんたたちが摑んでないネタをいっぱい持ってるんやから、気持ちよく任せて欲しい」

黙って聞いているしかなかったが、私は警部に感情移入して口惜しかった。火村は冷静のようだが、森下は歯嚙みをしている。

「森下君にはまた尋ねることもあるやろう。その時は頼むよ。——おい」

猪首が号令を掛け、公安のご一行は部屋を出ていった。最後のひと言が我慢ならなかったのか、森下が「畜生!」と毒づく。

それが合図だったかのように、火村がはっと顔を上げた。そして、人差し指でゆっくりと唇をなぞり始める。何かが彼の頭脳に飛来したらしい。

「……すっかり忘れていた」

そんな呟きが洩れた。何を忘れていたと言うのか？

「おそらく、あれが答えにつながっているんだ」

どうしたのだ、と私が尋ねる前に、彼は警部に力強く言った。

「船曳さん。青酸カリの出所を洗えばいいんですから、もう現場に用はありませんよ。ここは公安の皆さんに任せましょう。シャングリラ十字軍を追うために、色々と調べたいでしょうからね。彼らは彼らの仕事に精を出してもらって、われわれは嵯峨信人殺しの犯人を挙げればいい」

「はぁ、それはそうですが……」

急に勢いづいた助教授の様子を、警部も不審がっているようだ。

「おい、火村先生」私は尋ねる。『あれ』って、何のことや？」

彼はくるりと振り向き、私の目をまっすぐに見た。

「城照文の言動さ。あれは実に不可解じゃないか。判らないか、アリス？」

そう言われてみれば、と思い当たることがあった。

5

　取調室に入ってきた城は戸口でいったん立ち止まり、留置所からここまでついてきた森下を細い目でじろりと見た。手首の包帯が取れたばかりの刑事は、無言のまま引き下がる。城は満足したように軽く頷いてから、火村と私の前に着席した。

「どうして警察官抜きで話すことを希望したんですか？」

　私の問いに、彼は「何となく」と答えたが、そんなわけはあるまい。

「刑事のしけた顔は見飽きた、ダミ声は聞き飽きた、というだけのことですよ。それにしても、彼らがよく僕の要望を受け容れてくれましたね。火村先生と有栖川さんって、よほど警察に信頼されているんだ」

「時間が惜しいから、無駄口はやめておこうか」

　火村は用意していた書類を机上に並べる。

「これは、あなたが使っていたパソコンの送受信記録です。消し忘れていたんだろうな、今年の二月十二日に興味深いものを発見しました。あなたが、何かを購入しようとしている記録だ」

「何かなんて言わずに、はっきりとおっしゃったらどうです？」

　城は少しも慌てていなかった。

「催眠剤、媚薬から劇薬まで、地下で危ない薬を手広く販売している〈幸福薬局〉というサイトがある。あなたはそこにアクセスして、クロロホルムを買ったらしい。まだ裏づけ調査の最中だから、らしいとしか言えないけれど、じきに明らかになるでしょう。ネット上で売り手と買い手が阿吽の呼吸で相手を見つけ、具体的な商談は足のつかない携帯電話ですます、という流れだったことは想像がつきます。シャングリラ十字軍のためにやったんですね？ ——おや、返事がないな。もう少し話を進めますよ。あなたは十字軍のメンバーに依頼されて薬物の調達を行なっていた。クロロホルム以外にも、怪しげなものを仕入れていたんでしょうね。そのうち、個人的な欲求に基づく買物がしたくなることがあっても不思議はない」

「僕がその〈薬局〉で青酸カリを買ったと言うんですか？ そして、それが嵯峨を殺すのに使われたと……」

「違うんですか？」

城は首筋をさすりながら天井を向き、吐息まじりに「黙秘します」と答えた。

「かまいませんよ。それを調べるのは警察の仕事だ。少しリークしてあげましょうか。彼は、三月五日の受信記録にあった〈天使〉という符丁が青酸カリを指すと考えてます。あなたは〈天使〉を受け取っている」

「〈天使〉が青酸カリですって？ そんなんじゃありませんよ。僕は、青酸カリなんてものを買ったこと、断じて、ない」

一語ずつ区切りながら城は言い切る。その反応に、火村は満足そうだった。

「警察だけでなく、先生も僕が嵯峨を毒殺した犯人だと考えているんですね。やれやれ。何度同じことを繰り返さなきゃならないんだろう。僕は嵯峨信人に何の恨みも抱いていなかったし、彼が死ぬことで金銭的利益を受けるわけでもない。ちなみに、殺人狂でもありませんよ」

「それがこの事件の興味深いところです。あらゆる犯罪は、いや、人間のあらゆる行動は利益を期待して実行に移されます。こんなことをしたら破滅する、という愚行もありますが、それにしても愚行をあえて冒すことで得られる快感が期待されているものだ」

「難しい話になってきましたね。なんだかテツガク的です」

彼は小指で耳の穴をほじくる。

「そんな大袈裟なものではありませんよ。ところで哲学と言えば、『真に重大な哲学上の問題は一つしかない』とアルベール・カミュが書いています。それは、自殺の是非である、と」

耳をいじる手が止まった。

「カミュがそんなことを書いているんですか。何という本です？」

「『不条理な論証』の論考の冒頭です。『シーシュポスの神話』という本を読めばいい。——さて、私たちが直面している毒殺事件の中心にあるのは青酸カリだ。ネットで怪しげな〈薬局〉にアクセスしていたあなたは、これを入手することが可能だった。あの日、地下室に下りる前に、それをワインのボトルに投じることも」

「それで？」

城は腕組みをして、そり返る。

「それで、それで、それで？　話がちっとも前進していませんよ、先生。毒を手に入れて、嵯峨に服ませる機会があったのは僕だけではないでしょう。大石安奈も、僕と同じインターネット・カフェから〈薬局〉にアクセスして青酸カリを買うこともできたし、それをグラスに入れることもできたんです。僕だけを追及したがるのに理由はあるんですか？」

「ええ、ありますよ」

火村は、ジャケットの襟についた髪の毛を指で弾いて飛ばした。城はその理由が気になるらしく、「ちょっと。焦らさないでください」と言う。しかし、火村は答えをはぐらかした。

「その前に——個人的な欲求で毒薬を手に入れた人間がすることとは、何でしょう？　二つしかない。それで他人を殺すか、自分を殺すか」

「害虫を駆除する場合もあるのでは？」

「それならアンダーグラウンドでこそこそと買い求めなくてもいい。今、私は地下でやりとりされる毒薬について話しているんですよ」

カタカタと何かが振動する音が聞こえる。貧乏揺すりをする城の膝が机に当たっているのだ。

「で、僕が〈天使〉という名の青酸カリを買ったのだとしたら、その目的はどっちです？他殺か、自殺か」

「それは本人にしか判らない。私には決定不可能です。ただ言えるのは、あなたが嵯峨信人氏を殺害するために毒物を所持していたはずはない、ということです。警察がいくら洗っても、あなたと彼の接点は見つからないんですからね」

「では、僕は犯人ではありませんね」

「それはまた別の話だ。あなたには、彼を殺すことによって得る利益があった。実に奇妙で、異常でありながらあくまでも合理的で、有栖川によると推理小説でも描かれたことがないという利益が」

「馬鹿な。僕は、嵯峨が処刑されることを疑わず、わざわざ手を下さなくてもこの男は死ぬ、と信じていた。いわば、世界で最も殺す動機のない人間ですよ。どうしてそんな僕が彼を――」

それ以上は城に口を開かせる間を与えず、火村は畳み込むように語りだした。

「まもなく説明しますから、まぁ、私の話を聞いて。――あなたは、青酸カリなんてものを買ったことは断じてない、と言明した。それは事実なんでしょう。〈天使〉が何なのか、警察はかなり正確に理解しています。〈幸福薬局〉の特上メニューでしょう？　それは、安楽死ができる毒薬のことなんだ。喉を掻き毟ったり血ヘドを吐かずに、ふっと気が遠くなったと思った次の瞬間に逝くことができる薬。自殺を志望する者にとっては、喉から手が出るほど欲しいであろう品。究極の救済」

自殺について、まったく考えたこともない人間はいるだろうか？　いない。生きるべきか死ぬべきか、と切実に煩悶したことがなくとも、自殺の是非を自問した経験は誰にでもあるに違いない。アルジェリア生まれの大作家だけが考えるテーゼではないのだ。

ふっと気が遠くなったと思った次の瞬間には逝くことができる薬。「今なら、一人分だけお分けできますよ」と囁かれたら、私はその誘惑を拒むことができるだろうか？　もしもの場合、そのようなものが欲しくてたまらなくなる場合に備えて、保険をかけたくなるのではないか？　今は、まったく必要がなくとも。

城の顔には、驚きが素直に顕われていた。

「〈天使〉がそういう薬だとしたら……それがどうしたんです？」

「この商品には欠点がある。本当に苦痛なく死ねるかどうか確かめられない、という点です。服用してみるわけにはいかないし、動物で試しても効果は確認しがたい。〈天使〉は本当に優しい天使なのか？　それとも天使のふりをしているだけなのか？　それを実験する方法はないかに思われたのに、あの日、予想もしていなかった事態があなたの前に現前した。地下室の処刑です。哀れな男が処刑される前にワインを飲みたい、と懇願するのを聞いたあなたは思ったんだ。いつも携帯している〈天使〉の正体を試す絶好のチャンスが到来した、と。どうせ彼は死ぬのだ。銃殺されて脳味噌を飛び散らすよりも、薬を服んで眠るように死ぬ方がはるかに幸せだ。そんな幸福を分けてやろう。彼の安らかな死に様が見られたら、〈天使〉が本物であることが確認できて、自分がこれから生きていくのも楽になる。また、万一〈天使〉が偽物だとしても、処刑で死ぬ、という彼の最期には何らの変化もないではないか。安楽死の薬の真贋を確かめるために、処刑されて死にゆく者に毒を盛る。異常でありながら、なんて合理的なんだ。詭計だ。私は、あなたのとっさの判断に舌を巻いてしまう」

彼は赤ワインに必要と思われる分量を投じた後、大切なカプセルをひとまず砂糖壺に隠したのだ。結局、その後、思いがけない展開のために回収できなくなってしまったが、惜しくはなかっただろう。――〈天使〉は牙を剝いた。

「〈天使〉を使ったのは、あなたです。同じものを大石さんが手に入れていたとしても、嵯峨さんを実験台にしたのはあなただ」

「……何故？」

城は、驚愕の表情のまま尋ねた。

「実験は大失敗でした。〈天使〉の正体はありふれた青酸カリでしかなく、嵯峨さんは悶死した。あなたは騙されていたわけだ。だから叫んだんでしょう？『畜生！』と。――よほど悔しかったんですね」

騙された男は、机に突っ伏した。様々な想いが、一度に押し寄せてきたのに耐えかねたかのように。

「嘘ばっかりだ。地上にも……地下にも……」

「ああ、そうだ」火村は突き放した。「どこも同じだ」

私も言いたかった。

どこも同じだ。目を開き、自分で世界を見ようとしないのなら。

比類のない神々しいような瞬間

1

リビングに見知らぬ男がいた。

ソファにもたれ、テーブルに両足をのせたまま缶ビールを飲んでいる。蛯茶色のジーンズの裾から貧相な脛が覗き、不潔そうな靴下には、ぽっかりと穴が開いていた。その傍らに、空っぽになった寿司桶が置いてある。

一瞬、部屋を間違えたのかと思うが、そんなはずはない。ドアには〈オフィス上島〉のプレートが掲げてあったし、「戻りました」というインターホンの呼びかけに「入って」と応えたのはボスの声だった。

「お帰りなさい、金ちゃん」

アコーディオン・カーテンの陰から上島初音が現われた。飲んでいたのか、色白の頬に朱がさして妙に色っぽかった。彼女は顔の右半分に掛かった長い髪を邪険に払い、

「ご苦労さま。阪和線で踏切事故があったんですって？　大変だったわね。——疲れたでしょう。ひと休みしていく？」

「はぁ……ええ」

頼りなく言いながら、手にした封筒を差し出した。初音はちらりと中身を検める。

「ああ、これこれ。明日中に目を通したかったから、助かるわ。それにしても、濱田先生も意地悪よね。『私は大切にしている文献を宅配便で送ることなどできません。お貸しする時も返却いただく時も、手渡しでなくてはなりません』だなんて。おかげで忙しいあなたが飛脚になって、半日つぶしちゃったわね。——ビールにする？」

初音が冷蔵庫の扉を開いて缶ビールを取り出していたので、金城直哉は「いただきます」と応えて、ソファを横目で窺った。不作法な態度の男は長い舌を出して、口の端の泡をなめ取っている。

「お客様ですか？」

グラスに注がれたビールを受け取りながら訊いた。

「お客様と呼ぶほど上等なもんじゃないわ」初音は男の前のソファを指して「座りなさいな。あの人の足が気になるなら、こっちでもいいけれど」

ダイニングの椅子に掛けた。初音もその隣に腰掛ける。

「この人はね、私の古ーい知り合い。高校時代だから、あら、もう二十年にもなるのね。老けたもんだわ。明石(あかし)君っていうの。明石のタコ男君」

男は、肩を微かに揺すって笑った。浅黒い顔に不精髭(ぶしょうひげ)。彫りが深く整った顔をしていたが、全体的に崩れた印象を発散している。穴の開いた靴下、ぼさぼさの髪、薄汚れたコーデュロイ・ジャケットとジーンズのせいもあろうが、口許に浮かぶ笑みに品がなかった。インテリジェンスあふれる気鋭の社会評論家、上島初音の同窓生には見えない。

「タコ男君。これは秘書の金ちゃん。有能な私の右腕。いい男でしょう？」

酔っているせいか、不真面目な紹介の仕方だった。蓬髪の男が軽く会釈をしたので、直哉も黙ったまま返礼する。

「タコ男じゃなくて明石峻郎(としお)です。――うん、目許の涼やかな二枚目だね。おまけに若い。さすがは初ちゃんだ。昔から男の趣味がいい」

明石が下卑た口調で言うと、唇の間から黄色い歯が覗いた。

「男の趣味がよくなったのは最近になってからよ。若い頃は最低だった。あんたなんかにヴァージンを捧げたんだもの」

初音の明け透けな物言いには慣れている直哉だったが、いささか驚いた。まさかこんなみすぼらしげな男が、敬愛する初音のかつての恋人だったとは。

「いい想い出だろ？」

にやける明石に初音は「馬鹿」と返す。

「上島初音、一生の不覚よ。——でも、まんざら悪いだけでもないか。つまらない男を間近で観察するうちに、しっかりしなくちゃと目覚めたんだから」

「うん。猛勉強して一流大学へ進み、アメリカの名門大学の研究所でも優等生だったんだってね。さらには帰国して母校の助教授にまでなった君の成功の原動力は、この俺との想い出なんだ」

「成功ってほどでもないわ。大学があんなところだとは知らなかった。学内の陰湿な派閥抗争に巻き込まれて、じきに蹴り出されたのよ」

思い出しても腹が立つ、とばかりに初音はビールを缶のまま呷った。直哉は話に割り込めずに、ただ聞いている。

「いじめられたとは初耳だけど、君が大学をやめたことぐらい知っているさ。でも、それがよかったんだろ？　美貌で弁が立つ元助教授は、今ではマスコミの人気者だ。頭に霞がかかった半馬鹿の大学生を相手にしているより、よほどいいじゃないか。収入も激増しただろうし、刺激があって毎日が愉快だろう？」

マスコミの人気者という言葉に、初音は嗤った。

「二カ月に一度、テレビのニュースショーにコメンテイターで出演することがあるだけよ。あなた、たまたまそれを観たのね？　私はね、もう少し堅い仕事をしているの。あなたが絶対に手に取らない地味な雑誌に評論を書いたり、日本の未来を憂う集まりで講演をしたりして、どうにか暮らしているわけ。判る？　決して金回りがいいわけじゃないのよ。古ーい知り合いに融通するお金なんて持ち合わせていないんだから」

明石が真顔になった。

「おい、初ちゃんよ」

「気安く呼ばないで」

「……上島初音先生よ。男っぷりのいい秘書の前で、人聞きが悪いことを言わないでもらいたいね。俺は金の無心にきたんじゃない。ただ、昔馴染みの君の活躍をうれしく思って、近くにきたついでに挨拶に立ち寄っただけだ」

「どうだか」彼女は信じない。「あなたがこの仕事場の住所を知っているのが変じゃないの。近くにきたついで、だなんて大嘘よ。マスコミ関係者の住所録で調べるでもして、わざわざ訪ねてきたんでしょ？　哀れな身の上話をひとくさり語って、お寿司の出前でもご馳走になった上、お小遣いを持たせてもらえたらいいのになぁ、と期待して――」

「失礼な女だな」

明石はテーブルから両足を下ろして、語気を荒げた。直哉は緊張して身構える。もしも彼がごねるようなら、腕ずくで追い出さなくてはならない。体格と若さでは自分が勝っていたが、相手は見かけに反して喧嘩の達人かもしれない。初音の前で醜態をさらしたくはなかった。

「先生と呼ばれて、いい気になるんじゃないぞ。俺にだってプライドってものがある。こんな侮辱を受けるとは思わなかったよ。──帰る」

明石は床に置いていたバッグを手に立ち上がろうとしたが、酔いのせいか上体が大きく揺らぎ、尻餅をついた。初音が「大丈夫？」と気遣う。

「うるさい。大丈夫に決まってるだろ。──ご馳走になって、ありがとうよ。まともな仕事が見つかったら代金を払いにくるから、それまで貸しにしといてくれ」

初音は態度を改め、そんなつもりはなかった、となだめた。明石の興奮はすぐに鎮まり、気まずそうに頭を掻く。ぱらぱらと雲脂が飛び散った。

「ま、誤解されても仕方がないか。こんななりをして、いきなり晩飯時にきたんだからな。おまけにつまらない愚痴まで聞かせて……すまなかった」

「ううん、いいの。苦労してるのよね、明石君も」

もうタコ男とは呼ばない。

「俺だって真面目にやってきたんだ。汗水たらして、こつこつと働いた。それがある日、急に──」

会話の断片から判断すると、明石は今年の春まで勤めていた靴の量販店が倒産し、現在はほとんどホームレスの状態らしい。失業保険も切れ、わずかな貯金が底を突くのも時間の問題だ、と言う。昨今はごろごろと転がっている話だが、同情した。他人事ではない。自分だって、初音に棄てられたなら、あるいは初音の身に何かあったなら、たちまち失職しかねない。

「邪魔した。帰る」

「どこへ帰るの？」

「関係ないだろ。……三日ぶりにサウナにでも泊まるか。ご馳走の余韻を楽しみながら公園で野宿は切ないしな」

「これから寒くなるのに、外で寝るなんてつらいでしょう」

「したくてするんじゃない。でも、かなり慣れてきたよ。完全に独りってのも、いいもんだ。誰にも気兼ねする必要がないから性に合ってる」

明石には家族というものがおらず、天涯孤独の身の上らしい。今度はしっかりと立った彼は、そのままドアに向かった。初音は駈け寄り、体の陰で何かを手渡す。幾許（いくばく）かの金を押しつけようとしているのだろう。明石は「いいよ」と固辞していたが、最後には「ありがとう」と受け取った。背に腹は代えられないのだろう。

「一つだけ訂正させてくれ」戸口で彼は言う。「ここの住所は、四苦八苦して調べたんじゃない。最新の同窓会名簿を見て知っていただけだよ。君がどこに住んでいるのか、苗字が変わらないままでいるか、いつも気にしていた」

初音は無言だった。

「じゃあ、行くよ。——お騒がせして申し訳ない」

最後の言葉は、直哉に向けられたものだった。思わず起立して、ぺこりと一礼する。

明石が出ていった後、初音は深い溜め息を吐いてから振り向いた。そして、直哉の隣に座ると、ビールの残りを飲み干す。彼は何か話しかけようとしたが、うまい言葉が見つからなかった。

「これからどんどん寒くなるのに、大変だわ。あれじゃ、まともなお正月も迎えられないでしょう」

初音が抑揚のない声で言う。

「ましてや今年のお正月は新しい世紀の始まりだっていうのに。失業者には二十一世紀もへったくれもないか」

彼女は壁の日めくりカレンダーあたりに視線を投げていた。十一月二十九日。もう二十世紀も残すところ五週間を切った。

「ねぇ」壁を見たまま初音が言う。「私の留守中にまたあの人がきても、中には入れないでね。今夜はあっさり帰ったけれど、うじうじと執念深いから」

「はい」と答えた。

あの人、に特別な感情がこもっているように聞こえて、直哉は嫉妬した。そんな動揺を見透かしたのか、初音は向き直り、彼の太股に右手を置く。そして、ピアノを弾くように細い指をそっと動かした。

「泊まってく？」

時計の針は十時を過ぎている。

彼はこくりと頷いた。

「階上に行きましょう。今夜は白檀（びゃくだん）のいい香りがするのよ。きっとあなたも気に入るわ」

そう聞いただけで、直哉の心は芳香に包まれた寝室へと飛んだ。

2

エラリー・クイーンの『Xの悲劇』を読み返すのは何年ぶりだろうか。十三歳で初めて読み、大学時代に再読をしたことがあるから、これが三度目だ。ざっと十二年ぶりか。よく覚えているつもりだったのに、思いがけない場面や台詞が出てきて、自分の記憶力の頼りなさを痛感する。しかし、そのおかげで何回も楽しめるのだから喜ぶべきなのかもしれない。中盤を過ぎたあたりで、作中人物の一人が語る奇妙なシンクロニシティ——外国で命を救ってやった男と九年後に法廷で再会し、殺人事件の被告である男に陪審員として有罪判決を下す、という偶然——など、すっかり忘れていた。が、それに続いて名探偵ドルリー・レーンがぶつ一席はしっかりと覚えていた。

「人間の頭というものは、死の直前には、もっと驚くことさえなしとげるものです」

彼はそう切り出し、砂糖壺のザラメを握りしめて死んでいた殺人事件の被害者について話す。被害者は何故テーブルまで這っていって砂糖を摑んだのか？　そこに事件を解く鍵があることを自分は見事に見破った、とレーンは過去の手柄を自慢するのだけれど、その答えはあまり鮮やかなものでもなかった。白い粉末である砂糖はコカインを連想させる。よって犯人がコカイン中毒者であることを被害者は伝えようとしたのだ……って、それは想像の域を出ないだろう。

『Xの悲劇』は、クイーンがダイイング・メッセージを初めて扱った作品である。満員の市電の車中で殺されていた男は、人差し指と中指をXの形に交差させていた。もちろん、その謎をレーンは最後に解き明かすのだが、犯人が判った後ならどうにでも意味づけできる。『Xの悲劇』は、まぎれもなく名作だ。それでも、このダイイング・メッセージについては膝を打って納得するには至らなかった。

作者もあまり自信がなかったのではないか。砂糖壺のダイイング・メッセージのエピソードを紹介する場面で、レーンにこんなことを言わせている。被害者が白い粉末を摑んで犯人の属性を示したことを「絶妙な考え」と評した上で――

「彼は、死ぬ直前のほんのわずかな時間に、自分が残すことのできる唯一の手がかりを残したのです。このように――死の直前の比類のない神々しいような瞬間、人間の頭の飛躍には限界がなくなるのです」

解決への布石というより事前の言い訳だろう。クイーンが作中で試みたダイイング・メッセージの中には成功例も少なくないが、これはあまりいただけない。死の直前の比類のない神々しいような瞬間に人間はどんな突飛なことでも思いつくのだとしたら、それを解読することはほとんど不可能のはずだ。作中にダイイング・メッセージを使うのなら、そのあたりの不自然さに留意しなくてはならない。

などと尊敬する巨匠に突っ込んでいたら、チャイムが鳴った。私は本に栞(しおり)を挟んで、ドアに向かう。インターホンで問いかけなくても、来客が誰かは判っている。「あと二十分ほどしたら行く」という火村英生の電話が二十分前に入っていたから。

「師走とは、このことやな」と私は助教授を出迎える。「えらい忙しそうやないか、火村先生」

〈臨床犯罪学者〉が多忙だというのは、世の中にとって好ましいことではないが。

「休講をしすぎて、もう休めないんだよ。そこへもってきて厄介な事件に関わっちまったもんだから」

彼は勝手知ったるリビングにつかつかと進むと、脱いだコートをソファにぽんと投げる。そして、私にコーヒーを所望した。

「厄介な事件に関わっちまったって、あの女性評論家殺しやな？」

一週間前の十二月十四日に長岡京(ながおかきょう)市で起きた事件だ。発生の直後に京都府警は火村助教授に捜査への協力を依頼し、犯罪学者は推理作家である私、有栖川有栖のアシスト——名ばかりの助手だが——を求めてきたのだけれど、あいにくと締切に追いまくられていた私は血腥い現場への招待を断わっていた。

「事件の関係者を訪ねた帰り、と電話で言うてたけれど——」

「和歌山に住んでいる人が天王寺まで出てくると言うので、ホテルで会って話を聞いてきたところだ。——ところで、そっちの仕事は片づいたのか？」

彼はキャメルをくわえたまま、だらしなくネクタイをゆるめる。

「昨日やっと。なかなかきつかったわ」だから今日の午後はのんびりと読書で過ごしていた。

「おかげでテレビのニュースも観てない。新聞でざっと読んだところでは、捜査は難航してるみたいやな」

「捗々しくないな」

「えーと、殺された評論家、上島初音っていうたかな」

京都の洛北大学法学部助教授を経て、現在の肩書きは社会評論家。専門は政治思想史と比較文化だが、国際情勢から教育問題にまで一家言を持つ時評家としてマスコミで重宝されているようだ。まだ論壇の片隅に店をかまえたところながら、気鋭の評論家と呼ばれつつあった。

「彼女の身辺はひととおり洗うたんやろう？」

「警察がしゃかりきになってやってる。被害者は社会時評で辛口の筆をふるうことがあったし、テレビにも露出していて目立つ存在だったから、探せば周囲に敵が見つかる、と思ってな。ところが、意外と該当者がいないんだ。仕事や金銭上のトラブルはほとんどない」

「だったら男関係か」

私はコーヒーを運んでやり、自分が先にカップに口をつけた。

「そっちも強い当たりがない。ちょっと臭うのが若い秘書なんだけれどな」

上島初音は三十七歳。金城直哉という秘書は二十七歳だという。

「上島初音がなかなかの美人やということはテレビで観て知ってるけど、色恋沙汰でもめるには齢（とし）が離れすぎやないか？」

「十歳違うぐらいがどうした。愛があれば、それしきの齢の差は――」

「似合わん台詞を吐くな」本人も笑っている。「その秘書が怪しいわけか？」

「被害者の最も身近にいて、日常をよく知っていた人物だ。遺体の第一発見者の一人でもある」

「その言い方からすると、第一発見者は複数おったんやな？」

「ああ。遺体は被害者が仕事場にしていたマンションの４０１号室で見つかった。四階の角（かど）部屋だ。上島は一階上の５０１号室に居住していた。犯行現場が４０１号室であることは明白で、どうやら十二月十四日の午後四時前後に殺されたらしい。秘書の金城は正午過ぎから所用で和歌山に出掛けていて、午後七時前に長岡京に帰ってきたところ、阪急長岡天神駅の前で上島初音を担当している編集者とばったり会った。『オフィスで先生と六時にお目にかかる予定だったのに、お留守らしい』と言うんだな。金城は訝しんで、その飯星真紗子という編集者と一緒に戻ることにした。と、いくらインターホンで呼びかけても返事がない。そこで合鍵を使って中に入ってみたら、主人が血に染まった床に倒れていたわけさ」

金城が和歌山に行ったのは、初音が知人の大学教授から借りていた資料の返却のためだと言う。火村がさっきまで天王寺で面談していたのは、その濱田教授であった。

「たしか被害者は、刃物で胸を刺されてたんやったな」

「心臓をひと突きされて失血死だ」

「現場に凶器は？」

「なかった。――今から助手に志願してくれるのか？」

「話ぐらいは聞いてやってもええぞ。年内の予定は年賀状書きと大掃除ぐらいしかないし、火村先生がてこずってる事件が解けたら鼻が高い」

火村は二本目の煙草に火を点ける。

「ありがたいね。持つべきものはクリスマス・イヴの予定もない孤独な友人だ。じゃあ、あらましを話すか。――俺たちの手に負えない事件かもしれないけれど」

いつになく弱気な発言だった。

「そんなに難しい事件なのか？」

「流しの強盗の犯行だったら、俺とお前ではお手上げだろ」

「その可能性もあるわけか」

「はっきりしないんだけれどな。現場から被害者の財布がなくなっている」

「強盗が押し入ったような痕跡は？」

「ない。セールスマンのふりをして被害者を騙し、言葉巧みに招き入れてもらったとも考えられる。夕方の犯行だし。先月の下旬から身形（みなり）のよくない男がちょくちょく敷地内に出入りしていた、というマンション住人の証言もある。犯行の下見だったのかもしれない、と警察はそいつに関心を寄せているよ。しかし、現場マンションには防犯カメラが設置されていないので探しようがない。男は、事件後はぷっつり姿を現わさなくなった」

「被害者が暴行を加えられたような痕はなかったんやな？」

「ああ。抵抗して揉み合った形跡があったぐらいだ」

「秘書と編集者が遺体を見つけた時、玄関に鍵が掛かってたんやろ。犯人は鍵を持ってたのか？」

「現場から持ち去ったのさ。発見を少しでも遅らせるために施錠したんだろう。——重要な話をまだしていないんだが」

「ん、何や？」

私は口に運びかけたカップを止める。

「現場に犯人のものらしい指紋が遺っていた」

拍子抜けもいいところだ。それならば私たちの出る幕ではない。

「ドアのノブやテーブルについた指紋は拭った痕があるんだけれど、犯人は一つだけ見落としをしたらしい。血のついた手を洗面台で洗った際に、パイプ製のタオル掛けに触っているんだ。拇指紋がかなりきれいに検出された。これがまた、うっとりするほどきれいな渦状紋でね。鑑識の指紋係がパネルにして飾っておきたい、と冗談を叩いていたよ」

「拇指紋ね。それが犯人のものやと断定できるのか？」

「被害者の血がついた指紋なんだ。ごくごく微量なんだけれどな。誰のものかは特定できていない。上島初音のものでもなければ、金城直哉のものでもなかった」

「なるほど。しかし、そうやとしたら、火村英生が首を突っ込む必要のない事件やないか。警察の組織的な捜査で追うしかないやろう」

彼はあっさりと頷いた。

「それやったら、なんで――」

「まだ強殺だと確定していない。それに、現場におかしな状況があるんだ。これについて、有栖川先生の意見が伺いたいね」

何だろう、と興味をそそられた。火村が「もう一杯もらえるかな」と言うので、素早くおかわりを注いでやる。人を動かすのがうまい男だ。

「まことに推理小説的な状況だよ。上島初音は苦しい息の下で、何かを書き遺していたんだ。床に流れた自らの血をインクに、人差し指をペンにして」

ついさっきまで『Xの悲劇』を読みながらダイイング・メッセージについて考えていたところだ。大した暗合である。

「犯人の名前を書いてくれたのなら、事件はとっくに解決してるわな」

「そんなに都合のいいものは遺してくれなかった。もっと漠然としたものだ」

火村は鞄から写真の束を取り出し、そのうちの一枚を差し出した。私は受け取って、しげしげと観る。フローリングの床に、血腥い模様が描かれていた。誰かがうっかり踏んでしまったのか、一部が刷毛で刷いたように擦れている（上図参照）。

「……角張って書いた数字みたいにも見えるな。１０１１？」
「そうも読める、という程度だな」
「この擦った痕は何や？　まさか鑑識課員が足を滑らせたわけやないやろう」
「発見者の金城が踏んでしまったんだ。パ

ニックになって、床に何か書いてあるなんてまったく目に入らなかったそうだ」

「ふぅん」

　私は腕組みをする。

「どうした、彼が故意に踏んだと疑っているのか？」

「軽々に決めつけたりはせえへんけれど、もしも金城直哉が犯人やったら、『これはまずい』と消しにかかるやろう」

「彼が手を下していないことははっきりしている。アリバイがあるからな。犯行推定時刻には午後三時から五時までという幅があるんだが、その時間、彼は電車に乗っていたと話している」

「連れはいてへんかったんやろ？」

「ああ。しかし、彼が和歌山市内の濱田教授宅を辞したのが午後四時過ぎだった。どんなに急いでも、長岡京市の現場に戻るには二時間近くかかる」

　濱田教授宅や犯行現場の正確な所在は知らないが、乗り換えの時間などのロスを考えれば、二時間で移動するのは困難だろう。教授の証言が信用できるのなら、金城のアリバイは文句なしに成立する。

「彼が直接手を下せなかったことは確からしい。しかし、会ったこともない秘書氏に因縁をつけるわけやないけど、誰かに犯行を委託したということはないのかな」

「絶対になかった、とは言えない」

「やろ？　金城がダイイング・メッセージを踏み消そうとしたのは、実行犯である共犯者を暗示していたからかもしれん。洗面台のタオル掛けに指紋を遺したのは、その共犯者や」

「しかし、極めて考えにくいことだな。彼は、上島初音に心酔していたらしいから」

「本人が言うてるだけやろう」

「鬼検事みたいに追及するんだな。――そりゃ、私はボスに心酔していました、というのは金城自身が語っていることだ。けれども、周辺で聞き込みをしてみると、実態は少し違っていた。たとえば、彼とともに遺体を発見した飯星真紗子ははっきりと証言しているよ。『金城さんは上島先生の秘書兼愛人だった』と。特に、若い金城の方が熱かったみたいだぜ」

金城直哉は洛北大学法学部の元大学院生で、上島が大学を去った後にスカウトしたのだそうだ。容姿端麗にして優秀な男らしいが、会ったこともないので人間性については判断できない。秘書兼愛人だったと聞くと、何やら胡乱な感じがする。

「愛があれば齢の差なんて、やな。しかしなぁ、愛人関係がもつれて刃傷沙汰に発展することは珍しくないやろう。ボスが別の男に乗り換えようとしたので逆上して殺してしまった、とは考えへんのか？」

「逆上して、というのは辻褄が合わないじゃないか。殺し屋を雇ったのなら計画的犯行だ」

「それもそうか。逆上して、という部分は撤回しよう。恨みが募って計画殺人を謀ったのかも」

「彼らがもめていたという証言はない」

「痴話喧嘩は二人きりの時にするもんやないか」

「そんなふうに憶測で話を進めるのはいかがなものか」

「仮説を唱えているだけや」

火村はシャツの一番上のボタンをはずし、天井に向かって吐息をついた。

「暖房が効きすぎるか？」

「いや、このままでいい。――思わず溜め息を洩らしたのは、なかなか事件の輪郭が見えないからさ。被害者と愛人関係にあった、ダイイング・メッセージを踏んだ、というだけで金城を疑ってもな。彼は上島の死に相当なショックを受けている。演技には見えないんだ」

「お前の方はやけに秘書をかばうな」

「アリバイがごく自然だからさ。警察もシロだとにらんでる。当日、彼が和歌山にお使いを命じられたのは偶然なんだ。前夜に濱田教授から『資料をそろそろ返してもらいたい』と電話があってね。彼は当日の朝に、ボスから和歌山に行ってきてくれ、と頼まれたんだ。――それも本人が言っているだけで、前夜から聞いていたかもしれない、と勘繰るか？」

「当日、共犯者に電話をして、殺人計画を急遽決行したとも考えられるな」

火村は人差し指で顎を掻きながら、先ほどの写真に視線をやった。

「ところで、このメッセージは何を表わしていると思う？　被害者を襲ったのが殺し屋だとしたら、上島初音は相手の名前を知らなかったかもしれないだろう」

「ああ、そうとは限らんな。１０１１では人名の語呂合わせにもなってないし。何のヒントもなくこの意味を解読するのは至難の業やろう」

　現状では不可能と断言してもよい。被害者は犯人の名前を知らなかったけれど、相手の電話番号なり会員番号なりを記憶していて、それを書きかけたのかもしれない。また、犯人は被害者の見知らぬ人物で、胸に１０１１とプリントされたシャツを着ていただけということもあり得る。空想の翼を広げていけばキリがない。何しろ死に直面した上島初音は、比類のない神々しいような瞬間とやらを迎えていたのだから。

「１０１１という数字から連想される関係者は？」と訊いてみた。

「見当たらない。ところで、これは本当に数字なのかな」

さぁ、それも疑問だ。デジタル表示のごとく角張った数字を今際の際に書くのは不自然だし、字間が詰まりすぎている。しかし、１０１１でなければ何なのか？

　写真を引き寄せ、横にしたり逆さにしてみた。違う角度から見れば意味が浮かび上がってこないものかと考えたのだが、どうにもうまくなかった。そんな私の様子を火村は黙って見ている。

「文字でないことは確かやな。これは名前ではない。つまり、上島初音は犯人の姓名を知らなかった、と結論づけてええやろう。犯人の名前を知らない場合に書きうるメッセージとなると、それは犯人の風体といった外見的な特徴やら属性やらということになって……」

しゃべりながら考えを進めようとしたのだが、たちまち立往生してしまった。

「判るか、こんなもん。だいたい犯人を示そうとしたとも限らんわな。すっかり頭が混乱してて、『銀行の貸し金庫に大事なものが保管してあるから出しといて。この番号よ』てな見当はずれの伝言を遺しただけかもしれへん」

銀行の貸し金庫の番号が四桁の数字かどうかは知らないが。

「何か特殊な図形を書きかけてた可能性もある。お手上げやな」

「拗ねるなよ。寛いでるところに変なものを持ち込んで悪かったな。もうこいつのことは忘れてくれ」

いったんソファにもたれた私だが、がばりと上体を起こす。

「そうはいかん。売られた喧嘩は買わなあかんし、掛けられた謎は解くしかない。ほんまに何かヒントはないのか？　たとえば被害者は易に凝ってたとか」

「エキって……易者の易か。いや、そんな話は聞いちゃいないけど、だったらどうなんだ？」

「易経で陰だの陽だのを示す記号があるやないか。真っすぐな横棒と真ん中が切れた横棒の二種類のある……算木とか言うたな。このメッセージを見てて、ふとあれを連想したんや。

これは１０１１ではなく、五本の横棒やないかな。何かの卦を伝えようとしかけていたようにも見える」

「死ぬ前に『ほら、ひどいでしょ。私はこのようにバッドラックでした』と？」

「そうや」とやけくそで答える。「運命の残酷さを訴えたかったんやろうなぁ。とにかく比類のない神々しいような瞬間のことやから」

わけが判らない、とばかりに火村は肩をすくめた。が、不意に真顔に戻って、写真の束をめくり始める。そして、ある一枚を捜し当てると、眉間に皺を寄せながら見つめた。

「どうしたんや？」

「お前が『五本の線』と言ったんで、気になりだしたんだ。これを見てくれるか。現場のドアのここだ」

何の変哲もないドアに〈オフィス上島〉というプレートが貼りつけてある。火村はそのプレートの左端に注目を促していた。何かのマークだ（上図参照）。

「〈オフィス上島〉は、ささやかながら有限会社だ。これはその社章だろう。しかし、社長のイニシャルを組み合わせたものでもなさそうだ。何を象(かたど)っているのか判るか？」

私は首を振った。見たこともないデザインである。

「金城直哉に由来を聞いてみるか。——見様によっては、このマークもダイイング・メッセージと同じく五本の線でできている」

「まぁ、そう取れなくもないか。せやけど、これだけではヒントとは……」

「何かのとっかかりになれば儲けものだ。秘書に当たってみるよ。——邪魔したな」

火村はコートを取って袖を通す。先生はまだこれから街を走り回るらしい。私は玄関まで見送った。

「謎の血文字が解読できたら報せてくれ。俺も答えが知りたい」

「電話してやるさ。もう年内は顔を合わすことがないかもしれないな」

「その面を見るのも今世紀はこれが最後か。——いい年を」

「ああ、来世紀もよろしく頼む」

背中が扉の向こうに消えた。

火村英生がぶつかった二十世紀最後の事件は、その後何カ月にもわたって彼を悩ますことになる。

3

二〇〇二年五月十二日、午後六時。

梅田の阪急三番街にある喫茶店で、金城直哉は飯星真紗子と向かい合っていた。上島初音の遺稿をまとめた本を出す打ち合わせのためだ。原稿の並べ方と章立てについて事務的に決めた後、書名をどうするかで二人は思案していた。

「『新世紀日本の海図』……って、やっぱりパンチに欠けるわよね。原稿にあった言葉を抜いて『ジャパニーズ・ペレストロイカ』というのも、ちょっとね……」

「ですよね」

生返事をしていると、飯星がパタンとノートを閉じた。直哉は、はっと顔を上げる。

「すみません。身が入ってないの、露骨でしたよね」

「いいのよ」編集者はボールペンの尻でボブカットの頭を掻く。「落ち込んでるのは金城さんだけじゃないんだから。私だって、まだ立ち直れてないわ。このゴールデン・ウイークも、旅行に行く気にもなれなかった。遺稿集を作ることだって、先生へのせめてものご供養になれば、と希いつつも、さっそく商売を始めてるみたいで愉快じゃないしね。でも、くよくよしていても仕方がないでしょう。生きている者には、やるべきことがたくさんあるんだから」

「はぁ。おっしゃるとおりです」

　高価そうな腕時計を嵌めた手が伸びてきて、直哉の右手を軽く叩いた。

「元気を出しましょう。昨日のことも明日のことも考えずに、今日一日のことだけに専念して。ね？」

　直哉は「はい」と素直に答える。二歳ほど年上なだけの相手に子供扱いされているように感じた。

「それにしても、警察は何をしてるのかしら。捜査はちっとも進んでないみたい。あさってで事件からちょうど五カ月よ。腑甲斐ないったら、ありゃしない。迷宮入りなんかにしたら承知しないわ」

　捜査当局に怒りをぶつけることで元気を出そうとしているのかもしれない。直哉は同調する気力もないまま、適当に相槌を打つ。まくしたてる飯星の声に混じって、隣の席で中年のサラリーマンが交わす会話が聞こえていた。

「今の内閣に行政改革を断行する能力はないわ。省庁再編かて中途半端な形でお茶を濁しただけやしな。日本は見通し暗いで」

「ほんま、二十一世紀の幕開けがこんなしょぼくれたもんやとはなぁ。夢のないこと夥しい。政府が希望の持てるヴィジョンを示さんから景気が回復せんのや」

　上島初音が遺稿で書いていることを要約しているかのようだ。結局、彼女は床屋談義の材料を提供していただけなのかもしれない。そう思うと、さらに気持ちが萎えた。

「赦せないのは警察が私まで疑ったってことよ」薄いルージュの唇はよく動く。「私と先生の意見が衝突して険悪なムードになっていた、なんてデマを吹き込んだ同業者がいるのかもね。駅で金城さんとばったり会ったでしょ。あれは私が先生を殺して逃げようとしているところだったんじゃないか、と妄想したみたい。馬鹿じゃないの。もし犯人だったとしたら、五時に先生を殺した後、七時まで現場付近をうろうろしていたりするもんですか。でしょ？」

「そうですね」と応える。

「絶対に犯人を捕まえてもらわなくっちゃ。このままでは先生が浮かばれない」

直哉は腕時計をちらりと見た。編集者もつられたように時間を確かめる。

「七時の新幹線だから、まだ少しあるわよね。――あっ、そうだ、思い出した。ねぇ、金城さん。以前に警察から変なことを訊かれなかった？　先生の四十九日の法要で京都に行った時にね、若白髪が似合う渋い学者――英都大学の火村先生とかいったわね――と刑事に尋ねられたんだけれど」

「変な質問って？」

「先生の周辺に明石という人間はいなかったか、ですって。そんな名前の人、知らないわよね」

彼はこくりと頷く。

「ええ。僕も同じ頃にその質問を受けました。いったい、どこからそんな名前が出てきたんでしょうね」

「ピントはずれなこと調べてるんじゃないかしら。どうなんだろう」

直哉は再び腕時計を見て、「あの、飯星さん」と切り出す。

「ちょっと買物をして帰りたいんです。早く閉まる店なので……」

「あら、そう。じゃあ、タイトルについては宿題にして、もう少し考えてみましょう。――私も阪急百貨店の地下でお弁当を仕入れてから新大阪に向かおうかな」

屈託なく言って、テーブルの上のノートや資料を鞄にしまった彼女は、素早く伝票を取った。

「ここは僕が――」

「いいわよ、コーヒー代ぐらい。それに、私にはこれを経費として落としてくれるボスがいるんだし。あなたは今、楽じゃないでしょ？」

彼女の好意で翻訳の下訳の仕事を回してもらい、何とか食いつないでいる。感謝していた。

「すみません。甘えます」

そう言って腰を上げた直哉は、目眩を覚えた。次の瞬間には、床がぐんぐん目の前に迫ってくる。肩から倒れた。

「金城さん！」

頭上で飯星が叫ぶ。

「どうしたの、しっかりして！」

その声を聞きながら、彼の意識は急速に遠くなっていった。

＊

同日、午後七時三十分。

明石峻郎は腕時計を見ながら苛立っていた。約束の時間を三十分も過ぎているのに、待ち人が現われない。子供の頃から待たされるのが大嫌いだった。

京阪守口市（けいはんもりぐちし）駅前と聞いたつもりが、地下鉄の守口駅前の聞き違えだったのではないか、と思って二百メートルほど歩いてやってきたが、こちらにも相手の姿はない。何か不都合が生じたのかもしれない。もしそうならば、彼は携帯電話などというものを持っていないので、向こうからは連絡の取りようがない。確かめるには、こちらから電話しなくてはならないのだ。無駄な金を使わせやがって、と舌打ちする。

国道沿いのファミリーレストラン前の電話ボックスに入り、手帳を見ながらダイヤルした。通じない。念のためにもう一度かけ直してみたが、やはり駄目だった。電波が届きにくいところにいるか、電源が切られている、というふざけた応答しかない。彼はアクリルの壁を蹴りつけて、ボックスを出た。

空腹で胃袋が悲鳴を上げている。会えばすぐに夕食にありつけると思っていたので、よけいに腹が立った。目の前のレストランでは、家族連れやカップルが幸せそうに食事を楽しんでいる。ガラス一枚を隔てたあちら側は天国だ。たかだか千円のハンバーグ、たかだか八百円のスパゲッティ、たかだか三百円のプリンが豪勢な宮廷料理に見える。気がつくと、文字どおり指をくわえていた。

つくづく情けない。彼はひどく疲れてしまい、レストランの脇にあったベンチで休もうとした。が、腰を下ろすなり異状を感じて立ち上がる。ペンキが塗られたばかりだったのだ。ジーンズの尻がじっとりと冷たい。人差し指でなぞってみると、案の定、指先は白く染まった。

どいつもこいつも、俺を馬鹿にしやがって。彼は烈火のごとく怒って、レストランにどなり込んだ。「店長を出せ！」の声に、驚いた様子でそれらしき男が飛んでくる。

「お前が店長か。ペンキが塗り立てだったら、ちゃんと注意書きをしておけ。知らずに座ってこんなになったじゃないか。どうしてくれる？」

大声を張り上げると、周囲の客が振り向く。緑色のジャケットをはおった店長はまだ二十代に見えたが、いたって冷静だった。ひるむどころか一歩踏み出して、小憎らしいほど落ち着いて言う。

「ペンキ塗り立てにつきご注意ください、と貼り紙をしてございましたよ。失礼ですが、お宅様の不注意ではございませんか？」

言葉遣いは丁寧だったが、その目には敵意が窺えた。明石は鼻息を荒くする。

「嘘つけ。そんなもんがあったら座るはずがないだろ。俺は字が読めるんだからな。ちょっと表に出ろ」

「店長……」とフロア係の若い女が怯えている。店長が外へ連れ出されて殴られる、とでも思っているのだろう。女に向かって、明石は噛みつくように言う。

「どこに貼り紙があるのか、こいつに教えてもらうんだよ。——ほら、こいよ」

緑色のジャケットは動こうとしない。そこへ大柄な男が一人、伝票を手にゆっくりと歩いてきた。レジ前の小競り合いにかまわず、精算にきたらしい。目つきが鋭かった。ポロシャツの胸のあたりが筋肉ではち切れそうになっている。

「おっさん」男が口を開いた。「お前のことや、おっさん」

ドスの利いた声に、明石は緊張した。大男は店の不手際ではなく、彼の行為を不快に感じているようだ。

「ケチな真似すんな。みんな気ぃよお食べてるところへ入ってきて騒ぎやがって、子供らが怖がっとるやないか。消えんかい」

短気な質らしく、拳を握っていた。予期せぬ展開に明石は狼狽し、くるりと踵を返して店を出る。そして、逃げるように南へと歩いた。

悔しくてたまらない。ケチな真似と言われた。ペンキ塗り立てのベンチにわざと腰掛けて洗濯代をせしめようとしている、と思われたのだろう。貼り紙などなかったのに。自分は大切なジーンズを汚された被害者なのに。どうしてこうなるのだ。こんな身形だからか？　自分だって、去年の今頃までは真っ当な会社に勤めていたのだ。量販店のスーパーヴァイザーとして十以上の店を巡回し、若手や中堅の社員らを指導していたのだ。部下に慕われていたし、敬われてもいた。それが今こうなのは、自分に落ち度があったせいではない。会社の放漫な経営が、世の中の不景気が悪いのだ。

尻がまだ冷たい。この恰好で歩いていては、ますますまともな人間に見えないだろう。彼は裏道で空き地を見つけると、捨て看板の陰に隠れながらベージュのスラックスに穿き替えた。コインランドリーで久しぶりに洗った一番清潔なスラックスだ。下半身だけがきれいになってもバランスがおかしいので、上着も麻のジャケットに着替える。これならホームレスに見えないだろう。汚れたジーンズは捨ててしまいたかったが、惜しくてできない。他の衣類にペンキが付かないように丸めて、バッグの奥に突っ込んだ。

京阪守口市駅まで戻ってきた彼は、公衆電話からもう一度コールをしてみたが、やはりつながらなかった。歯噛みして毒づく。

「何してやがるんだ、夏目は」

4

電話の向こうの片桐(かたぎり)は快活な声で「調子はどうですか？」と言った。「普通です」と答える。「普通ですか、それはいい」と返された。

「じゃあ、普通のコンディションの有栖川さんに原稿を依頼しようかな。五十枚の短編をお引き受けいただけますか？　締切は七月末。九月のミステリ特集号で、錚々(そうそう)たるメンバーが並ぶ予定です」

卓上カレンダーを見る。今日は五月三十日だから、締切はちょうど二カ月先か。

「なるほど、そこに入れてやるから感謝しろって？」

「書いてもらえたら、僕こそ感謝感激なんですけどねぇ」

私の担当編集者は絶好調のようだ。やけに元気がいい。

「書きます。喜んで」

「お、ありがとうございます」受話器を持って一礼した気配。「締切まであまり間がないので、断わられるかと心配していたんです。うれしいな。枚数は五十枚……って、これは言いましたよね。一つリクエストがありまして、有栖川さんにはダイイング・メッセージの出てくる作品を書いて欲しいんです」

今回のミステリ特集では、密室だのアリバイだの意外な凶器だの、本格ミステリのサブテーマを揃える趣向なのだと言う。

「他のテーマで書きたい、と言う権利はあるの?」

「残念ながら……」

「残りものを引かされるわけか」

拗ねたふりをすると、編集者は律儀に慌ててくれる。決してそんなことはないのだ、たまたま連絡がついた順番に希望を聞いていったら有栖川さんが最後になってしまっただけだ、と。

「いや、実は何でもええんです。どうせアイディアの在庫がないので、密室だろうとダイイング・メッセージだろうとこれから考えるんですから」

「よかった。では、楽しみにしています。来月下旬に大阪に行くかもしれないので、その時はまた食事でも」

「ぜひ」と応えて受話器を置いた。

やれやれ、お題はダイイング・メッセージか。比類のない神々しいような瞬間を捏造しなくてはならないわけだ。

リビングのソファに寝そべって、本当に在庫はなかったっけ、と考える。片桐から聞いた執筆陣は確かに豪華だったから、見劣りのするものを書くわけにはいかない。新しいアイディアを盛り込んで、五十枚の中で捻りのある話。プロットはさて措き、まずはダイイング・

メッセージを考案しなくては。

本格ミステリの代表的なテーマである密室殺人ものでは、何故に犯人は現場を密室にしなくてはならなかったのか、という必然性が昨今はテーマとなる。ダイイング・メッセージものについても、同じことが言えるだろう。何故に被害者はそんな判りにくいメッセージを遺さなくてはならなかったのか？　まだ犯人が立ち去っていなかったので、わざと迂遠なメッセージを遺した、というのは理由になっていない。何か説得力のある事情が必要なのだ。そこに新しいアイディアを盛り込むことができれば、一つ課題をクリアしたことになるのだが

――やはりメッセージそのものの新奇さも大切か。

上島初音殺害の現場に遺っていた血のメッセージが浮かんだ。火村のフィールドワークの助手として見たり聞いたりしたことを小説に流用しない、という方針を立てているものの、ちょっと食指が動く。あの〈1011〉は使えそうだ。前例のないダイイング・メッセージだし、火村があれについて下した解釈は的をはずしていたらしい。はずれた推理を拝借するのなら、現実を材料にしたことになるまい。

いや、とすぐに打ち消す。

私が自らに禁じているのは、現実を材料にすることではない。虚構を構築するのに人の力を借りるな、ということだったではないか。火村がはずした推理を拾ってどうする。そんなものは犬に食わせてしまえ。

火村がはずした推理。

ところで、あれは本当にはずれなのだろうか？　まだ結論を出すのは早計だ。上島初音の周辺に明石という名の人物が存在しなかった、と断定することはできない。まだ捜査が及んでいない人間関係の死角に明石は潜んでいるのかもしれないのだ。だとすると、ますます私が小説で使うわけにはいかない。

「ま、六月中に思いついたらええか」

私は起き上がり、外の空気を吸いに出掛けることにした。散歩がてら天王寺の書店を回るとしよう。

5

「いい食べっぷりね。見ていて気持ちがいいわ」

頬杖を突いたまま、飯星真紗子は微笑んでいた。直哉は少し照れくさくなり、「がつがつしてますか？」と尋ねる。

「私ね、食べっぷりのいい男性が好きなの。お酒ばっかり飲んでお箸がちっとも動かない人は小者っぽくて駄目。どうぞ、たくさん召し上がれ」

自分は大食漢ではないし、腹ぺこなわけでもない。普通に食べているだけだ。淋しげな独身男に食事を勧めることを彼女が楽しんでいるのだろう。直哉は覚めた気分のまま、ナンをちぎって口に運んだ。

　飯星の後ろには象の頭をしたインドの神様のポスターが飾られている。目に憤怒の色があるが、いったい何の神様なのだろう？　人間に厳しい罰を下しそうだ。

「元気になってよかったわ。この前は目の前で急に倒れられてびっくりした」

「あの時はすみませんでした。ずいぶんとご迷惑をおかけしました。――あくる日のご予定が狂ってしまったでしょ？」

　突然の目眩で意識を失った彼に病院まで付き添ったせいで、結局、彼女はその日のうちに東京に帰れなくなってしまった。翌日の午前中、都内の作家と打ち合わせがあると言っていたのに。

「平気。事情を話したら判ってくれる先生だったから。しかし、過労とはねぇ。金城さんも無理をしていたのね。私の仕事の回し方が無茶だったのかもしれない、と反省したわ。これからは気をつけます」

「いや、そんな。僕自身の不摂生が原因ですから、お気になさらないでください」

　飯星は直哉の顔を覗き込む。

「……上島先生のことで、まだ気持ちが安定しないんでしょ。睡眠はどう？」

「ちゃんと眠っていますよ。薬に頼ったりもしていません。ご心配いただいて、ありがとうございます」

ったのに」

「なら、いいけど。——二日で退院しちゃったのよね。もう少しゆっくりしていけばよかったのに」

「ゆっくりしていけばって、温泉じゃあるまいし」

彼女はおかしそうに笑った。面白い応えをしたつもりはなかったのに。

まさか病院に担ぎ込まれることになろうとは、思ってもみなかった。救急車で搬送される途中、朦朧とした頭で考えた。約束をすっぽかされた明石はどうするだろう、と。番号を教えてあるから、きっと携帯に電話をかけてくるはずだ。自分はそれに出られるだろうか？無理だ。病院内では電話の電源を切られてしまうかもしれないし。応答がなければ明石は旋毛を曲げて、この後の接触が難しくなることもあり得る。まずいことになった、と悔やんだ。

五カ月かけて捜し当てた。彼が持っていた紙マッチを手掛かりにミナミのサウナに通って、遭遇する機会を辛抱強く待った。五カ月かかったのだ。このチャンスを逃せば、彼はまた糸が切れた凧のように遠くに行ってしまうかもしれない。そうなったら、これまでの努力が水の泡だ。

「ここのサフランライス、いけるわね」

編集者が感心している。

病床で点滴を受けながらも、直哉は明石のことだけが気掛かりだった。宿なしの彼に、こちらから連絡を取る術はない。退院したら明石から電話がありますように、と祈った。「守口の駅前でずっと待ってたんだぞ。どうしてすっぽかしたんだ」と、どやしつけてもらいたかった。

だから、「もう一泊していったら」と医者が言うのを拒んで退院した夜、明石のどなり声が聞けた時はほっとした。糸は切れていなかった。しかし、冷静に考えれば予想できたことだ。いよいよ貯えが尽きたらしい明石にすれば、わずかな金も喉から手が出るほど欲しいはずではないか。

――上島先生の半生を綴った本を出す企画があるんです。明石さんは学生時代に先生と親しくなさっていたそうですから、その頃のお話を聞かせていただけないでしょうか。些少ですが、謝礼をお出しします。こんなところで、ばったりと再会できたのもご縁です。ぜひお願いしますよ。

サウナでともに汗を流しながら用意していた話をすると、即座に食いついてくるかと思いきや、明石が逡巡をした。だらだらと流れる汗をタオルで拭いつつ、低い声でうめいて考え込む。その横顔を見ながら、直哉は確信した。やはりこの男が初音を殺したのだ、と。そりゃ殺した女の想い出話などしたくはないだろう。しかし、最後には言った。

――謝礼というのは、どれぐらい？

金額によっては承諾する、というわけか。直哉は片手を開いた。

——五万円はお約束します。場合によっては、それ以上。

そのひと言で明石は転んだ。そして、素寒貧なので助かるよ、と黄色い歯を剝き出して卑屈に笑った。

——ありがとうございます。もちろん、明石さんのプライバシーに踏み込むような失礼なことはお訊きしませんので。

——うん。彼女の最初の男だなんて書かれたら、俺だって恥ずかしいものな。

そう書いてもらうのも悪くない、と思っているのだろう。薄ら笑いを浮かべる相手の頸を、その場で絞め上げたかった。

裁く。この男は何があっても赦さない。それは自分の意志でもあるし、初音の遺言でもあるのだ。

「これおいしい。ねぇ、このインド風ピザみたいなの何て言ったっけ?」

「マサラクルチャです」

飯星の方こそよく食べていた。さっきから彼はビールばかりを飲んでいる。サリー姿のウエイトレスがやってきてナンのおかわりを勧めた。遠慮しなくていいわよ、と飯星が言ったが、断わってビールを追加した。料理はうまいがツメの甘い店だ。派手な茶髪にサリーは似合わないだろう。と言っても、近頃は黒髪の若い女など百人に一人か。

——急病か。それならしょうがない。大したことなくて、よかったな。

事情を説明すると、明石は鷹揚に納得した。しかし、その口調に安堵がにじんでいるのを直哉は聞き逃さなかった。金蔓が逃げたのではないか、自分への取材が不要になったのではないか、と心配していたのだ。

――申し訳ありませんでした。何らかの形で埋め合わせをしますから、取材の件はどうかよろしくお願いします。

下手に出ると、さらに相手の声に余裕が出た。単純な男なのだ。単純で、執念深く、危険な男。

――本当に埋め合わせをしてくれるんだろうな。この前はすっぽかされただけじゃなく、えらい目に遭ったんだぞ。地下鉄の守口駅だったのかと思ってそっちへ行ったら、やっぱりあんたはいない。疲れて一服しようとしたらペンキが塗り立ての椅子に座ってしまって。ファミリーレストランのベンチなんだ。ジーンズは汚れるわ、文句を言いに行ったら恐喝と間違われて追い払われるわで。埋め合わせの一環で、その洗濯代ぐらい出してもらいたいな。

明石はひとしきり愚痴を並べた。散々な有様だったらしい。それは大変でしたね、と聞いてやっているうちに、妙案が閃いた。自分の入院と明石の災難をうまく利用できるかもしれない。具体的にどうすればいいのか、直哉は大急ぎで計画を練る。――やがて、ある考えがまとまった。

禍転じて、福となす。

相手のぼやきが終わったところで、彼は切り出した。

――なるべく近いうちに、お目にかかりたいんです。ご都合はいかがでしょうか？

時間だけはあり余っている人間に、ご都合はいかがでしょうか、とは滑稽な物言いだ。しかし、直哉は必死だったのだ。相手が勿体をつけて、少し考えさせてもらえるか、などと言い出したらせっかくのチャンスを摑みそこねる。

――いつでもいいよ。待ち合わせの日時と場所を決めてくれ。ただ、守口方面は勘弁してもらいたいな。あっちは鬼門だから、しばらく近寄りたくない。それに、電車賃もかかる。

よほど逼迫しているらしかった。

――じゃあ、僕が車でお迎えに上がりますよ。それで守口の方にお連れすることになりますが……。

――あんたが迎えにきてくれるのなら、かまわないよ。守口でも鹿児島でも、どこでも行くさ。

――では、早速ですが明日にでも。まことに粗末なところなのですが、守口にある私の仕事場までご足労いただきたく存じます。それで、どのあたりにお迎えに上がればいいですか？

住所不定の男はキタを指定した。昨日から梅田界隈をうろついていると言う。

――さっきも言ったけど、今はこぎれいな恰好をしている。堂々と街の真ん中で拾ってくれ。

あまり大っぴらに彼と落ち合いたくない。梅田からはずれた扇町公園の角でピックアップすることにした。時間はこの前よりも遅らせて、九時にする。

――かなりお困りのようですから、謝礼の手付けとしていくらか持っていきます。

その言葉に大喜びをする明石の声を聞いて、彼は残忍な快感を覚えていた。

――そうこなくっちゃ。会えるのを楽しみにしてるよ。健康に気をつけてくださいや、夏目さん。

直哉は、ふんと鼻で嗤った。初音からは金ちゃんと紹介されただけなので、サウナで再会した時に名前を訊かれた。本当の名を教えてやる必要はないので、夏目金之助と答えた。だから愛称が金ちゃんなんですよ、と。明石は笑わなかった。夏目漱石の本名を知らないのだ。からかわれたのに気づかず、若いのに古風な名前だな、と言っていた。

電話を切った後、戸棚から買い置きしていたパンを取り出した。喫茶店で倒れた日の午後にコンビニで買っていたカレーパンだ。翌日の朝食にするつもりだったが、もう食べられたものではない。中身をゴミ袋に捨てて、賞味期限の印字があるビニール袋だけを手許に遺す。指紋は慎重に拭っておいた。

疑われることはない。そう言い聞かせていたが、もしも疑われた場合に備えた支えが欲しかった。支えがなくなると、陸上にいながら溺れそうな心地がする。思えば、初音との関係もそうだったのかもしれない。彼女は、頼れる支えだった。

「ああ、お腹いっぱい。デザートが入らないわ。またダイエット失敗ね。でも、おいしかった」

飯星はご満悦だった。

店内にはシタールの調べが流れている。その幽玄な響きを聞いていると、二度と戻れぬどこかに連れ去られそうな心地がした。

いや、すでに自分は二度と戻れないところにきてしまっているのだ。五月十五日の、あの夜を境に。

飯星が伝票を取るのを、直哉はぼんやりと眺める。自分が今まで何を食べていたのか、もう忘れかかっていた。

「しばらくは電話のやりとりで作業を進めましょう。来月中にもう一度大阪にくるから」直哉は頷く。「えーと、金城さんは帰りは何だったっけ。阪急？　じゃ、私のホテルはあっちだから、ここで。おやすみなさい。体に気をつけてね」

ナビオ前の交差点の真ん中で別れた。直哉は阪急梅田駅に向かう。五月の終わり。今宵の空気はどこか甘く、街を彷徨（さまよ）っていれば思いがけない恋が拾えそうな気配すら漂っていた。

だが、そんな面倒なものに拘（かかわ）っている時ではない。自分は今、生きるか死ぬかの勝負の最中なのだし、まだ初音の亡霊に囚われたままだ。もしかすると、永遠にそれと離れられないかもしれない。

発車間際の電車に飛び乗った。梅田を出てまもなく、淀川を渡る鉄橋の轟音に混じってシタールの音色が聞こえた。驚いてかぶりを振り、正気を取り戻す。幻聴は消えた。

上新庄で降り、ねぐらのマンションまでとぼとぼと歩く。途中でいつも利用しているコンビニに寄り、明日の朝食にサンドイッチを買った。カレーパンを買う気がしない。

部屋に戻ると、テレビを点けてチャンネルをニュースに合わせる。朝、昼、晩の三度は必ずチェックするのが習慣になっていた。今日も何もなかった、と確かめるためだ。まだあれが見つかっていないのなら、今夜も熟睡できるはず。

ところが――

ローカルニュースの初っ端は、彼が聞きたくない報せだった。きたるべきものが、きた。

明石が発見されたのだ。

6

遅めの夕食をすませた後、エラリー・クイーンがダイイング・メッセージの必然性にこだわった『最後の女』を再読していると、火村から電話がかかってきた。まただ。クイーンの本とあいつの脳は不思議な回路でつながっているのではないか。

「上島初音が殺された事件に大きな進展があったんだ。興味があるだろ？」

自宅からかけているようだ。後ろで猫の鳴き声がしている。

「もちろんある」と答えると、犯罪学者は淡々と話しだした。

「二日前のことだ。五月三十日の夕方、大阪府守口市内の淀川河岸にある廃屋の井戸で、死後数週間を経過した男の死体が見つかった」

それならテレビのニュースでも観た。井戸の底で死んでいたのは中年の男で、警察は他殺と見て捜査を開始したとか。

「他殺と断定されたよ。井戸に頭から転落した際、底に転がっていた石でこめかみを打ったのが直接の死因なんだけれど、その傷とは別に頸部に紐で絞められた痕があった」

嫌な死に方もあったものだ。

「ちょっと複雑やな。絞殺ではないわけか?」

「およそこんな状況だったのではないか、と警察は推察している。被害者は何者かに紐で頸を絞められ、仮死状態に陥った。犯人はことをなし終えたものと確信して立ち去ったか、あるいは油断をした。ところが被害者は息を吹き返したんだな。それで逃げようとしたところ、意識が清明でなかったため、あるいは夜で暗かったため、うっかり井戸に転落してしまった――」

「犯人が投げ捨てたのかもしれへんやろう。そう考える方がシンプルや」

「しかし、それならジャケットの中身も抜き取ってから捨てそうなものなのに、遺体の内ポケットには金が二万円入ったままだった。それに、井戸の縁には足を滑らせた痕があった」

その推測が的中しているのなら、ますますもって嫌な最期だ。同じ殺されるのなら、もっとあっさり逝きたい。

「どこかよそで殺されて運ばれてきた、というんではないのか？」

「非常に考えにくい。あのボロ家が犯行現場だ」

被害者の身元をまだ聞いていなかった。

「殺されたのは明石峻郎、三十七歳。住所不定の無職。ホームレスに近い生活をしていたようだ。身分証明書のたぐいを所持していなかったので、歯型から身元を突き止めるのに二日かかった。宿なしなら着替えや日用の品を持って歩いているはずなのに、それが現場になかったのは、犯人が持ち去ったんだろうな」

井戸の死体が上島初音の事件とどうつながるのだろう、と思いながら聞いていたが、明石という名前でようやくピンときた。上島が書き遺したダイイング・メッセージは、火村の推理によると明石という名前を指しているとのことだった。

「おめでとう。捜しても捜しても見つからなかった謎の明石に、やっとご対面できたやないか」

「残念ながらインタビューはできないけどな。しかし、この明石というのは一度は捜査線上に浮かんだ男なんだ。実に薄いつながりだけれど。上島の高校時代の同窓生名簿に名前があったんだよ」

「それは初耳やな。話を聞きに行かなかったのか？」

「名簿にあった住所の借家を家賃滞納で追い出されていて、連絡がつかなかったのさ。明石には係累もおらず、交際が続いていた友人もいなかったし。勤め先までは判ったものの、そこも去年の春に倒産していて、先をたどれなくなっていた。俺一人ではどうすることもできないだろう。警察が本腰を入れてくれれば見つけられたんじゃないか、とも思うんだけれど、そこまで熱心になってくれなかった。〈1011〉を明石と読む、というのが彼らの目には空想的すぎると映ったんだろう。確かに、あれが明石を指していると断言するのは俺も躊躇したからな。そうも解釈できる、というまでのことで」

あのダイイング・メッセージが本当に明石を示していたのなら、やはり小説に流用するわけにはいかない。火村の推理ははずれていなかったのだ。

「俺のダイイング・メッセージの解読は正しかった、と自慢しにかけてきたわけや」

「あんな謎々を解いても自慢にはならねぇよ。――おい、やめろ、ウリ」

何に対して怒っているのかと思ったら、猫がじゃれついてきたらしい。投げられた猫がぽんと着地する音がした。

「しかし一難去ってまた一難だ。明石峻郎もおかしなメッセージを遺してくれているんだ」

「またか？　大はやりやな」

「不親切な人間ばかりで嫌になるよ。みんな意地でも犯人の名前は書きたくないらしい。もっとも今度の事件の場合、被害者は筆記具を持っていなかったし、流血もしていなかったから、書いてくれと言っても無理な相談だったろうな」

「メッセージを遺したということは、井戸に落ちてしばらくは息があったんや」

「即死ではなかったようだ。明石は最後の力を振り絞って、あることをした。下半身とは不釣り合いにこざっぱりとした麻ジャケットの内ポケットから千円札を一枚抜き出して、握り締めたんだ」

「握り締めてただけか？　そこに何か書いてあったということは――」

「ないね。きれいな真っさらの千円札が皺くちゃになってただけ。意味ありげな折り目もなかった。千円札そのもので何かを言い表わしたかったかのようなんだ」

「きれいな真っさらの札というのは、新札ということか？　そうやとしたらホームレスには不似合いやな。いや、虎の子の一万円札だか五千円札だかを崩したお釣りで受け取ったのかもしれへんけれど」

　そうではない、と火村は言う。

「内ポケットの茶封筒に千円札ばかりが十九枚入っていた。いずれも新札だ。おそらく二万円持っているうちの一枚を抜いて握ったんだろう」

　茶封筒に新札で二万円とは、どういうことだろうか？　まるで何かの報酬か謝礼を受け取ったかのようだ。

「案外、金持ちだったんやな。俺の財布の中身はしょっちゅう一万円を切ってるぞ。――その茶封筒というのは明石が財布がわりにしてた袋か？」

「違うね。まだ新しい封筒だったから。念のために指紋を調べたが、明石のものしか出てこなかった。殺される直前に、何か小遣い稼ぎをしていたのかもしれない。二万円を受け取って、一円も使う暇なく殺されたんじゃないかな」

「小遣い稼ぎとやらの内容が気になる。それが事件の原因かもしれへんぞ」

「原因そのものさ」火村は断定する。「だってそうだろ。新札の紙幣にも茶封筒にも明石以外の指紋がついていなかった、ということはだな、それを渡した人物は手袋でも嵌めていたとしか考えられない。そいつが彼を殺したんだ」

言われてみれば、そのとおりだ。その人物に後ろ暗いところはなく、たまたま怪我で手袋をしていた可能性もなくはないけれど。

「ところで、千円札を握って犯人の名前を伝えようとしたんやったら、犯人は夏目ということになるな」

「単純だな」と火村は笑う。

「とっさのメッセージなんやから単純で当然やろう。名探偵を苦しめた謎の〈1011〉の次は、対照的に史上最もストレートなダイイング・メッセージかも」

私は手を伸ばしてテーブルの上の財布を取り、千円札を抜き出した。表はお馴染みの明治の文豪の肖像。裏返すと雪原で番(つがい)らしき二羽の丹頂鶴が跳ねている。

「最有力が夏目。裏の絵から鶴田(つるた)だの鶴岡(つるおか)という可能性もあるかな」

何度か裏返して、両面を繰り返して見る。表面に１０００の表記が二つ、千が一つ。裏面には１０００が二つあった。

「千田(せんだ)や千原(ちはら)という名前もありか」

「まだあるか？」

こじつければ、ある。

「日本銀行の職員が犯人というのはどうやろう。千円札であることに意味はなくて、紙幣、つまり日本銀行券を被害者は摑みたかったんや。——もっと聞きたいか？」

「聞いてやってもいいぜ」

「犯人は小説家かも。夏目漱石は作家の代名詞や。そうでなければ、〈坊っちゃん〉という綽名の男」

「かなり苦しくなってきたな」

「もっと苦しいのもある。茶道の道具入れだかに棗(なつめ)というのがあったはずや。犯人は茶道の関係者とも考えられる」

「本気か？」

やな」
「もちろん違う。ちなみに、推理小説によく登場するのはこのあたりまで想像を広げた推理
何しろ——しつこいが——比類のない神々しいような瞬間に飛来する思いつきなのだから。
「ああ、そうや。その千円札の番号は判るかな。そこに意味が——」
「あるわけねぇだろ」ぴしゃりと言われた。「どんな暇人だって、自分が持っている札の番
号を暗記してなんかいない。井戸の底に落ちてから意味のある番号の札を選んだ、というの
も不可だぞ。真っ暗だったはずだし、被害者がマッチを擦った痕もない」
「としたら、犯人は夏目や」
「そうだな。ズバリそうなのかもしれない」火村は溜め息混じりに「しかしだな、仮に夏目
という名の容疑者を見つけ出したとしても、『被害者が千円札を握っていたからあなたが犯
人です』と逮捕するわけにはいかない。何の証拠能力もないメッセージだな」
「ダイイング・メッセージなんて、元々そういうものやろう。それでも多少は役に立つぞ。
お前が被害者の周辺で明石という名前の人物を捜したように、今度は夏目を捜したらええや
ないか。叩けば埃が出てくるかもしれん」
「プロの推理作家による貴重な参考意見として承っておくよ」
ダイイング・メッセージについては、ここらで棚上げしておくのがよさそうだ。
「事件の全体像について聞こう。上島初音の同窓生だった明石という男が、ひょっこり遺体

になって見つかった。けれど、それだけで彼をただちに上島殺害事件と結びつけることはできへんやろう。二つの事件はまったく無関係なものかもしれん」

「ところが、そうじゃない。遺体は腐敗が進行していたけれど、指紋を採取することができた。すると、ビンゴ。その左手の拇指紋が上島殺しの現場に遺っていたものとぴたり一致したよ。例のパネルに入れて飾りたいような渦状紋だ」

それを早く言えよ。

「すごいな。事件解決やないか」

当然ながら守口の事件は大阪府警の管轄だから、普通ならば京都府警が抱えている上島殺しとそれがつながるまでもっと時間を要しただろう。両方に火村が関わっていることが幸いしたのだ。

「いや。ビンゴはええけど、喜んでる場合でもないか。上島を殺した犯人の明石が他殺体で見つかったということは……どうなるんや？　事件は解決したわけではなく、新たな局面に移ったということやないか」

「お前の言うとおり。しなくちゃならないことが山積みだよ。まずは、上島殺しが本当に明石峻郎によるものか確かめる必要がある。指紋は重大な意味を持っているけれど、それだけで幕を引くことはできない。明石の当日の足取りをたどると同時に、事件の前に現場付近で目撃されている不審者が彼だったのかどうか調査が始まっている。証拠固めだ。捜査本部が縮小されていた京都もにわかに忙しくなってきたぞ」

「そして、掛け持ちのお前も大忙しというわけや」

休講の連続に教務課が渋い顔をしているに違いない。わが母校は、いつまでこんなヤクザな研究者を雇っているのだろう。日本一寛容な大学だ。

「しかし、足取りをたどると言うても、明石はホームレスの生活をしてたんやとすると、骨が折れそうやな」

「彼が公園や橋の下にテントで暮らしている真性のホームレスならば、まだよかったんだ。仲間や顔見知りができただろうからな。しかし、どうやらそうではない。ポケットから簡易宿の領収証やサウナのマッチが出てきたところからすると、完全に路上生活をしていたのでもないらしい。汚れたジーンズを穿いていたけれど、時々なりと風呂には入ってたふうでもある」

「現場は淀川河岸の廃屋やと言うたな。人気(ひとけ)がないところなんか？」

「淀川河川公園に面してはいるんだけれど、昼間から人気が少ないところさ。夜ともなれば、ほとんど付近の人通りはなくなる」

廃屋というのは、一年前に閉鎖された小さな製麺工場なのだそうだ。経営者の住居を兼ねていたので裏庭があって、その片隅に古井戸が口を開いていたと言う。

「犯人はその付近に土地勘があって、犯行現場に選んだんだろう。しかし、ボロ家と工場を取り壊して更地にする計画があるとは知らなかったらしい。思いがけず早くに遺体が見つかって驚いたかもしれない」

「待てよ。明石はその廃屋で寝泊まりしていたんやないのかな」

「その形跡はない。犯人に連れてこられたか、そこで犯人と待ち合わせをしていたんじゃないかと思う。寝泊まりしていた形跡はないけれど、カレーパンの包み紙と緑茶の空缶が敷地の隅に落ちていた。明石が飲み食いした痕だ」

「決めつけてええのか？」

「両方から彼の指紋が検出された。それに、被害者の胃に未消化のカレーパンが残存していたよ」

肝心なことを聞いていなかった。

「死後数週間ということは、犯行の日時は不明？」

「検視の結果、死後二週間から二十日と出ている。しかし、もっと絞り込めそうなんだ。それは——」

「判った。明石がパンと緑茶を買った日時が特定できたんやろう？」

「少し違うな。彼がそれらを購入した場所は判っていない。いずれもコンビニのチェーンで売られているものだから、現場の半径三キロ以内の店全部に当たったんだけれどな。明石の写真を見せて訊いても、記憶している店員はいなかった。それでも何日だったかは推定できるんだ。包み紙の印字を見ればな。カレーパンは五月十二日に売られたものだった」

賞味期限切れのパンはマニュアルに従って処分されるから、それを明石が入手することはできないらしい。

「すると犯行は十二日か」

「そう推定する材料がもう一つある。明石は汚れたジーンズを穿いていた、と言っただろ。泥や埃で汚れていただけではないんだ。尻に白いペンキがべったりとついていた。いくら路上で暮らしていても、あんなジーンズを平気で穿いていられるもんじゃない。着替えを持っていなかったんだろうって？　荷物がなくなっているから着替えの有無は判らないけど、あれだけ汚れたのなら洗おうとするさ。汚れを落とそうとした形跡すらないんだぜ。

そこで警察は、彼がいつどこでジーンズを汚したのかを調べ、現場から一キロちょっと離れた国道1号線沿いのファミリーレストランを突き止めた。明石は『ペンキ塗り立てと知らずにこの店のベンチに座ってジーンズを汚した。どうしてくれる』とひと悶着起こしていたんだ。大勢の従業員がよく覚えていたし、店長の業務日誌に記録が遺っていた。五月十二日の午後七時半頃のことだったそうだ。その後、明石らしき人物を目撃した者は見つかっていない」

「なるほど、犯行は十二日とみるのが自然か。パンと緑茶を買うた店が判ると、もっとすっきりするんやけれどな」

「警察は引き続き問題のパンを販売している付近のコンビニを調べて回っている」

「明石が犯人と二人連れでビデオに映ってたら調べる甲斐もあるけど、時間がたっているから消去ずみやろう。望み薄やな」

私は、明石が所持していた茶封筒入りの二万円を思い出す。はたしてそれは謝礼なのか、小遣い稼ぎで得た報酬なのか？　ホームレスの彼が謝礼や報酬をもらえるとしたら、どういったケースなのか？　そこに事件を解く鍵がありそうだ。

「長い電話になったな。このへんにするよ。――こら、やめろって、桃。小次郎が嫌がってるだろ」

また叱っている。今夜の猫たちは興奮気味のようだ。

「何か判ったら電話をくれ。明日からまた上島初音の関係者を片っ端から訪ねて回るんやろ。ダイイング・メッセージのことは伏せて、『夏目という人物に心当たりはありませんか？』と質問しながら」

「片っ端から訪ねて回る必要はないね。特別の興味を抱いている人物が一人いるから。――また近いうちに連絡する」

最後に気を持たせるようなことを言って、火村は電話を切った。関係者の中に千円札から連想されるような人間はいなかったはずだが。近いうちの連絡とやらを待つしかなさそうだ。

しかし、後になって判る。

あの千円札がどんな重要な意味を持っているのか、どれほど神々しい輝きを放っているのか、この時点では誰も気づいていなかったのだ。

警察も、火村も、そして犯人自身も――

7

若白髪が似合う渋い学者。

飯星真紗子は火村のことをそう評した。悪くない印象を抱いたのだろう。

金城直哉の見方は違った。あれは食えない男だ。落ち着いた紳士的な物腰をしていたが、それが信用できない。知性で獣性を隠しているような危険な気配がある。犯罪学者という道を選んだのは、犯罪の魔力に魅了されているからではないのか？　裏がありそうで、友だちにはなりたくない。

色眼鏡で見てしまうのは自分に負い目があるからだ、と自覚しながらも、やはりひっかかる。どう言えばいいのか……。もし付き合ったならば彼が一方的にこちらを深く理解してしまい、それでいて彼自身について自分はもどかしいまでに理解できないような気がする。そんなタイプの人間は苦手だ。誰だって心に高い壁を築いた人間を好きにはなれないだろう。

「本当に明石さんとお会いになったことは一度もないんですね？」

その火村英生が右の傍らにおり、質問を投げかけてくる。直哉は緊張していた。

「ええ。もしその男がオフィスの周りを徘徊していたのだとしたら、僕が不在の時を選んでいたんでしょう。まさかそんな奴が先生に付きまとっていただなんて」

淀川の水面(みなも)が初夏の陽光を反射して、キラキラと光っている。眩(まぶ)しいほどだ。五百メートルほど離れた対岸の土手を、ジャージ姿の女子学生が七人、八人と一列になって走っていた。豊里大橋(とよさとおおはし)の下を浚渫船(しゅんせつせん)がくぐっていく。あの橋を渡れば、ここからお前のマンションまではものの十分ほどではないか、と見せつけるためにこの河川公園に誘い出されたのかもしれない。お前が明石を殺したのだろうと、疑われているはずはないが、いい気がしない。明石が遺体で見つかった現場が見たいかと訊かれて、はいと答えるのではなかった。

「上島さんは、あなたに不安を打ち明けたりしなかったんですか？　昔々の男にしつこくされることに脅威を感じていたと思うんですが」

火村の反対側に座った鮫山という刑事が尋ねてきた。メタルフレームの眼鏡がよく似合っている。レンズの奥の瞳はクールだったが、火村と違って人間臭かった。この警部補ならば、上司にしたいタイプとしてアンケートで一票を投じてもいい。

——また明石が部屋の前で待ち伏せしていたの。帰って、と言ったら従うんだけど気味が悪いわ。いつか摑み掛かってきそうで、怖い。ストーカーに遭うなんて思ってもみなかった。

怯えてはいなかったが、初音は不快に思っていた。

「脅威までは感じていなかったのかもしれないし、もし怯えていたとしても、先生は僕にも弱みを見せたくなかったんでしょう。ましてや少々のことで警察に相談したりしなかったはずです。常日頃、『権力批判をしながら警察に安易に頼るのは信条に反する』とおっしゃっていましたから」

「硬派ですね」と鮫山は言う。

「ええ。でも、無理はしないで欲しかった。僕に相談してくれていれば、あんなことにならなかったはずです。ストーカーなんて蹴散らしてやりましたよ。こう見えて、腕に覚えはあるんです」

よけいなことを口走ってしまった。こんな時に腕力を自慢してどうする。

――やめて、くれ……。

頸を絞められながら明石は必死で抵抗をしたが、ものの数ではなかった。直哉自身も病み上がりではあったが、ろくな食事もできない生活のため明石の体力はより低下していたのだろう。そんな相手に直哉は容赦をしなかった。

――自首、する。

明石峻郎は、自分がどうして殺されなくてはならないのか承知していた。彼の頸に紐を巻きつけながら、直哉がその罪状を述べ立てたからだ。

――判っているな？　初音さんの仇(かたき)だ。

明石は首を捻って、背後から襲いかかった直哉の顔を見た。月の光が雲間から射す。驚愕で見開かれた目が血走っていた。

取材に応じて謝礼をもらえると信じきっていたのだろう。まさか仇討ちのために人気のない庭まで連れてこられたとは、夢にも思っていなかったのだ。愚かだ。いくら粗末な仕事場だと聞いていたとはいえ、月が雲間に隠れていたとはいえ、その庭が廃工場と廃屋の谷間だということぐらい気がついてもよさそうなものなのに。

——や、めろ。

「それにしても、火村先生の推理は素晴らしいですね。上島先生が書いた血のメッセージから明石という名前を読み取ったんですから。関係者に明石という人物がいたわけでもないのに、よく判ったものです。まるで名探偵ですよ」

質問攻めに遭うのはごめんだったので、こちらから話を振る。おだてられても、火村は表情一つ変えなかった。

「まったくです」鮫山が頷く。「影も形もなかった明石峻郎がいきなり出現して、京都の捜査本部は蜂の巣を突いたような騒ぎだったそうですよ。いつものことながら火村先生には驚かされます」

「去年の十二月十四日以来、あのメッセージのことが頭から離れませんでした。世紀を跨(また)いで悩みましたよ」

火村は光る水面を見たまま言う。直哉はその横顔に問いかけた。

「メッセージが明石を指しているようなのに、肝心の明石という人物が見つからなかったからですか？」

「それは不思議ではない。私たちが見つけられないだけかもしれませんからね。そうではなく、上島初音さんが何故あんな迂遠なメッセージを遺したのかが理解できなかったんです。漢字でも平仮名でも片仮名でも、普通に明石と書けばよかったのに。あんな記号で明石を伝えようとした理由について、ずっと考えていました」

火村が鋭かったのは、〈オフィス上島〉の社章と血のメッセージに類似性を見いだしたことだ。社章の由来について尋ねられても、直哉は「知りません」と白ばっくれたのだが、彼はついに自力で正解にたどり着いた。あのマークは源氏香（げんじこう）の図から取られたものである、と。

直哉は、初音に教えられるまで源氏香という雅（みやび）やかな遊びを知らなかった。彼女の道楽は香だった。いつも寝室では気分に合った香が薫（た）かれ、二人はある夜は白檀、またある夜は麝香（じゃこう）の香りに包まれたものだ。香水にはあまり関心がないようで、香木を薫く香りを鑑賞する香道に凝っていた。

――香りを楽しむということは、うつろいの美、変幻の美を楽しむことなの。完成した絵や彫刻とは違って、香りは刻々と変化をするでしょ。そこが奥深いの。

初音が興味を持つものには自分も無関心でいないようにしたかった。だから、直哉は彼女の講釈に素直に耳を傾けた。

——香道では〈香りを嗅ぐ〉とは言わずに、〈香りを聞く〉と表現するのよ。聞香(ぶんこう)と言ってね。音楽みたいよね。実際、十九世紀の調香師ピエッスは四十六種類の香料を音に対応させて、七オクターブの香階を創っている。ツーンとくる香りが高音で、香りが長く残るものが低音よ。面白いでしょ。日本には源氏香という遊びがあるわ。

五つの香料を様々に組み合わせてできた五十二種類の香りを、「帚木(ははきぎ)」「末摘花(すえつむはな)」といった『源氏物語』の巻名になぞらえ、その香りを聞いて香の異同を当てるのが源氏香という遊びだ。それぞれの香には名前だけでなく、それを表わす図が決まっている。

〈オフィス上島〉の社章は、その中の「初音」という図だった。もちろん、上島初音の初音から取ったのだ。彼女は、得々と説明しながら源氏香の図を直哉に見せた。秀逸なアイディアだと自負していたのだろう。

だから、彼女が遺した血のメッセージを見た瞬間に、彼には見当がついた。これは源氏香の図ではないのか、と。調べるのは簡単だ。源氏香の図の一覧表を見ると、それは「明石」であった。

明石。あいつだ。タコ男だ。

あいつが初音を殺した。

「——そこで、こう考えたんです」

火村がしゃべっていた。

「明石という名前の人物が犯人だ、ということを上島さんが表わそうとしたのなら、特殊な知識を元にしたあのメッセージは難解すぎる。まるで、判る人にだけ判ってもらえばいい、と言わんばかりだ。もしかすると、それが真相なのではないか。そうに違いない。彼女は、あえて真意が伝わりにくいメッセージを遺したんです。特定の人物にだけ伝わるように」

思わず頷きかけた。直哉は、その仮説に百パーセント同意する。そうなのだ。あれは金城直哉だけに伝わることを期待して書かれたメッセージだとしか考えられない。彼以外の誰が、あれを源氏香の図だと理解できるというのだ。——何の弾みでか、火村は解読してしまったが。

「では、その特定の人物とは誰か？　それは上島さんの身近にいて、彼女が香道のたしなみがあることを知っていた人間です。秘書のあなたのようにね」

皮肉っぽい言い方だ。

「金城さん。あのメッセージが明石を意味していることを、あなたはお気づきにならなかったんですか？」

鮫山からも突かれた。「勘が鈍いもので」と往なしたが、刑事は信じてくれない。

「本当は気づいていたんではありませんか？　あなたに宛てたメッセージと見るのが最も自然なんですけれどね。事件当日、上島さんはオフィスで午後六時に飯星真紗子さんと会う約束をしていましたが、メッセージの相手はあの編集者ではない。六時にきても誰も応答しなければ、飯星さんは引き返すよりないからです。とすると、メッセージを最初に目にするのは和歌山から帰ってくるあなたということになる」

「僕が最初に見ることが予想できたのなら、僕だけに判る暗号みたいなメッセージを書かなくてもいいでしょう。当たり前に明石と書けばすむ」

「万一の場合を考えたんでしょう」火村が言った。「現に、あなたは駅で飯星さんと出くわし、二人連れ立ってオフィスに帰ってきた。そんなこともあるかもしれない、と上島さんは警戒したわけです」

直哉はうんざりした。

「飯星さんに見られてはまずい事情はないでしょう。自分を殺した犯人を指し示すのなら、誰にでも理解できる書き方をするはずです」

「特定の人物だけに犯人の正体を伝え、警察には知られたくなかったんだ」

「だから、どうして——」

「『こいつに復讐して』という遺言ですよ。それなら筋は通る」犯罪学者は語気を強める。

「遺体発見の直後、あなたは過ってメッセージを踏んでしまった、と言った。本当にそれは過失だったのか。故意にやったんではありませんか？　『犯人は明石。こいつに復讐して』というメッセージは、あなただけに宛てたものだった。以心伝心。あなたはそれを瞬時に理解したからこそ、消してしまおうとしたのでは――」

「筋が通ればそれが事実だ、と言うものではないでしょう。理屈なんて、どうにでもつきます。僕はわざとメッセージを踏んだのではありません。誓います」

「上島さんがあなたに『復讐して』とひそかに遺言し、あなたがそれを実行した。そう考えると、明石峻郎が殺された背景がすっきり理解できるんですけれどねぇ」

とんでもない学者だ。すべてを自分に都合のいいように解釈しようとしている。――もっとも、今回の事件では正鵠を射ているのだが。

「金城さんには、明石峻郎を殺害する動機がある」

「僕が殺したという証拠はあるんですか？」

「あなたは五月十五日の夜、遅くに車で帰宅していますね」

鮫山が言う。十一時前にガレージで隣人と会い、挨拶を交わした。マンションで聞き込みをかけ、そんな証言を拾ったのだろう。

「どこにいらしてたんですか？」

「さぁね。よく覚えていません。独りで夜のドライブをしていたんだっけな」

「どのあたりを？」

「だからよく覚えていないんです。……神戸方面だったかもしれません」

二人は沈黙した。何かおかしなことを言ってしまったのだろうか、と不安になる。やがて火村が――

「警部補は、五月十五日の夜の行動についてお尋ねしたんです。そのことを変だと思いませんでしたか？」

そういうことか。明石が殺されたのは十二日の夜らしいと以前に聞いていた。だから、「どうして十五日のことを質問するんですか？」と問い返すべきだったのだ。とは言え、それしきは大した失策ではない。

「訊かれるままに答えただけです。それで、十五日の行動がどうして問題になるんですか？犯行は十二日夜のはずです」

十二日のことなら、いくらでも訊いてくれ。病院に担ぎ込まれ、そのまま十四日まで入院していたことは完璧に証明できる。

「犯行が十二日だったと推定された理由はいくつかあります。その日の午後七時半を境に被害者を見た者がいないこと。被害者が穿いていたジーンズの汚れが十二日の午後七時半頃についたものであること。被害者は死の少し前にカレーパンを食べており、現場には賞味期限が十二日となったその包み紙が落ちていたこと。以上の三点です」

それだけ根拠があれば充分ではないか。犯行は十二日夜だと信じるに足るだろう。――そう思うのに、火村の話はしだいにきな臭くなっていく。

「しかしながら、その三点はいずれも犯行の日を確定させるものではありません。十二日以降に明石を見た者がいないのは、彼が住所不定の身であればさほど不自然ではない。ジーンズが汚れたので新しい衣類に着替えたとしたら、ホームレス然としなくなっただろうし。遺体がジーンズを穿いていたのは、犯人が明石を昏倒させた上で穿き替えさせたのかもしれない。カレーパンについても犯人が細工をする余地があります。賞味期限切れのパンを食べさせることもできたし、あるいは十二日が期限の袋を用意しておいて、犯行前に新しいカレーパンを与えることもできた。いずれも他愛もない工作です。——何か私の話し方が不愉快ですか?」

「いえ」

他愛もない工作と聞いて、むっとしてしまった。その表情の動きを読まれたようだ。確かに、継ぎ接ぎだらけのお粗末なトリックかもしれない。しかし、過労で入院する羽目になったことに作為はないのだ。自分でも予期しなかったハプニング。それがアリバイ工作に利用できることを事後的に思いついたのだから、大したものではないか。

——向こうについたら温かい食事とビールを用意してありますので、もう少し辛抱してください。こんなものだけ買ってあります。よろしかったら、どうぞ。

そう言って差し出したパンとお茶に明石は喜び、車中で口にした。

——それから、これは謝礼の前金です。とりあえず二万円。すぐ使いやすいように千円札ばかりにしてあります。

明石は茶封筒も恭しく受け取った。

——気が利くね、夏目さん。ところで、こんな季節に手袋なんかしてるけど、どうしたんだい？

——何かにかぶれたらしくて、色んな薬を塗ったり貼ったりしてるんです。それがみっともないから隠しているだけです。

下手な作り話もあっさり信じる。赤子の手を捻るに等しいな、と笑いたくなった。

「犯人は明石を昏倒させた上でジーンズを穿き替えさせた、と先生はおっしゃいましたが、その時に明石はまだ死んでいなかったんですか？」

火村がどこまで真相に肉薄しているか、探りを入れる。

「ジーンズを穿き替えさせた後で明石は意識を取り戻し、犯人から逃げようとしたんでしょう。そして、井戸に転落した。犯人としては、ジャケットも着替えさせ、内ポケットの二万円を回収しておきたかったでしょうね。大きな誤算です」

誤算なものか。どうせ最後は井戸に投げ落とすつもりだったのだ。遺体がいつまでも見つからなければ、それでよし。もし見つかった場合でも、明石と自分を結びつけるラインは不可視だ。また、万一、自分が疑われるようなことがあったとしても、十二日夕方から十四日にかけてはアリバイが成立するように工作を施してある。実際、明石に対する殺意を見抜かれてしまったのだから、工作をした甲斐はあったわけだ。大丈夫。それは支えになっている。

「誤算ですかねぇ」

つい呟いてしまった。火村は「ええ」と強く言う。

「二万円を回収していれば、明石はダイイング・メッセージを遺せなかったんです」

「ダイイング・メッセージって、右手で握っていた千円札ですね？　だけど、あんなものは何の役にも立たないでしょう。今度は夏目という人間を捜しますか？」

井戸の底を懐中電灯で照らすと、明石は完全に息絶えているようだった。その手が千円札を握っているのが見えた時、直哉は含み笑いを洩らしたものだ。夏目にやられた、と言い遺したつもりらしい。何と虚しいメッセージだろうか。どんなに空想癖の強い人間だって、夏目漱石・金之助・金ちゃん・金城などと連想するはずがない。直哉は、明石のメッセージを放っておくことにした。苦労して狭く暗い井戸を上り下りする必要などありはしない。

「明石さんがどうして千円札を握り締めたのか、私にはまったく判りません」

火村は率直に認めた。が、すぐに「しかし」と続ける。

「あのメッセージは明石の遺志を離れて、興味深い結論に私たちを導いてくれるんです。『私が殺されたのは五月十四日以降だ』という結論にね」

背筋に微かな悪寒(おかん)が走った。どうしたのだろう？　不吉な気配が忍び寄ってくる。

「ほぉ。どうしてそうなるんですか？　製造年月日でも――」

しまった、それか！　明石に与えたのは銀行で下ろしたばかりの新札だった。紙幣のナンバーから印刷された日が判るのかもしれない。

　直哉は自分の顔から血の気が引くのを感じた。しかし、賞味期限のある食料品ではあるまいし、膨大な数の紙幣一枚一枚が刷られた日の正確な記録があるのだろうか？

　彼は口許を引き締める。動揺を誘うことだけが目的の罠かもしれない。

「ここに、明石が握っていた千円札の拡大コピーがあります。むやみに紙幣をコピーしてはいけないんですが」

　鮫山が取り出した白黒のコピーを見る。夏目漱石の視線が、自分を嘲(あざわら)っているようだった。

「説明しないと判らないでしょうね。私もなかなか気がつきませんでしたから。――表の下の方を見てください。銘版と呼ばれる部分に細かな文字でこう書いてあります。――財務省印刷局製造」（＊二〇〇三年四月に同局は独立法人国立印刷局となった。）

　それがどうした？　紙幣がどこで刷られるかぐらい子供でも知っている。

「その表記によって、この札が五月十四日以降に印刷されたことが証明されます。犯人にとっては最悪のタイミングで、ある変更が行なわれたんです。――世紀が改まって、色々なことが変わりましたよね」

　ぼんやりと見当がついた。

　もしかすると……

もしかすると!

「それは、つまり……」

「気がつきましたか? そうです。五月十四日以前にだされた紙幣にはこんな表記はない。すべて大蔵省印刷局製造だったからです。明石峻郎も、被害者も、知るよしもなかったでしょう。われわれだって問い合わせて知ったことだ。財務省印刷局製造と銘打たれた紙幣は、五月十四日から市場に流れだしたんです。十二日に明石が手にしたはずはない」

二十一世紀の始まりとともに省庁が再編され、大蔵省という名称は消滅した。歴史ある名称の変更に大蔵官僚たちが反発している、というニュースを聞き、気位ばかり高い連中が哀しむのを冷笑していたのに、自分とは無縁の些末なニュースだと思っていたのに。

明石の遺志を離れた興味深い結論。

背中から飛来したブーメランのようなダイイング・メッセージを、直哉は恐ろしいと感じた。頼りにしていた支えが、はずれた。

「……運命じみていますね」

眩しい水面を見つめたまま、掠れた声で呟く。まだ敗北したわけではない。だが、こんな有様では勝機はないだろう。はたしてどこまで持ちこたえられるか……。

「死の直前に神々しいような瞬間が訪れる、と書いた小説家がいたそうですよ」

火村はそう言ったきり、口をつぐむ。決断を促しているようだった。

白い兎が逃げる

1

うっかり置き忘れた資料を取りに稽古場に戻ってみると、事務室のドア越しに女二人がひそひそと話す声が聞こえていた。伊能真亜子と清水伶奈のようだ。誰か劇団員の噂話でもしているのだろうか？　お互いにバツが悪い思いをしないように、咳払いを一つしてから亀井はドアを開いた。

「もう十時なのに、まだいたんですね。二人で反省会？」

目的の本が机の端にあるのを確認しながら、軽い調子で尋ねる。二人の女優は何故か深刻な表情をしていた。金髪をポニーテールにくった真亜子が、黒いショートヘアの伶奈の肩に手を置く。

「ねえ、ムンちゃんに相談しようよ。彼、見かけによらず頼りになるから。学生時代に少林寺拳法を齧ったそうだし」

ムンちゃんとは、亀井明月（めいげつ）の緯名だった。脚本を書く時の仮名ムーンというペンネームに由来する。

「見かけによらず、なんてことを当人を前にして言うとは無神経だなぁ、マーさんも。これでも傷つきやすいんですよ」

心臓のあたりを押さえておどけたが、女たちはにこりともしない。前の公演は成功裏に終わったのに。人間関係でトラブルが発生したのだろうか？

「言うわよ」と真亜子は伶奈に断わってから、「座って、ムンちゃん。伶奈が困ってるの。〈ワープシアター〉の看板女優のためなら火の中でも水の中でも飛び込んでくれるでしょう？」

「去年の芝居でマーさんに頭からバケツで水をかぶってもらったことがありましたね。だから僕も水に飛び込むぐらいのことはしますけれど、命に関わるので火の中はちょっと勘弁を――」

「馬鹿言ってる場合じゃないの。ほら、早くそっちの椅子を持ってきて」

五つ齢上の姐御に命令されては仕方がない。冗談が通じない雰囲気を察した亀井は、パイプ椅子を広げて腰を下ろす。

「伶奈さんがどうしたんですか？」

「変な男に目をつけられたらしくて、ストーキングされてるのよ」

亀井は伶奈を見た。心配事を抱えているせいか、いつもの白い顔からさらに色が抜けて、まるでドーランを塗っているようだ。色白の女性が好きだ、という男ならごくりと喉を鳴らすかもしれない。小麦色に日焼けした活発な女の子が好みの亀井にすれば、不健康そうに映るだけだったが。

「それはやばそうだな。待ち伏せされたり、悪戯電話がかかってきたりするの？」

伶奈は、紡錘形をしたチョーカーの飾りをいじりながら答える。

「はい。付きまとわれているんです。マンションの窓の下から、じっと私の部屋を見上げていたりするので気持ちが悪くて。変な電話がかかってきたこともあります」

「どんな？」

本人が言いにくそうだったので、真亜子が代わりに再現する。

「『君が好きになった。君も僕に興味を持って欲しい。それが無理なら、離れたところから君を見守っているだけでもいい』。これだけ聞くといじらしいんだけれど、それは最初の一、二回で、だんだんと態度が変化してきている。――昨日は無言電話が五回かかってきたんだっけ？」

「六回です」と訂正する。「夜中の二時すぎにもありました」

伶奈はワンルーム・マンションで独り暮らしをしている。それだけで、充分に不安だろう。彼女は本名で舞台に立っているので、電話帳で簡単に番号を調べられたのだ。

「付きまといが始まったのは、いつ？」

「前の公演の直後からです」

真亜子が机の上にあった紙の束から、一枚を取って差し出した。

「どうやらストーカーの正体はこいつみたい」

十日前に終わった『メタリック・ブルー』のアンケート用紙だ。芝居の感想が楔形文字（くさびがたもじ）のような特徴的な筆跡で書かれていた。先入観のせいか、どことなく普通でない精神状態を感じさせる。

ざっと目を走らせると、「シルビアが素晴らしかった」「シルビアの出番が前半にもたくさんあればよかった」といった簡単なコメントが綴られていた。シルビアとは、怜奈が演じた孤独なアンドロイドの役名だ。回答者は、彼女がいたくお気に召したらしい。だが、書き手が語彙（ごい）と文章力に恵まれないせいか、どこがどうよかったのか伝わってこなかった。これでは、単に女優・清水怜奈の可憐さに一目惚れしただけのようにとれる。

「ははぁ。シルビアを演じて見初（みそ）められたんだ。怜奈ちゃん、熱烈なファンがついたじゃない」

「ファンとストーカーはまったく別物でしょうが」姐御は腕組みをする。「そりゃあ、多少は通じるところもあるかもしれないけれど、夜中に無言電話をかけてくるような奴、赦せないわよ。される方の身になってみろって言うの」

「ごもっとも」

一番下の回答欄を見た。住所は記入されておらず、氏名はハチヤとだけあった。なのに年齢は律儀に二十六歳と書いている。亀井と同い齢だ。

「蜂谷って苗字かな。こんな棘々しい字でハチヤって、ちょっと迫力があるな」

「何が迫力よ。気色が悪いって言いなさい。毒針を持ってる男かもしれないのよ」

物騒な昨今、先輩として真亜子が伶奈を気遣うのも判る。亀井は口許を引き締めた。

「そうですね。彼女が不愉快な思いをする謂れはないんですから、びしっと追い払いましょう。――しかし、どうしてこのハチヤがストーカーだと判ったの？」

「電話でハチヤと名乗ったんです。『メタリック・ブルー』を観たとも言っていたので、アンケートを書いてるんじゃないか、と思って……」

「彼女が私に相談してきたの」真亜子が引き継ぐ。「で、公演中に回収したアンケート用紙を調べてみたら、ハチヤの名前がちゃんとあったわけ。住所もフルネームも書いていないから、大した情報は得られなかったけれどね。筆跡と内容からして、あまり頭がよくなさそうな男だわ」

陰湿なストーカー男に対して、彼女はかなり立腹しているようだ。禁煙していたはずなのに、どこからか手品のようにマイルドセブンを取り出してくわえる。

「ハチヤ某は、わが〈ワープシアター〉の常連客なのかな。もっと前のアンケートを調べたら、住所氏名を記入しているかもしれない」

　真亜子は煙草を指に挟んだ手をゆっくりと振った。

「違うわ。ハチヤなんて名前は見た覚えがないもの。うちの芝居を観たのは『メタリック・ブルー』が初めてじゃないかしら」

「もしかしたら、ポスターに惹かれてふらふらと小屋に入ってきたのかもしれませんね。あの黒いドレスの伶奈ちゃん、すごくキュートだったから」

　真亜子は溜め息をつく。

「そんなことより、ムンちゃんが何とかしてこのハチ公を追い払ってよ。一座の留守を預かる私からの命令よ」

　座長は公演が終わるのを待って、虫垂炎の手術のために入院している。座長代理は、お前が少林寺拳法でストーカーを蹴散らせ、と所望らしい。必要とあらばそれも厭(いと)わないが、まだ時期尚早に思える。

「暗くて気の弱い男が軽率にふるまってるだけかもしれませんよ。危ないことになったら僕が出ていくのはやぶさかでないし、場合によっては警察に相談してもいい。でも、もう少し様子を見てはどうですか？」

　また溜め息。

「もう少し様子を見るだなんて、悠長な。事態が悪化するのを待つドラマの水戸黄門(みとこうもん)みたいなことを言わないで。そんなことをしたら、どんどん相手がつけ上がって伶奈が不愉快な思いをするだけよ」

「僕はどうしたらいい？」

間抜けな気もしたが、伶奈本人の意向を訊いてみる。白い顔の女優は、相変わらずチョーカーをいじっていた。

「まだ実害をこうむったわけではないし、ムンさんのおっしゃるとおり大袈裟な反応をしない方がいいのかもしれません。刺激して、逆上させるのも怖いし……」

「何言ってるの」真亜子が怒る。「若い女の子に付きまとって、無言電話をかけて、充分に実害を及ぼしてるじゃない。甘い顔を見せちゃ駄目」

まぁまぁ、と亀井は彼女を押さえて、

「ハチヤって、どんな奴なんだ？」

「いつもサングラスをしているので、顔をまともに見たことはありません。野球帽を目深にかぶって、黒っぽいブルゾンにジーパンで現われます」

「二十六歳って書いてあったけど、それぐらいに見える？　体格や話し方は？」

「二十代半ばぐらいでしょうね。中肉中背で、ちょっと癖のあるしゃべり方をします。ざらついた声なのに、甘えたような口調。それがまた気持ち悪いんです。あ、そうだ。歩き方も変。ロボットが人間の真似をしようとしているみたいにぎこちない」

やっぱり暗くて気弱なだけの男なのではあるまいか。こらっと一喝すれば、尻尾を巻いて飛んで逃げるかもしれない。

「判った。じゃあ、こうしよう。万一のことがないように、僕がしばらく君をガードしよう。もちろん、四六時中くっついているわけにはいかないから、夜遅くに出歩く時だけだよ。君のマンションはそんなに淋しいところじゃないから、昼間は大丈夫だよね」

彼女は頷く。

「もしハチヤを見かけたら、僕に教えてくれ。『迷惑だから失せろ』と言ってあげるよ。それで治まると思う。でも、おかしな具合にこじれるケースもあり得るから、予防措置も講じておこう。これまでハチヤがどんなふうに君に付きまとって、いつどんな電話をかけてきたのか、すべて記録しておくんだ。これまでの分もメモしておくのがいいな。そうしておけば、警察に相談を持ち込む時にも好都合だしな。オーケー?」

怜奈の表情が少し和らいだ。

「ありがとう」と礼を言ったのは真亜子だ。「やっぱりムンちゃんは頼もしい。今の言葉で安心した。私にとって、また男を上げたわよ。ストーカーを撃退したらラーメンぐらい奢(おご)ってあげる」

「マーさんにラーメンを奢られたら一人前だ、というのがうちの劇団の定説でしたね。がんばりますよ」

「そうと決まったら、今夜から実践してもらいましょうか。伶奈を家まで送ってあげて。早速ストーカーのハチ公とご対面できるかもしれない」

予定が狂った。深夜営業の喫茶店に寄り、いつもの席で資料を繙(ひもと)いて次作の構想を練るつもりだったのに。

「すごく助かりますけれど、あまり無理をしないでくださいね。ムンさんの彼女に誤解されたりしてもいけないし」

「お気遣いは無用。僕には誤解したり焼き餅を焼くガールフレンドなんていないから。――じゃあ、行きますか？」

三人で引き上げることにした。稽古場と事務所にしている倉庫の外に出ると、亀井は小さく体を顫(ふる)わせる。

「立春の頃が一番寒い」

見上げた空に浮かんだ月が、冴々(さえざえ)とした光を放っている。こんな夜にも伶奈の部屋の下に立つのだとしたら、ストーカーも楽ではない。そのエネルギーを他の建設的なことに向けられないものか、と思う。

「じゃあ、私は地下鉄で帰るから。お疲れさま」

稽古場の前に停めてあった車に乗り込んだ亀井たちに手を振って、真亜子は駅へと去っていく。一緒に送っていければいいのだが、彼女の家は方向がまるで逆なのだ。

「伶奈ちゃんは西長堀(にしながほり)だったっけ。あのへんは家賃が高いんじゃない？」

シートベルトを締めながら声をかけたのに返事がない。助手席の彼女は、右手を頬にやってルームミラーを注視していた。

「電柱の陰に誰かいませんか？」

ミラーを覗き込んだが、人の姿はない。彼女はストーカーの幻影に怯えているのだ。

「誰もいない」亀井は車を出す。「あまり神経質にならない方がいいよ。僕がしっかり看板女優をガードするから」

しばらくして、伶奈が「すみません」と言った。

「臆病な女だと思ってらっしゃるかもしれませんね。真亜子さんに相談する時にも、『何を大袈裟なこと言ってるのよ』と叱られないか心配だったんです。みんな優しくて、ほっとしました」

「姐御は後輩思いだから」

「前の劇団にいた時にも、男の人に付きまとわれたことがあるんです。お客さんじゃなくて、研修にきていた年下の大学生に。半年間ほど苦労しました。その時は、迷惑をしている、とはっきり言ったらやめてくれたので助かりましたけれど」

君はそういう陰湿な男を引き寄せてしまうタイプらしいな、と思ったが、口にするのは控えた。伶奈に魅せられた男たちは、怯える彼女を観ることで残忍な快感を味わえるのかもしれない。

「ファンなら大歓迎なのに」

　信号で停止する。目を伏せた伶奈の横顔を亀井は盗み見た。彼女が〈ワープシアター〉に入団したのは一年前。線が細いのではないか、というのが第一印象だったが、役者としては勘がよく、舞台度胸は満点だった。本来の豊かな才能を開花させ、清水伶奈は今や劇団になくてはならない存在だ。大勢のファンをつけて観客動員に貢献してもらわなくてはならない。だが、彼女が目的で男性客が集まってきたなら、その中にはこれからも不埒な者が混じるかもしれない。

　漂白したように白い顔。無垢で無防備に見える瞳。心持ちふくらんだ頰と、唇の隙間からちらりと覗く愛らしい前歯。彼女は兎に似ていた。特に、今夜のように白いウールの服を着ていたなら、兎に扮したがっているのではないか、とまで思える。保護してやりたい、あるいは軽くいじめてみたい。そんなふうに心を乱される男がいるのも自然なことかもしれない。自分が彼女の肉親だったり、もっと気の置けない間柄だったら、絶対に男に隙を見せるな、と注意を促したいところだ。

「ムンさんは、もう舞台に立たないんですか？」

　亀井が役者をしていたのは、彼女がくる前までのことだ。前の車の赤いテールランプを見つめながら、彼は答える。

「役者への未練は断ち切ったよ。脚本で勝負する。もっと演出の勉強をしたいと考えてるんだ」

「そうですか。私は脚本が書いてみたいんですけど」

感受性が鋭く、演劇的な教養を身につけている伶奈には向いているかもしれない。書いてみるように勧めた。

「面白いよ、脚本を書くのは。君もキーボードを叩いて、狼になってみるといい」

兎は、怪訝そうに小首を傾げた。

2

お客の注文とそれに応える店員の威勢のいい声が飛びかう。団体客が多く、店内は活気に満ちていた。座敷の隅に座らなかったら、やかましくて話ができなかっただろう。

清水伶奈が脚本を書きたがっている、という話に伊能真亜子は「ふぅん、そう」と生返事をして、生ビールの追加を頼んだ。

「どんなものが書きたいのかは、まだ訊いていませんけれど、ちょっと気に留めておいてもらえますか？　伶奈ちゃんにとっていい目標だと思うので。役者として成長する近道かもしれません。そうそう。彼女、今やってるバイトが今週いっぱいで終わりなんだそうです。少し貯えができたので、仕事が途切れたこの機会に習作を書いてみようか、なんて言ってました」

亀井明月は熱心に語る。しかし、真亜子はそんなことを聞くために彼を食事に誘ったのではなかった。

「うん、それはいいけど」テーブルに肘(ひじ)を突いて、「ムンちゃん、ストーカーの方はどうなってるのかしら。ハチヤとかいう奴は出た？」

亀井は「その件ですか」と言って、前髪をゆっくり掻き上げる。いつもの気取ったしぐさだ。

「ムンちゃんにストーカー撃退を頼んでから今日で四日目よね。伶奈からは何も聞いていないけれど、まだ遭遇してないの？」

「ご報告が遅れてすみません。結論から言うと、僕はまだハチヤとは対面していないんです。ボディガードを拝命したのが五日の水曜でしたっけ。あの夜、伶奈ちゃんをマンションまで送って帰りましたが、異状なし。木曜日には従妹(いとこ)が出るピアノリサイタルに行くって言うので、終演時間に会場まで迎えに行きました。ハチヤはその日も現われませんでしたよ」

「悪戯電話は？」

「木曜の深夜にかかってきたそうです。そこで伶奈ちゃんは『迷惑なのでやめてください』ときっぱり言った。僕というボディガードがついているという安心感から言えたんでしょうね」

真亜子は苦笑して、「はいはい。——それで?」

「ハチヤは『すみませんでした』と素直に詫びて、以後、電話はかかってきません。『どうやら収まったみたいです』という伶奈ちゃんからの電話がありました。一件落着ですかね。ちょっと拍子抜けです」

「拍子抜けで結構。それでよかったのよ。——よくやった、ムンちゃん。好きなのをどんどん食べて」

真亜子は品書きを差し出す。

「ラーメンを奢ってもらう約束だったのに、申し訳ないですね。こんなにたらふくご馳走になって」

「未来の大先生でしょ。居酒屋で刺身の盛り合わせを奢られたぐらいで大喜びするんじゃないわよ。私、ほんとに心配してたんだから。近頃の若い男って、何をやらかすか判らないものね」

「あ、また言う。近頃の若い男という表現をやめませんか? マーさんと僕やハチヤとは五つしか離れてないんですから」

「その五つの間に三十歳っていう断層があるの。ほれ、何を注文する?」

亀井は「では、遠慮なく」と数品オーダーした。スリムな体型に似合わぬ健啖家(けんたんか)ぶりだ。見ていて気持ちがよかった。

「でも、まだ油断は禁物よ。ストーカー男がそんなに淡泊なわけないもの。警戒を怠らないように伶奈に言っとかなくっちゃ」

「ええ、僕も同じことを言いました。帰りが夜遅くなる日があったら、しばらくは車で送ってあげるつもりです。どうせ彼女もいなくて暇ですしね」

さほど上背はなく、美男子の部類にも入らないにせよ、亀井は決してもてないタイプではない。頭の回転の速さ、話題の豊富さ、身のこなしのちょっとした優雅さは、たいていの女にとって魅力的だろう。そう思わせたらしめたもので、垂れた細い目も貴公子のそれに見えてくる。白い歯を見せてにっこり笑う顔、顎に手をやって考え込んでいる顔も、決め技として有効だ。愛敬があるだけではなく、クールなだけでもない男。おまけに自由で、経済的にも余裕があるとなれば……。

「これがきっかけになって、ムンちゃんと伶奈との間に恋が芽生えたりしてね」

「あり得ない。お互いにタイプじゃありませんよ」

亀井はあっさりと言って、焼き豆腐に箸をつける。

「彼女、可愛いじゃない。タイプじゃないなんて言い切っていいの？」

「チャーミングな女性ではありますけれど、僕が恋愛の対象にするのは勝ち気なぐらいの子なんです。生意気なほどいい。彼女は物足りないな」

「贅沢ね。ストーカーがつくほどの子なのに」

「好みですから。な－んて言ったこと、彼女には秘密ですよ。『あんたに言われたくない』と叱られます」と笑って、「ところで、明日は稽古場でミーティングでしたよね。伶奈ちゃん、土曜日から友だちの結婚式で名古屋に行ってるんですけど、どんなお土産を持ってきてくれるかな」

子供っぽい言葉にも嫌味がない。育ちのよさというべきか。

「ムンちゃんのお父さんって、有名な画家だったのよね」

「有名って、たかが知れていますよ。ありきたりの日本画をいっぱい遺してくれましたけれど、あれが何百万円もするっていうから絵の世界は理解できません」

羨ましい話だ。貧乏役者の自分が奢ってやるのは、本来はおかしいのだ。

「あなたには絵の才能はなかったの？」

「自慢じゃないけど、小学生の頃、僕が描いたスペースシャトルをクラス全員が掃除機と思った、という伝説を持っているほど絵は苦手です。まぁ、その代償というか、国語教師だった亡き母親譲りで言語能力は発達しているつもりなんですけれど」

「いつもいい脚本書いてくれてるわよ。次の公演の準備をそろそろ始めた方が――」

言いかけたところで、亀井の携帯電話が鳴った。「失礼します」と出た彼は、「ああ、伶奈ちゃんか」と言う。それを聞いただけで、真亜子はよからぬ気配を感じた。

「名古屋から帰ってきたんだね。……えっ、どういうこと？……どこで？……

本当に？」
話しているうちに、亀井の表情がみるみる曇っていく。
「僕？　今、マーさんに晩飯をご馳走になっていたんだ。そういうことだったら、これから
そっちに行こうか？　………いいって、大丈夫？」
真亜子が自分を指差すと、「マーさんに替わる」と亀井は電話を渡してくれた。
「どうしたの、伶奈。ストーカー男がまた変な電話をかけてきた？」
そうではなかった。
「電話は止まったんですけど、付きまとうのをやめないんです。名古屋までついてきまし
た」
冷静にしゃべっているが、微かに声が上ずっている。
「呆れた男ね。ついてきただけ？」
「手にカメラらしいものを持っていたので、盗み撮りされていたかもしれません。ぞっとし
ます。帰りの名古屋駅のホームで、やっと気がついたんですけど、多分、土曜日に家を出た
ところから尾行されていたんでしょう。一時間ほど前に家に帰ってきて、また電話がかかっ
てくるんじゃないか、とびくびくしていたんですけれど……」
「偶然……なんてこと、ないわよね。あなたに見つかったら、どんな反応をした？」
「まずい、というようにキヨスクの陰に隠れましたけれど、少しすると顔を出して、照れた

ように笑っていました。それがまた屈託のない笑い方なんです」

　伶奈とじゃれ合っているつもりなのかもしれない。

「これからそっちに行こうか、とムンさんが言ってくださいましたけれど、しっかり戸締まりしていますから平気です。固定電話はかからないようにしたし。ただ、不安になったのでムンさんに連絡だけしておこうと思ったんです」

「脅かすわけじゃないけど、これからは昼間も注意した方がいいわね。臆病な男だからといって甘く見ないこと。ちょっとした対応の間違いで豹変するかもしれない」

「脅してますよ、マーさん」と横から亀井に諌められた。

　本人が大丈夫だと言い張るし、切迫した危険があるわけでもなさそうだったので、「もしも家の近くに現われたら、ムンちゃんに報せるのよ」と言って電話を切った。気が抜けかかったビールを呷る。

「伶奈、カメラを持って追い回されてるみたいよ。ハチヤが『すみません』としおらしく謝ったのは作戦だったのかも」

「本当にいるんですかね、そのハチ公」

　亀井が思いがけないことを言った。真亜子は「どういうこと？」と聞き返す。

「彼女から相談されたけれど、僕もマーさんも問題のストーカーの姿を見たこともなければ、声を聞いたこともない。何だか幻に振り回されているような気がするんです」

「まさか、伶奈が嘘をついているとでも言うの？」

「嘘と言うのは躊躇しますが、彼女の演技に付き合わされているみたいで……。妄想に取り憑かれているとは思えないので、もしかしたら、伶奈ちゃんはストーカーに狙われた女の子を主役にした脚本を書こうとしていて、その被害者になりきっているなんてことはありませんかね？」

「それこそ妄想よ。あの子が私たちを騙して、そんな非常識なことをするわけないでしょ。どうして信じてやれないの？」

きつい口調で言うと、亀井はテーブルに両手を突いて頭を下げた。

「すみません、つまらないことを口走ってしまいました。彼女を疑う理由なんてないのに。もう言いません」

宥してやった。

「しかし、奢ってもらうのは早すぎましたね」亀井は前髪を払って、「でも、大丈夫です。伶奈ちゃんが『やめてください』と言っただけで電話をかけてこなくなったんだから、僕が面と向かってどなりつけてやれば飛んで逃げますよ」

自信ありげだった。そう、自分と同じく彼も根が世話好きなのだ。

「期待しているわよ。今日の分は前払い。成功したら、ラーメンを奢る」

＊

　チャイムが鳴った。

　ローソファに寝そべっていた男は、むっくりと起き上がると、アコーディオン・カーテンを閉めて玄関に向かう。ドアスコープから覗いてみると、本田（ほんだ）だった。おどけて櫛で髪を整えるポーズをとっている。こんな時間に何の用だ、と思いながら開けた。

「もう十一時やぞ。アポなしで何や？」

　不機嫌そうな声を作ると、本田は大袈裟にのけぞった。俺に向かってなんて口の利き方だ、というポーズだろう。ラテン系の濃い顔のせいか、あながち似合わないではない。

「アポなしって、お前、電話に出えへんから連絡が全然つけへんやないか。せっかく小遣い稼ぎの仕事を紹介してやろうとしてるのに」

　部屋に入ってこようと踏み出す本田を、男はそっと押し戻した。相手は心外そうにむくれる。

「入れてくれてもええやろ。こんな玄関先で立ち話やなんて、寒いやないか」

「ちらかってるんや。覚醒剤やら拳銃やらロリポルノやらバラバラ死体やら、見られとないもんが床一面にな。押入にはオサマ・ビンラディンを匿（かくも）うてるし」

「なんや、そんなことか。俺とお前の仲や。気にするな」

強引に入ってこようとするので、「アホか」と胸を突くと、本田は肩をすくめた。

「そうかそうか、判った。無理に上がるか、こんな汚い部屋に。仕事を持ってきてやった友だちにコーヒーの一杯でも出してくれるかな、と期待した俺がアホやった」

「仕事って、どんな？」

本田は革ジャンのポケットからメモを取り出す。

「警備。ニンジン持って、工事現場で交通誘導。あさってから一カ月。日給六千四百円。そこに電話してみい」

受け取らなかった。

「なんでや？」

「かったるい」

本田はメモを丸めた。

「アホか。選り好みするんやったら、もうええわ。人の好意が判らん奴やな」

「金には困ってない。警送警備で稼いだ金が残ってるから、六月まで食っていける」

「その先はどないすんねん？　六月で世界が滅亡するんやったら働かんでもええやろうけど、今年も夏はくるぞ」

遠征から帰ったばかりで、疲れていた。立ち話をするのに耐えられない。

「仕事を紹介してくれて、ありがとう。持つべきものは友だちや」

「ふざけるな。資産家につまらんアルバイトを紹介して失礼しました、や。――それで、最近は何をしてるんや？」

「何って……」言葉につまった。「まぁ、色々や。お前には関係ない」

「いちいち感じの悪い奴やなぁ。もう帰るわ。こっちは堅気のサラリーマンで、明日も朝が早いからな。お前みたいに気楽に生きられへんのが残念や。六月までに『僕がやりたいこと』が見つかるのを祈ってるわ」

帰りかけた本田は、不意に振り返った。

「おい、蜂谷。金があるんやったら借金ぐらい清算せえよ。平井がお前を捜してるみたいやぞ。『黙って引っ越しやがって。連絡がつかん』と怒ってたわ。ここにいてるって、ちくってやろうか？」

「内緒にしといてくれ」

本田は「関わりとないわ」と吐き捨ててドアを閉めた。

ほっとした。

警備員のアルバイト、二十万ぽっちの借金、〈僕がやりたいこと〉。どれも鬱陶しい。生きていくということには、どうして切れ目がないのだろう？　いったん時間が静止してくれれば、生気が湧いていい知恵も浮かぶだろうに。

世界というのは、もっとデリケートで美しいものだと信じていた。こんなはずではなかった、と男は歯噛みして、アコーディオン・カーテンを開く。

真正面に清水伶奈が立っていた。『メタリック・ブルー』のパンフレットの写真を複写し、壁いっぱいに引き伸ばしたものだ。街角で盗み撮りしたのはピンボケばかりで、やはりこの写真が一番いい。アンドロイドのイメージそのものの無機的な澄まし顔、黒いノースリーブのドレスからすらりと伸びた四肢。その白さ。息を呑んでしまう。

男の頰がゆるんだ。

救いだ。

この世には、美しいものもあるのだ。

3

白いの、黒いの。

檻の中には七羽の兎がいた。あるものは野菜屑をもぐもぐと頰ばり、あるものは砂場で排泄中。またあるものは、天を仰いで思索に耽(ふけ)っているかのよう。間近で兎を見るのは、随分と久しぶりだ。どいつも無垢の塊に見えて可愛い。

「こんなところに死体を放りだしとくやなんて、犯人が赦せんな」

良識派の私、有栖川有栖は怒りを顕わにした。もちろん、適切な場所に死体を遺棄したのなら殺人犯の罪が減免される、というものでもない。それにしても、だ。

「殺しといて、わざわざ小学校の校庭に運び込むか？　いったいどんな神経の持ち主なんや。悪趣味にもほどがある。いや、異常者のしわざと呼ぶべきか」

傍らの火村英生は、だらしなくゆるめたネクタイの結び目に指を掛けたまま黙っている。応えてくれたのは、船曳警部だった。

「有栖川さんのおっしゃるとおりです。まともやないですね。飼育当番の児童が発見者にならなかったのが、せめてもの幸いです。こんなことをする奴は一刻も早く逮捕せんと。この次には……」

〈海坊主〉の綽名がある太鼓腹に禿頭の警部は、苦虫を嚙みつぶしたような顔をしていた。おかしな人間をのさばらせておくと、この次には子供たちが危害を加えられる恐れもある、と言いたいのだろう。

「火村先生も犯人の異常性をお感じになりますか？」

警部に意見を求められた犯罪学者は、イエスともノーとも答えなかった。三十四歳にしては若白髪が目立つ頭をゆっくり搔きながら、「まだ何とも」などと言う。

「俺は感じるけれどな」私は両腕を広げて「小学校の校庭やぞ。兎小屋の裏やぞ。犯人は、朝一番にきた飼育当番の子供が見つけるように企んだんやぞ。実に禍々（まがまが）しい行為やないか」

火村英生は平然としていた。

「それはどうかな、アリス。兎に餌をやる当番の子供が死体を発見する、と犯人が期待していたかどうか判らないだろう。現に、そうならなかった」

死体を見つけたのは、八時前に出勤してきた職員だそうだ。校内に異状がないかを見回っていた彼は、兎小屋の裏に青いビニールシートに覆われた何かがあるのに気づく。土曜か日曜に、小さな工事でもあったのだろうか？　いや、そんな予定はなかったはずだが、と訝りながら近づき、シートをめくってみた。現われたのは、死後二十時間以上が経過した若い男の絞殺死体だった。

「そうならへんかったかもしれんけど、子供が死体を見つけるのは充分に予測できたし、発見するのが職員や教諭であろうと、学校内に他殺死体が転がっていた、と知った児童らが大きなショックを受けることは間違いない。犯人は、それが愉快なんやないか？」

駈けつけた警察は、死体を覆っていたのと同種の青いビニールシートを張って兎小屋周辺を迅速に囲ったし、校長は臨時休校を決めて「学校内で事件が起こり、警察の捜査があるので」とだけ説明した上、全校児童を下校させている。それでも子供たちがテレビのニュースで事実を知り、動揺するのは避けられないだろう。

「それから」私は小動物たちを指差し、「ここが兎小屋の裏やというのもひっかかる。夜中に小学校に忍び込んで、子供たちが世話してる兎や鶏を殺して喜ぶ、というイカれた奴がいてるやろ。作家の素人考えやけど、ある種の人間にとって兎小屋はサディスティックなイメージを喚起するんやないのかな」

英都大学社会学部の火村助教授は大阪府警から篤い信頼を受けて、しばしば犯罪捜査に加わる。彼の大学時代からの友人である私は、そのフィールドワークに助手として参加する機会が多いのだが、いつまでたっても〈素人考え〉と〈推理作家の空想〉を並べることしかできないでいた。もっとも、どちらに進むと行き止まりなのかを確認する役目を担っている、とも言えるのだが。

「兎という動物は無垢と無抵抗のシンボルめいていて、人間の嗜虐性(しぎゃくせい)を刺激するものがあるとは思わんか？　知能が未発達で愚かしげに見えるのも、攻撃を誘発する材料に思える。淋しさで死んでしまう、とまで言われている動物や」

重ねて言ったが、賛同は得られない。

「無抵抗とか愚かしげとは、兎に向かって失礼な発言だな。あいつは何でも齧る鋭い歯を持っているんだぜ」

「それを知らない人間がいじめたがるんやろう」

「しかし」火村は兎小屋を顎で示す。「ここの兎は無事だ」

「動物を殺すよりずっと凶悪なことをした後やから、手出しをせんかったんやろう。彼らは命拾いをしたわけや」

と、火村は檻に歩み寄って金網を摑む。兎たちは、てんでバラバラの方を向いたままだった。

「兎小屋にも、兎にも、まったく異状はないという話だったな。犯人は、こいつらには何の興味もなかったのかもしれない。ただ死体の処理に困って、月曜まで人がこないであろう校庭のはずれに棄てただけなんじゃないか」

強い風が吹き、ビニールシートがバサバサと鳴った。不吉で巨大な鳥が羽搏(はばた)いているようだ。

「死体の処理に困ってここへ棄てたんやとしたら、犯行現場はここからほど遠からぬ場所というわけやな？」

検視と鑑識が伝えるところによると、ここがまさに殺人現場である可能性はごく薄いそうだ。死体には動かされた形跡があった。また、ビニールシートは校内になかったものである。

「それにしても、死体を棄てる場所として小学校の校庭を選ぶというのは不自然やないか？山奥まで運んで埋めるのが無理やったとしても、もっとうまく隠せる場所がなんぼでもあるやろうに」

「たとえば、どこだ？」

今、私たちが立っているのは、南海電鉄のなんば駅から西にわずか八百メートルほどしか離れていない新浪速(しんなにわ)小学校の片隅。大阪市のど真ん中である。しかし、繁華街のはずれ特有の静けさを漂わせた一角でもあり、休日の人通りはかなり疎(まば)らだろうと想像がつく。

「たとえば……公園やら、休みの会社や工場の敷地内」

「だったら休みの学校の校庭でもいいじゃないか。最近の学校は児童を守るための不審者対策を講じてはいるけれど、夜中なら楽に侵入できる。会社や工場よりも警備は手薄だぜ」

「まぁ、せやけど」私はすっきりしない。「こんなところに死体を放置したら、月曜日の朝には確実に発見されるんやぞ。それは犯人にとって不都合やなかったんか？」

「覚悟していたんだろう」

私たちのやりとりを聞いていた警部は、太鼓腹の上でパチンとサスペンダーを弾く。

「私も有栖川さんと同じく、なんでわざわざ小学校に、という点がポイントだと思います。校長は否定していましたが、学校とトラブルがあった何者かのしわざと見るのが自然やないでしょうか？　それを裏づけるためにも、被害者の身元を突き止めることを急がなくてはなりません。指紋を照会中なので、そっちでヒットしてくれたら助かるんですけれど」

細紐で頸を絞めて殺されていた男は、年齢が二十代半ばから三十歳ぐらい。中肉中背。火村や私がここにきたのは死体が搬送された後だったので写真で見ただけだが、右の頬に黒子が三つ並んでいる以外にはあまり特徴のない平板な顔をしていた。短めの髪をアッシュ・ブラウンに染め、耳にはピアス。服装は、黒いブルゾンにハイネックのセーター、太めのジーンズにスニーカー。どれも有名量販店で買った廉価なものらしい。ポケットは空っぽで、身元を示すものは何も遺っていなかった。刺青や薬物を摂取していた形跡、手術の痕もなし。

新浪速小の卒業生の可能性もある、と考えた警察は、古参の教諭に死体と対面してもらったそうだが、返事は「知らない」ではなく、「判らない」だった。被害者が三十歳だとしたら小学校を出たのは十八年も前のことになる。おまけにデスマスクを見ただけなのだから、判る方が不思議だろう。捜査員らは十三年から十八年前の卒業生名簿の提出を求め、虱潰しに当たる準備にかかっている。都心の小学校なので一学年の生徒数はさほど多くないし、男子についてだけ調べればいいにせよ、膨大な手間を要する作業だ。

「死体がいつ運ばれてきたのかは、見当がついていないんですか？」

私が尋ねると、警部はまたサスペンダーを弾いて、

「ええ。土曜日は夕方五時まで児童のために校庭が開放されていて、教師らも出勤していたんですが、日曜日はまったくの無人になりますからね。とは言え、真っ昼間に運び込んだとは考えにくいので、やはり日曜の夜から今日の未明にかけてと見るのが妥当でしょう。日曜の朝早くに、という可能性もありますが」

死亡推定時刻は、十六日——日曜日——の午前七時から十一時の間という所見が出ていた。多くの市民がまだパジャマ姿のままで、平穏に寛いでいる時間帯の犯行なのだ。

「日曜の朝から死体がここにあったのだとしたら、発見まで丸一日あります。その間、学校内に入った人は？」

「犯人以外には皆無です。ですから、死体がここに丸一日横たわっていたのか、つい一、二時間放置されていただけなのか判りません。不審な人物や車を目撃した証人はいないか、付

近での聞き込みを急がせています」

　そう言ってから、警部はぐりぐりと眉間を揉んだ。会った時から気になっていたのだが、かなりお疲れのようだ。火村がいたわりの言葉をかける。

「このところ大きな事件続きで、大阪府警も大変ですね」

「そうなんです。うちの班は、つい二日前に北摂方面を荒らし回ってた連続押し込み強盗を逮捕して、そいつを締め上げてたとこなんですよ。証拠固めに苦労はしない事件なんですけど、余罪がどこまであるか知れんような奴で、まだひと山あります。そっちに力を注ぎたかったんですが、先週だけで面倒なのが続きまして」

　北区のラブホテルで援助交際の相手に殺されたらしき専門学校生が見つかり、平野区では資産家夫婦が自宅で殺害されている。さらに安治川には切断された男性の右腕が浮かび、堺市内には女性ばかりを切りつける通り魔が出没するという剣呑さだ。春風が次々に凶事を運び、まるで蛇の群れに包囲された兎小屋にいるような心地がしてくる。

「世の中、どうかしてますなぁ」辣腕警部は嘆息する。「今回の事件も、小学校で死体が見つかったということで扇情的に報じられるでしょう。ここはぜひとも、火村先生と有栖川さんのお力を拝借して、早期解決といきたいもんです」

　本音らしい。私はまた素人考えを口にしたくなった。

「被害者がこの小学校のＯＢかどうかも重要でしょうけど、犯人が卒業生なのかもしれませんね。学校によからぬ想い出があるので、嫌がらせの意味で死体を棄てる、というのもありそうなことです」

「当然のこと、それも考えに入れています。過去に類例がありますから」

兎の観察をやめ、火村がこちらを向く。

「しかし、嫌がらせにしては穏便ですね。こんな校庭のはずれにビニールシートを掛けて横たえておいた、というのは。さっきアリスは『子供が見つけるように企んだ』と決めつけていましたが、積極的にそうしようとした気配は感じません」

「シートが掛けてあっても、見つけた子供はめくって覗くと予測できるやないか」と反論する。

「もちろん、犯人は子供が発見者になってもかまわない、と考えていただろう。俺は、犯人が優しく親切な人間だと言いたいわけじゃねぇぞ」

「とにかく、被害者の身元が判らなければ始まらん」警部が独白めかして呟いてから、「こんなところに死体を持ち込んだんですから、犯人にはそれなりの土地勘があるんでしょう。近辺に居住する要注意人物のリストを所轄に用意させています」

そういった地道な捜査の過程では、大阪府警の秘密兵器・火村助教授も、助手の私も出る幕がない。しばらくは情報が集まるのを待たなくてはならないだろう。

「ここはもういいですか？　よろしければ、学校関係者の話を聞いてください」

私たちは警部に案内されて、まずは校長室に向かう。定年までの秒読みに入っているらしき痩せぎすの校長は、神聖な教育の場がこのような形で重大犯罪に巻き込まれたことに悲憤慷慨しつつ、当小学校には思い当たる節はまったくない、と言い切った。「着任して五年間、いじめや校内暴力も教職員の間の不和もなくやってきたのに」と悔やんでいるのだ。しかし、警部はその話を全面的に信じたりはしない。全教職員からの事情聴取を要請し、校長は渋々と了承した。

次は死体発見者からのヒアリングだ。実直そうな証人は今朝の出来事を丁寧に語ってくれたが、有益な情報はないに等しい。火村はろくに質問をせず、警部は偶然によって第一発見者になってしまった不運を慰めただけだった。

被害者の身元が判明した、という報せが入ったのは、午後四時が近くなってからだ。捜査陣は色めき立つ。

「蜂谷佳之、二十六歳。現住所も確認ずみで、阿倍野区美章園二丁目——。家族はおらず、一人暮らしです」

鮫山警部補が受けた報告によると、蜂谷佳之の身元が割れたのは、彼が警察に拘留された過去があったためだ。二年前の夏、ミナミで見掛けた女性にストーカーとして付きまとい、住居不法侵入と窃盗未遂で逮捕されていた。彼女のアパートに忍び込み、あれやこれやを盗もうとして隣人に取り押さえられたのだ。

捜査員らは、すぐさま警察車で被害者宅に急行する。火村と私も、船曳警部とともに車に乗った。

美章園までは十数分で着いてしまう。阿倍野から南東へ約一キロ。美章園二丁目は、JR阪和線と近鉄南大阪線の高架に挟まれた区域で、活気があって庶民的な旧い住宅地だ。蜂谷のねぐらは、阪和線の高架に近い〈第二あさひレジデンス〉というこぢんまりとしたマンションだった。

管理人によって施錠が解かれると、刑事らは勇躍して踏み込む。キッチンとリビングを仕切るアコーディオン・カーテンを警部が勢いよく開いた。

「おい。何じゃ、こら？」

壁一面が、女の写真で埋まっていた。

どこか兎に似た女の写真で。

4

膝の上に真っ赤な薔薇の花束がある。何故、いつから自分がそんなものを持っているのか、まるで記憶がなかった。さらに奇妙なのは――

もう午後十一時を過ぎているというのに、乗り合わせた地下鉄の車両には子供たちがいっぱい。小学三年生ぐらいだろうか、これから遠足に出掛けるところに見える。

遠足ですって？　こんな時間に？

何か事情があるのか、と思って引率の先生らしき人の姿を探してみたけれど見当たらない。それどころか車内には大人は彼女一人だけだった。残業帰りのサラリーマンやＯＬも、微酔いのオヤジも、黙々と携帯電話のメールを読む若者もいない。

——君たち、こんな時間にどうしたの？

隣に座った男の子に尋ねてみたが、相手は大人びた様子で腕組みをしたまま、答えてはくれなかった。さっきから他の子供たちも沈黙したままだ。地下鉄が驀進する轟々という音だけがうるさく響いている。

自分の知らないうちに、世界に異変が生じたのだ。そうとしか思えない。足許から這い上がってきた恐怖が首筋に達した時、列車は駅に到着した。西長堀、とアナウンスが流れる。ドアが開くなり飛び出すと、降りたのは自分だけだった。がらんとしたホームには、猫の子一匹いない。まさか。山奥の無人駅ではあるまいし。大阪の真ん中で、あり得ないことが起きている。ふと振り返ると、電車の窓から何百という目が自分を見つめていた。どの車両にも子供しか乗っていないのだ。

たまらず走りだした。ハイヒールの尖った靴音が、突き刺すように構内に響く。階段を上り、自動改札を抜け、さらに地上への階段を一気に駈け上がる途中、誰の姿も見ないのは不安だったが、子供だけの行列と遭遇しないだけでもありがたかった。

地上でも人気（ひとけ）は絶え、大通りには一台の車も走っていなかった。街灯の明かりは弱々しく、視界全体が仄暗（ほのぐら）い。何故、と考えている場合ではない。夜の街をひた走り、わが家をめざした。狼や禿鷹（はげたか）のような他人から自分を守り、優しく包んでくれるあの部屋へ逃げ込むのだ。早く、早く、馴（な）れ親しんだ安全な場所へ。

手にした花束から花弁が散る。闇に薔薇を撒きながら駈けた。

息急き切ってマンションにたどり着くと、一階で停まっていたエレベーターに乗り込み、三階のボタンを押した。早く、早く、303号室へ。

部屋の前に着いた時、ほとんど茎（くき）と葉だけになった花束を片手に、立ち尽くした。ドアが細く開いているのだ。

どうして？　ねぇ、これって……。

体を硬直させていると、ドアの隙間から男の腕が伸びて、逃げる間もなく左の手首をきつく握られた。続いて野球帽を目深にかぶった男の全身が現われる。ハチヤだ！

――やっと捕まえたぁ。

電話で聞き覚えのある声が言う。捕らえられた左手を引き戻そうとしたが、相手の握力は思いのほか強かった。男の口許に、ねっとりとした笑みがこぼれる。

――離して。離しなさいよ！

ほとんど金切り声になって叫んでいた。このままでは部屋の中に引きずり込まれてしまう。

反射的に花束の残骸を振り上げ、男の顔に思い切り叩きつけた。野球帽が飛ぶ。

顕わになった男の顔を見て、悲鳴すら呑み込んだ。どんなに残忍で醜悪な面相がそこにあっても、これほどおぞましくはなかっただろう。男の顔面の中央はクレーターのごとく陥没し、底知れぬほど深い、黒々とした虚無の色で塗り潰されていたのだ。


「ふっ！」

そんな声とともに目が覚めた。

夢か、夢だったんだ。

そう思って撫で下ろす胸の動悸がなかなか治まってくれない。額にはうっすらと脂汗が浮かんでいた。

枕許の時計を手に取って見ると、九時を過ぎていた。何時に起きてもいいのだが、随分と寝坊をしたものだ。寝室の中を見渡して、伶奈はようやく現実を取り戻した。

ここは自分の部屋ではなく、ムンさん——亀井明月の別宅。したがって、ここは大阪ではなく鳥取だ。高名な日本画家だった彼の父親が遺した家に、自分は一昨日から滞在していたのだ。

どうしてムンさんの別宅に？

それは芝居の脚本を書くためだ。雑音がない静かなところに籠もって、思いのまま書いてみてごらん、と言われて。鳥取にある僕の家を貸してあげるよ。そこならば静かだし――。

鬱陶しいハチヤに周囲をちょこまかされる心配もない。そう言って勧めてくれたので、好意に甘えたのだった。確かに、あの執念深いストーカーもここを突き止めることはできまい。だが、夢の中で待ち伏せされることまでは予想していなかった。

「チックショウ、ね」

怜奈はベッドを出て、カーテンをいっぱいに開いた。柔らかな陽光が部屋中を照らしだす。壁に掛かった絵にも光が射し、日本髪の娘が顔をほころばせたように見えた。亀井の亡父の作品である。

窓の向こうには濃紺の水平線が見えていた。昨日歩いてみたら、海までは十分ほどだった。今日も夕方には浜に出て、日本海に沈む素晴らしい夕陽を見よう、と思ったら、たちまち気分が晴れた。

浅黄色をしたニットのワンピースに着替え、ダイニングに向かう。クロワッサンとカフェオレで朝食をとりながら、さっきの夢について考えてみた。

地下鉄の車内が子供だらけだったのは理解不能だけれど、薔薇の花束には心当たりがある。先週の金曜日に法律事務所のアルバイトを辞めた時、送別会でもらった花束だろう。ほんの半年間ほどのバイトだったので大袈裟な気もしたが、「女優・清水怜奈さんの成功を祈って」と温かく送り出してもらってうれしかった。「こちらの都合で半年だけ扱き使って、ごめんね」と所長は言った。アルバイトなんてそんなものだ、と思うのに。薔薇の花束には、いささかの謝罪の意味も込められていたのだろう。やれ稽古だ公演だ、と休みを取りまくる不肖の事務員だった伶奈の方こそ、所長や同僚たちに詫びたかったのに。

バイト先を失ったことに痛痒を感じるどころか、これで自分の時間のすべてを使って芝居に打ち込めるようになった、と心から喜んでいる。今までのような半端なことをしている場合ではないのだ。まだまだ役者としては未熟なのは自覚していたし、バイトに時間を取られていては脚本の勉強もままならない。いい時期に雇用契約期間が切れた。これからは生活費も事務員やウエイトレスではなく、役者をやって稼ぎだせばいいのだ。真亜子さんは「伶奈にテレビのレポーターかCMの仕事をひっぱってきてあげるからね」と言ってくれていた。テレビで顔を売りながら生活費が得られれば、こんな結構なことはないのだけれど。

それはそうと——

ハチヤはどうしているだろう？　携帯にいきなりかかってきた電話の声が、まだ脳裏を離れない。拗ねきった男の嫌らしい恫喝。いったんはおとなしくなり、遠くから写真を盗み撮ることで満足していたようだったのに。あれ以来、携帯の電源はオフにしてある。亀井は「ここの電話は通じるから、自由に使っていいよ」と言ってくれたが、どうしても気兼ねをしてしまい、不便で仕方がない。

やはりハチヤのことを思い出すと不愉快だ。最初は恐ろしかったが、付きまとわれているうちに怯えは怒りへ、そして軽蔑へと変わっていった。しかし、「ひと泡吹かせてやろうよ」という亀井の提案に従ってからかってやったはいいが、あんな電話を受けると、忘れかけていた不安がまた頭をもたげかける。そして、それは最後にまた怒りに行き着くのだ。——どうして私がこんな目に遭わなくっちゃいけないの、と。

気分が暗くなりかけたので、野球帽のストーカーのことは頭から振って、昨日から少しずつ書き始めた脚本について考えることにした。『不思議の国のアリス』を下敷きにした『××の国のアリス』。××の部分はまだ気に入った言葉が浮かばず、保留している。

ヒロインは大手企業に勤めるＯＬの〈アリス〉。社内の複雑な人間関係に悩み、ヘヴィーな仕事に追われた〈アリス〉は、月曜日の夜だというのにヤケになって痛飲した。と、べろべろに酔っ払った彼女の眼前をおかしなものが横切る。時計を片手にした兎だ。まるで『不思議の国のアリス』みたい、と思いながらその後を追った〈アリス〉は、ネオン街の路地裏にぽっかりと開いていた穴に転落する。着いた先は、会社よりもさらに壊れた論理が支配する不思議な世界だった。そこで幾多の冒険を繰り広げた末、彼女が相対するのは「首を切れ」とがなりたてる〈リストラの女王〉だ。異端裁判さながらの懲罰委員会に掛けられ、絶体絶命のピンチに陥ったところで彼女は叫ぶ。「あんたたちなんて、ただの名刺じゃないの！」。次の瞬間、何百枚もの名刺に変身した女王や兵士たちが彼女に襲いかかるのだが——気がつくと、すべては酩酊の中で見た夢だった、という話。

梗概（こうがい）だけではそう面白くも聞こえないだろうが、一つ一つのエピソードをじっくりと練り、ドタバタやナンセンスの楽しさを盛りながらも、学生演劇の悪ふざけとは一線を画した知的な芝居に仕立てたかった。想定する観客の年齢層は、ふだんの〈ワープシアター〉より高めになるだろう。劇団にとっては小さな冒険だが、成功すれば見返りは大きいはずだ。もう一段メジャーになれる。

創作意欲の高まりを感じた伶奈は、それが逃げないうちに机に向かった。故亀井画伯の書斎は文豪のそれもかくや、と思えるほど重厚な作りだ。おまけに画伯のいかめしい自画像に背中から見つめられるものだから最初は落ち着かなかったが、三日目ともなれば馴染んでくる。パソコンのキーの上で、のびのびと指が躍った。昨日、一昨日に書いた部分を大幅に書き直し、〈アリス〉が穴の底に着く場面まできたところで正午になった。少しも空腹ではなかったので、コーヒーで休憩することにする。

ダイニングに入っていくのを待っていたように、部屋の隅で電話が鳴った。まさかハチヤでは、と思いかけたが、そんな馬鹿なことがあるわけない。受話器を取ると、亀井の声が「やぁ」と言った。

「どう、不自由なくやれてる？」

「すごく快適です。立派な机まで使わせてもらって、大先生になったみたい。飲み物やおやつもたくさん用意してくださって、ありがとうございます」

「それはよかった」

亀井の声の背後で音がしている。駅からかけているらしい。

「今しがた鳥取に戻ってきたんだ。一度そっちに顔を出すよ」

日曜の午後から、彼は取材旅行と称して出雲(いずも)方面に出掛けていた。本当に次作のための取材なのかもしれないが、自分が独りで好き勝手にここを使えるよう気を利かせてくれたのではないか、と想像する。

「取材の成果はありましたか？」

「うん、ラフカディオ・ハーンが現在にタイムスリップして新しい『怪談』を書く、というのはいけそうだ。〈ワープシアター〉座つき作家として、僕も伶奈ちゃんに負けてられないからな」

「私がいくら気張ったって、ムンさんの足許にも及ばないに決まってるじゃないですか。色々とご指導をお願いします」

「はい、承知しました。——ついでだから何か買って帰ろうか？　いい？　じゃあ」

歯切れよく言って、亀井は電話を切った。同じ二十六歳の男でも、どよんとしたハチヤの話し方と大違いだ。どうせ付きまとわれるのなら亀井がよかったのに、などと思う。しかし、どうやらムンさんは自分に女としての興味を感じていないらしかった。あくまでも有望な一つの才能として見ているだけ。むしろ、自分にも周囲にもあらぬ誤解をされぬよう気遣っている節があった。この別宅を貸してもらうに当たっても、くどいほど念を押された。

「君を案内したら、僕は出雲に二、三日取材に行く。同じ屋根の下で一夜を過ごしたい、なんて下心は抱いていないから安心して。取材がすんだら大阪に帰る。君は、何日でも好きなだけうちを使えばいい」

紳士的な配慮だったが、避けられているようで少し淋しくもあった。おかしなもので、そんなふうに接してこられると亀井のことが気になってくる。これからここに立ち寄るそうだが、お茶を飲みながら自分の様子を聞いたら、さっさと大阪に帰るのだろう。

引き留めたらどんな反応をするかしら？

コーヒーを飲みながらそんなことを考えていたら、また電話が鳴る。今度は伊能真亜子からだった。元気でやっていますよ、と答えようとしたのだが、真亜子は挨拶も抜きで切り出した。

「伶奈。おかしなことになったの」

「え？」

劇団内でトラブルが発生したのかしら、と思った。

「あなたの後をつけ回してたハチヤって人が殺されたんだって。――そっちのテレビでやってなかった？　昨日、小学校の校庭で死体が見つかった事件。わりと大きなニュースになってるのよ」

こちらにきてから静かな時間がうれしくて、ほとんどテレビを観ていないし、新聞も買っていない。

「蜂谷佳之という名前なんだって。さっき警察から問い合わせがあってね」

「〈ワープシアター〉にですか？　どうして警察が……」

「あなたのことがあるからよ。蜂谷の部屋を調べたら、彼が〈ワープシアター〉の清水伶奈のストーカーだったことが判ったみたい。それでこっちに『何か思い当たることはありませんか？』と」

「私は何も知りません。ストーカーで迷惑していただけで、どうしてその人が殺されたのかなんて」

「もちろん、そうよね。きっぱりと言っておいた。でもね、警察はあなたの話が聞きたいらしいの。大阪に帰ってきたら会いたいんだって。まだ何日かはそっちよね」

木曜日まで滞在するつもりだったが、そう聞いては腰が落ち着かない。

「無理に予定を繰り上げなくていいのよ。また連絡するわ」

受話器を置いてから、ぼおっとしていた。

やがて亀井が帰ってくる。蜂谷が殺されたことを伝えると、彼は目を見開いて「本当？」と訊いた。

「わけが判らない。警察の話を聞いてみたいな」

男の胸に手を置いて、彼女は言う。

「ねぇ、ムンさん。私、事件に関係ありませんからね」

亀井は怪訝な顔をし、伶奈を見返した。

「どうしてそんなことを？　当たり前じゃないか」

5

遺体発見の翌日。

私たちは、被害者の交友関係を洗う捜査員に同行した。

午後一番に訪問した平井信之輔（しんのすけ）は、不貞腐れているのを隠そうとしなかった。友人が殺人事件の被害者になったからといって、どうして忙しいさなかに仕事の手を休めて刑事の相手をしなくてはならないのか、と不満のようだ。ちらりちらりと火村や私に険のある視線を投げてくるところをみると、犯罪学者だの小説家だのが同席しているのがお気に召さないのかもしれない。人を研究や取材の対象にするな、と。

「ですから、さっきから言っているとおり、俺は最近の蜂谷がどこで何をしていたかなんて知らないんです。捜査の参考になるような情報は持ってません。——この事務所にお通しする途中で、頑固そうなオッサンがいたでしょう？　親父です。警察の人が話を聞きにくるというだけで、『お前がしゃんとしとらんからだ』と叱られました。なんで俺が怒られなくちやならないのか」

　ガンガンと何かを叩く音が工場から聞こえてくる。噂の親父さんが仕事に精を出しているのだろう。修行僧のように頭を青々と剃り上げたその息子は、ミリタリー風のブルゾンのポケットから煙草のパッケージを取り出したが、空だと気づいて握りつぶした。火村がキャメルを机の上にのせると、「いいです」と遠慮する。

「ご迷惑をお掛けします。てきぱきとすませますよ。あなたは、蜂谷さんが半年前から美章園のアパートに住んでいることもご存じなかったんでしたっけね」

　鮫山警部補が物分かりのいい態度で言う。眼鏡とオールバックがよく似合う知的な風貌は、火村助教授より学者っぽい。

「刑事さんたちは、本田にも会ったんでしょ」本田厚司とは、昨日のうちに会っている。

「俺が何度もあいつに『蜂谷の居場所が判ったら教えてくれよな』と頼んでたのを聞きませんでしたか？」

「聞いていますよ。先々週の火曜日にも本田さんに電話をかけて、『おい、お前。蜂谷と会ってるんじゃないだろうな』と訊いたそうですが――」

「そんな乱暴な訊き方してませんよ」

「本田さんから聞いたままをしゃべったもので。――電話から二週間たっています。その間に、あなたが蜂谷さんと接触をとることに成功していたかもしれない、と思って伺ったんですよ」

平井はその言葉尻に敏感に反応した。

「蜂谷と接触をとることに成功した、だなんて大袈裟な表現をしますね、刑事さん。まるでスパイみたいだ。あいにく、そんなことはありませんでしたよ。——やっぱり、いいすか?」

彼は火村の煙草を一本もらって吹かす。

「警察では俺のことを疑っているみたいですね。いいえ、隠さなくてもかまいません。でも、それは的はずれもいいとこです。確かに俺は蜂谷に借金の返済をしてもらうために、あいつの居場所を捜していました。ねぐらが判れば出向いていって、『借りた金は返せ。ふざけんなよ』ぐらいのことは言ったでしょうけど、そこであいつがどんな態度をとったとしても殺人事件に発展するわけがありません。殴ることさえない。俺は脚がいっぱいついてる虫と暴力は大嫌いですからね」

机の上に揃えて置かれた彼の手を見た。よく肉のついた大きな手。父親の自動車整備工場を手伝っているそうだが、働き者なのだろう。

「借金ったって、二十万円です。それしきの金で揉めて、ガキの頃からの友だちを殺すもんですか」

「あなたに殺人の動機があったとは言ってませんよ。ただ、念のために確かめておかなくてはならないこともある。私だって捜査会議に出て、『被害者と交友があった平井さんに会ってきましたが、悪い人ではなさそうでした』と報告してすませるわけにはいかないんです。ご理解ください」

紳士的な中年の警部補に下手に出られて、平井は苦笑いを浮かべた。

「しょうがないなぁ。——じゃあ、話します。えーと、いついつのアリバイをしゃべればいいんでした？」

われわれが知りたいのは、十六日の日曜日、午前七時から十一時の彼の行動である。

「日曜日はいつも九時頃まで寝ています。起きて、飯食って……その日は午前中にドライブに出掛けました。久しぶりに山道を走りたかったので、生駒まで。いったん奈良へ下りて、信貴山の方を通って夕方に帰ってきました。助手席に座った女の子の連絡先は訊かないでくださいよ。いないから」

淋しげな顔をする。

「家を出たのは何時頃ですか？」

「正直に話すと、十一時より前です。そのことは親父やおふくろが証言してくれるでしょうけど……これって、微妙にアリバイが成立しない状況ですよね。蜂谷が殺された現場が特定できてないそうだし」

鮫山はにこりともせず、ドライブの途中にいつどこで食事や休憩をとったかなど、当日の行動について詳細に尋ねた。平井はごく自然な様子で、時間の経過にそって答える。そのすべてが真実だとしても、彼がシロだと断定することはできなかった。家を出てすぐに蜂谷と落ち合って殺害し、遺体をトランクに入れたままドライブを続けた可能性が否定できないからだ。帰宅する前に新浪速小学校に立ち寄って、兎小屋の裏に冷たくなった蜂谷を遺棄することもできた。

「とりあえず、これで充分です。捜査会議で報告することができますよ。――ところで」と警部補は手帳を閉じて、「蜂谷さんのことを恨んでいる人に心当たりはありませんか？　あなたの口から洩れたことは内緒にしますので、率直なところを聞かせていただきたい」

　煙草をくわえた男は腕組みをした。

「あいつとは小学校五年から細く長い付き合いですけど、特に思い当たることはありませんねぇ。影の薄い存在で、誰かとぶつかる方じゃなかった。もちろん、最近のことは知りませんよ。ここ一年以上は会ってもいないんだから」

　一年ほど前までは、たまに二人で飲みにいくこともあり、その際、何回かに分けて蜂谷に金を貸した。生活費だったらしい。と、その返済に窮したためか、相手は平井を疎ましく思うようになり、転居先を告げずに引っ越ししてしまった。平井が腹を立てるのも無理はない。

「二年前に彼が起こしたストーカー事件についてはご存じですか？」

　火村が口を開いた。平井は大きくかぶりを振る。

「いいえ。何をやらかしたんですか？」

「街で見掛けた女性を付け回して、留守中に家に忍び込んだんです。女性に直接危害を加えるようなことはしていません」

鮫山の説明に、旧友は肩を落として「はぁ」と嘆息する。

「情けないことを。でも、あいつらしいとも言えますね。気が小さくて女の子に真正面からぶつかれないくせに、人の家に忍び込むなんて大胆なことを平気でやったりする。昔から、そういう摑みどころのない一面がありました。ただ……ストーカー行為や住居侵入は犯罪でしょうけど、決して悪い男ではないんですよ」

火村は、相手にもっとしゃべらせようとする。

「あなたは彼のどのあたりに親しみや好意を覚えて付き合っていたんですか？」

「うーん、親しみや好意ね」少し戸惑った様子になる。「こんな言い方は冷たいかもしれないけれど、そこまでの感情があったかどうか判りません。あいつは何て言うか……放っておけないところがあるんですよ。最初に口をきくようになったきっかけは、いじめられているのを助けてやったことでした。五年生でクラス替えになってすぐかな。いじめられるタイプの奴だったんです」

「あなたが義侠心を発揮してかばってあげたわけですね？」

「蜂谷をいじめているのが俺の嫌いな奴だったからですよ。そうしたらあいつに懐かれてしまって。いったん打ち解けると人懐っこい男なんです。俺も人に頼られて悪い気はしない方なので、腐れ縁みたいに交際が続いていました。中学を卒業するまで、ずっと同じクラスだったせいもあります」

蜂谷のもう一人の旧友である本田は、中学三年の時のクラスメイトだそうだ。

「彼は大学を二年で中退して以来、定まった職に就いていませんね。短期のアルバイトで食いつないでいたようですが、何か目標があってフリーター生活を送っていたんでしょうか？」

「何がやりたいのか、本人にも判っていなかったんじゃないですか。そういう時は部屋にこもって考え込んだりせず、とりあえず働け、と思いますけれどね。三年ほど前に両親が熟年離婚して以来、特に無気力になったみたいです。離婚の原因は、性格の不一致といった月並みなものだったそうですけど、『人と人のつながりっていうのも、簡単に切れるもんだな』とか呟いてました。すごくあっさりとした別れ方だったようです」

「親しくした女性はいますか？」

「一人も知りません。自分から声を掛けないんだもの。女の子から寄ってきてくれるような二枚目でもないのに、あれじゃ駄目ですよ。それでもってストーカーやってるんだから、困ったもんですね」

自分の目に映った蜂谷佳之像について、彼はさらに語った。しかし、気弱な男のプロフィールの中に、犯罪とダイレクトにつながるようなものはなかった。

腰を上げる前に、私は一つだけ尋ねてみる。遺体の発見現場に意味があるのでは、と考えての質問だ。

「蜂谷さんと兎にまつわるエピソードはありませんか？」

平井は怪訝な顔をする。

「エピソードって……兎を飼ってたとか、学校の兎を殺したことがあるとか、そんなことですか？　いいえ、何も。小動物は好きみたいでしたけれどね。道端で子犬や子猫を見たら、うれしそうにかまっていましたよ」

われわれの会見は終わった。工場を通り抜けて帰ろうとした時、スパナを手にした親父さんが私たちを呼び止める。

「表に停めてある年代もの、誰の車？」

瑕（きず）だらけのベンツを指しているらしい。火村が「私のです」と答えると、親父さんは険しい顔のまま忠告した。

「物持ちがいいねぇ、あんた。今度の車検に通ったら、逆立ちして町内を一周してやるよ」

＊

「兎ですか？　さぁ、何も思い当たりませんね」

本田厚司は太い眉のあたりを掻きながら言う。こちらの質問の意図が判らないふうだった。

「有栖川さんはどうしてそんなことを訊くんですか？　あいつの遺体が兎小屋の裏で見つかったことに意味があるとは思えませんけど」

彼は、清水伶奈の写真だらけの壁を背にして立っていた。

平井と別れた後、鮫山警部補はあらためて話を聞こうと本田に連絡をとった。リース会社の営業マンである彼は、「夜八時頃ならば会えます」と答えてから、亡き蜂谷の部屋を見せて欲しい、と希望した。そこで、私たちは故人の部屋で会うことになったのだ。

「兎小屋のそばに倒れていたから、というだけではないんです。その女性」と壁を指差して、「兎に似ていると思いませんか？」

彼だけではなく、他の方を向いていた警部補と火村も振り返った。意外にも、誰もそんな印象は抱いていなかったようだ。

「そう言われてみれば」

「そんな感じの可愛らしさですね。前歯が大きなところも」

本田と鮫山が反応した。声には出さずとも、火村助教授も同感の様子である。みんな私以下の観察眼か。

「彼女と兎小屋を結びつけてみたことはなかった」火村が言う。「指摘されるとそんな気もするけれど、それがどうかしたか？」

質されるとつらい。

「漠然とした想像なんやけど、被害者は兎に対して特別の感情を持ってたんやないかな。純粋な愛着、あるいは嫌悪や反発を伴った固執といったものを」

「お前は遺体の発見現場でも兎のことを気にしていたな。それで？」

「犯人は、被害者のそんな兎コンプレックスを知っていた人物かもしれん。せやから、遺体を兎小屋のそばに遺棄した」

それが供養のためなのか、被害者を愚弄するためなのかは判らない。

「何とも言いようがありませんね」警部補は壁一面の写真を見渡している。「有栖川さんに言われたらこの女優が兎に似ている気もしましたけれど、さらによく見ていると栗鼠のイメージにだって重なる。頬のあたりのふくらみやら、この前歯のあたりが」

栗鼠とは違うだろう。あんなにせわしくなく活発に動き回りそうな雰囲気は欠いているし、抜けるような肌の白さは自然に雪兎を連想させる。

「清水伶奈さん、でしたっけ？」本田が訊く。「有名な役者さんなんですか？　僕は小劇場系の芝居をまったく観ないので、〈ワープシアター〉なんて劇団の名前も知りませんでした」

たまに観劇するという程度の私は、劇団名ぐらいは耳にしていた。が、清水伶奈については何も知らない。顔も、この部屋の写真で初めて見た。

「蜂谷は、この人をストーキングしていたんですねぇ」

清水伶奈の日常生活を隠し撮りした写真が、室内から大量に見つかっている。いずれも路上や駅など公共の場所で撮影されたものだが、中には名古屋まで彼女を追跡して撮ったと覚しきものもあった。

「大変な執心ぶりだったのは確かです。——彼女のような女性が、蜂谷さんの好みのタイプだったんですか？」

私の問いに、本田は数秒、考え込む。

「二年前にストーカー騒動を起こした相手の女性を、僕はちらりと見たことがあります。やはり色白で、どこか兎に似ていたような気も……」

誘導尋問だったかもしれない。

「あいつは、僕を部屋に入れようとしませんでした」本田は独白する。「これを見られるのが照れ臭かったんかな。……いや、照れるとか恥ずかしいというより、大事な女神様を他人に見せたくなかったんやろか」

「判らないな」

火村は腰に手をやり、アンドロイドに扮した女優の無機的な顔を見つめて言う。

「ストーキングの加害者の方が、どうして殺されたんだろう」

——あいつは何でも齧る鋭い歯を持っているんだぜ。

私は、彼が兎をそう評したことを思い出した。

「平井さんは、蜂谷さんの死を悼んではいましたが、それほど深く悲しんでいるふうでもありませんでしたね。故人との付き合いも腐れ縁だと話していたし。やっぱり、あなたが蜂谷さんの最も親しい友人だったようですね」

鮫山の言葉に、本田は曖昧に頷いた。

「そうかもしれませんね。けれど、その僕にしたって彼の素顔をどこまで知ってたのか……。あいつがどんな人生観や女性観を持ってたのかも判りません。うわべだけの付き合いで、肚を割って話したことなんかなかった気がします」

「しかし、身近にいて彼の暮らしぶりを一番気に掛けていたのはあなたでしょう？」私が訊く。「亡くなる少し前にも、アルバイトの紹介をしてあげようとしたぐらいなんですから」

よけいなお世話だったのか、蜂谷はバイト先のメモすら受け取らなかったそうだが。

「ちゃんと食ってるのか、それぐらいは心配してやってました。貯えがあるから六月まで大丈夫や、と言ってましたけれど、いよいよ生活費が尽きてきたら、『何か仕事はないか？』と僕に電話をかけてきたんでしょう。甘えた奴なんです。だから、放っとけませんでした」

「蜂谷さんは、金銭への執着は薄かったんですか？」

「そんなことはないでしょう。人並みかそれ以上の執着はあったと思いますよ。ただね、それを摑もうというエネルギーに欠けてた。すぐ『かったるい』で」

幼い口癖だ。

「ストーカー行為をする時は、大変な行動力を発揮したようですけれどね」鮫山が皮肉っぽく言った。「相当な根気と忍耐力がなければ、あれだけ盗み撮りはできなかったはずです」

「そうなんですか。刑事さんか私立探偵になったら成功したかもしれませんね。エネルギーの使い道を間違えたんですよ」

「彼が、何かよからぬことに加担していた、あるいは巻き込まれていた気配は感じませんでしたか？」

「刑事さんがおっしゃってるのは、犯罪めいたことですか？　麻薬の売買とか。――断言しかねますけど、ないと思いますね。本当に金回りが悪そうでしたもん。ここの家宅捜索をして、そう思いませんでしたか？　食い物だって、ろくなものがなかったんやないですか？」

カップ麺のたぐいだらけだった。銀行預金の残高も四十万を切っており、今年に入ってからの入金はゼロだったという。蜂谷佳之にとって、それだけあれば六月までは充分だったわけだ。

「切り詰めた生活をしていたようだけど、ふらりと芝居を観ることはあったんだな。それで清水伶奈を見初めたわけだから」

火村がぽつりと言うのを耳にして、本田は応える。

「芝居や映画を観るのは、わりと好きみたいでしたよ。絵を観るのなんかも。そのへんは僕より高尚なんです。西天満（にしてんま）あたりを一緒に歩いてた時、ふらっと画廊に入っていくから慌てたことがあります。そんな恐ろしげなところ、こっちは足を踏み入れたこともないのに、蜂谷は慣れた様子でした。『観るだけでも客や。堂々としてたらええ』やなんて言うて」

「美術愛好家なんですね」

　私は意外に思った。

「どうやろ」本田は首を傾げる。「それは言い過ぎやないかな。判りやすくてきれいな絵に惹かれるみたいでした。自分の生活に潤いがなかったので、美しいものに飢えてたのかもしれません」

　本田は、それ以上深く蜂谷の内面を語る言葉を持ってはいなかった。しかし、美しいものに飢えていたのかもしれない、というのは興味深い表現だ。その延長線上に女性への憧れがあったのではないか。

「彼は、いじめられやすい子供だったと平井さんに聞きました。手ひどくやられていたんですか？」

　蜂谷にとって、現実がどのように美しくなかったのかが知りたくて、私は尋ねた。

「僕が知り合った中学時代は、そうでもありませんでした。平井が付いてたからでしょう。陰気で口下手な男なんで、ちょっとからかってみたくなるキャラクターではありましたけれどね」

「あなたは、そんな彼と馬が合ったんですか？」

「いいえ」と、にべもない。「平井と音楽の趣味が一致したんで、彼とよくしゃべってたんです。その傍らに蜂谷がいた、というのが馴れ初めですね。最初は冴えない奴だと疎ましかったんですけど、人懐っこいところもあるし、気のいい一面もあるしで、長い付き合いになりました」

いじめられっ子だったのは、平井と出会うまでのことらしい。

「あいつの苦い想い出を聞いたことがあります。小学校の三年の時、友だちにけしかけられ橋の欄干を渡ろうとして、川に転落したことがあるんだそうです。左脚を複雑骨折して、三カ月近く入院したというから大怪我です。言うことを聞かないと弱虫扱いされる、本気でいじめられる、と怯えて無茶をしたわけですけど、半強制的にやらされたんでしょう。今でも軽く左脚を引きずってました」

初めて聞く情報だ。鮫山は、すかさず手帳に控えていた。

「最後まで対人関係がうまくいかない奴やったな。ストーカーの証拠をこんなに遺して逝ってしまうんやから」

本田の独白に、蜂谷への憐憫（れんびん）がにじむ。

「この清水伶奈さんって人、怖い思いをしたんですか？」

「詳しいことは、明日ご本人から聞くことになっています」

女優は、日曜日から鳥取に滞在していた。警察の連絡を受けて、たいそう驚いていたという。予定を切り上げて大阪に帰ってくるそうだ。

鮫山の返事に軽く頷いてから、本田は亡き友人の机に視線をやった。抽出のあたりに、指紋検出用のアルミニウムの粉を振り撒いた跡が遺っている。

「ねぇ、刑事さん。僕の指紋があちこちから出ても、それは自然なことですからね。この前は部屋に入れてもらえませんでしたけど、それ以前には何度か上がり込んでいますから」

自分が疑われているかもしれない、と懸念していたのか。

「警察は、被害者の身近にいた僕を容疑者の一人と見ているんでしょう？　アリバイもありませんしね」

拗ねた口調で言うので鮫山がなだめる。

「一番親しかったんだから、疑われたりしませんよ。アリバイがないぐらいで心配は無用です。あなたには彼を殺す動機がないんですから」

「だから、これからその動機を探すつもりでしょう。——まさか、平井が変なことを言ってませんよね？」

彼と平井の間に、深い信頼関係がないことだけは判った。

6

水曜日の午後、私たちは劇団〈ワープシアター〉の稽古場で清水伶奈と対面することになった。彼女は事情聴取を受けるにあたり、二人の知人を同席させることを希望し、警察はこれを快く了承した。ただ心細いので付き添いを欲したのではなく、その二人が蜂谷によるストーキングの実態を知っているというのだから、もとより拒否する理由はないし、捜査する側だって火村と私という部外者を伴って訪ねていくのだから。

指定された稽古場は、大阪港にほど近い築港（ちっこう）にあった。鮫山警部補と森下刑事を乗せた警察車の後を、火村と私が乗るベンツがついていく。ステアリングを握る助教授に尋ねたところ、この次の車検は来々月ということだった。彼の愛車に同乗できるのも、これが最後かもしれない。もっとも、そう思うのは毎度のことなので、またもや命拾いをする予感もするが。

「ストーカーっていう言葉がはやりだしたのは、十年ぐらい前からかな。アメリカで問題になっている、と」

話しかけたが、火村は黙っていた。車は中央大通を西へ向かっている。

「別れた妻や自分につれなくした女性にしつこく付きまとう行為、と聞いても最初は理解しにくかった。やられる方は鬱陶しくて迷惑やろうけど、周囲が『みっともないからやめなさい』と非難したら終わりやないか、と呑気に思うてな。凶悪犯罪につながるイメージはなくて、ただアメリカの男は女々（めめ）しいな、と呆れた」

「女々しいという言葉は、〈政治的に正しくない〉として死語だ」

火村が真面目に応えた。

「判ってる。せやから、その〈政治的に正しくない〉ことの根拠としてわざと矛盾した言い回しを選んだんや。——ストーキングはじきに日本に上陸して、やがて傷害や殺人に発展する危険性がある極めて反社会的な行為として認知されるようになった。悲惨な事件がいくつも起きたからな」

どれも胸がむかつくような事件だ。

「鮫山さんたちが別の車に乗ってるから言えるんやけれど、俺は正直なところ警察の馬鹿さに腹が立つ。アメリカの犯罪傾向は何年か遅れで日本に入ってくる、と以前から喧しく言われてるのに、なんでストーカー対策がこんなに遅れたんや？　埼玉県で女子大生が白昼に駅前で刺殺された有名な事件なんて、ストーカー被害の相談を受けながらまともに取り合わんかった警察が殺したようなもんやないか。他にも類似の事例はいっぱいある。もっと早くにストーキングを規制する法律を制定することはできたやろう」

「アメリカの各州でストーキングを禁止する法律ができたのは一九九〇年頃だ。日本で処罰規定のあるストーカー規制法が成立したのは二〇〇〇年だから、お前の言うとおりだよ」

「信じられんわ」話しているうちに、ますます怒りが込み上げてくる。「非情なまでの無能ぶりやな。もし、警察というものが民間の組織だったらそんなことはあり得んやろう。彼らの目的は社会秩序を保ち、市民の安全な暮らしを守ることやから、一種のサービス業でもあるわな。民間のサービス業者なら、ストーカーという新語を聞いたら即座に反応する。そんなものがアメリカで問題化しているのか。ならば日本でも近いうちに上陸するな。今から対応策を講じておこう、という具合に。それがどうや。この情報化時代に法律ができたのはアメリカの十年遅れ。その間に何人の犠牲者が出たことか」

「お前の憤りも判るけれど、警察には民事不介入っていう原則があって――」

私は遮る。

「確かに市民の人間関係のもつれにいちいち介入してこられては困るけれど、それを理由にストーカーを野放しにしてきたのは怠慢の誹り(そし)を免れんやろう。繰り返すけれど、民間企業やったら、ストーカーという〈新製品〉に迅速に対応したはずや。――火村。お前、フィールドワークの便宜(べんぎ)をはかってもろてるうちに警察贔屓(びいき)になりすぎてるんやないのか？」

鼻で嗤われた。

「そんなつもりは、さらさらない。俺だって一市民として、役人の無能と非効率には日々迷惑と損害をこうむってる身だからな。民事不介入云々を口にしたのは、警察がそうなってしまった歴史的経緯があることを示唆したかっただけさ。戦時中、国民の内面まで支配しようとする政府の手先だったことの反動としてな。――そんなことより、お前はどうしてストーカー犯罪についての怒りを表明しているんだ？　今回の事件はストーカー殺人じゃないぜ」

「ストーカーによる殺人ではなく、ストーカーが殺された事件だということぐらい承知してる。しかし、昨日までの捜査によると、希薄な人間関係しか持っていなかった蜂谷が殺された背景には、彼のストーカー行為がからんでいると見るのが自然やろう」

「からむ、と言うと――付きまとわれていた清水伶奈やその身近の誰かが、逆上して過剰な反撃をした、とか？」

「そんな仮説も立つ」

「もしもそれが真相だったとしたら、やはり警察が殺したのも同然か？」

いくら何でも、そこまでは言わない。現在は法律も整備され、警察は対策室も設けているのだから。

「まぁ、いいや。それより、目的地に着くみたいだな」

地下鉄・大阪港駅の手前、大阪船員保険病院の角で鮫山たちの車は左折して、人通りの少ない一角に進む。さらに右に左に曲がってから、古びた煉瓦作りの倉庫の前で停まった。ふた棟続きで、左手の入口の脇には円柱やら角柱やらの石材が積み上げてある。右手の建物は倉庫として使われておらず、〈ワープシアター〉という表札が掲げられていた。

車が着いた音に、ジーンズ姿の女性が出てきて私たちを出迎える。

「警察の方ですね。ご苦労様です」

金髪に染めた髪をポニーテールに束ねた彼女は、伊能真亜子と名乗った。清水伶奈が同席を希望した一人だ。目に強い光が宿り、やや低い声には充分すぎるほどの張りがあった。緊張感のある仕事に向いていそうだ、というのが第一印象である。

「むさ苦しいところですが、どうぞ」

入ってすぐの事務所に通された。石油ストーブを挟んでパイプ椅子に座っていた男女が起立して待っている。女性の方は、あの白い兎だった。写真からイメージしていたより上背がある。一メートル七十近い。それでも、どこか儚げなのは、伊能真亜子とは対照的に、目許に憂いが漂っているからだろう。

「清水です」とだけ言って会釈した。

柔和な目をした男性が、われわれ四人に名刺を配る。〈ワープシアター　脚本・演出　仮名ムーン〉とあった。

「裏に本名が書いてあります。亀井明月と申します」

「ああ、亀井をもじって仮名ですか。芝居をお書きになる時は、仮の名前というわけですね。明月だからムーン。面白い」

鮫山が感心すると、脚本家は照れたように頭を掻く。

「日本画をやってた父が、風流を気取って明月なんて命名したんですが、苗字との相性を考えていませんでした。子供の頃は、〈月とスッポン〉という綽名をつけられてしまい……無駄話をしている暇はありませんね」

真顔になって、私たちに椅子を勧めた。伊能真亜子はパイプ椅子を運んできて、亀井とともに清水伶奈を両脇からガードするように座る。そして、こう切り出した。伶奈はいっさい関係がありません」

「先に言っておきますが、蜂谷というストーカーが殺されたことに、伶奈はいっさい関係がありません」

　先制パンチだ。

　亀井のまなざしも、どこか私たちへの抵抗の覚悟を窺わせる。警察官と向き合って緊張しているせいもあるだろうが、そこまで身構えなくてもいいではないか。まるで、悪漢から伶奈姫を守ろうとしているかのようだ。

「被害者と清水さんの間に個人的なお付き合いがなかったことは聞いています」鮫山警部補が穏やかに言う。「彼が、清水さんの舞台を観て一方的に魅了されていただけなんだとしたら、われわれの訪問はさぞご迷惑でしょう。少しだけ我慢してご協力ください」

　伊能真亜子が右手を挙げ、「その前に」と逆に質問する。

「蜂谷という人を殺した犯人の目星はついていないんですか？　遺体が見つかって三日目になりますけれど」

「残念ながら、まだ。孤独な青年だったようで、彼に殺意を抱いていたと思える人間があまりいないんですよ。それで、生前の彼の人間像を探る捜査をしている、というのが現状です」

　警部補は、同行したメンバーの紹介をすませてから、さっそく蜂谷のストーキングがどんな形で始まり、続いたのかについて質問していく。両脇から二人の先輩に見守られつつ、雪兎姫は答えていった。

「一月二十五日と二十六日に、周防町（すおうまち）の劇場で『メタリック・ブルー』というお芝居を上演しました。蜂谷さんは二日目に観にきて、私に関心を持ったようです」

付きまといは、その夜から始まった。なんと蜂谷は、〈ワープシアター〉の団員たちが近くの居酒屋で打ち上げを終えるのを待ち伏せした上、彼女が西長堀の自宅マンションに帰るのを尾行したのだと言う。その途中、声を掛けるでもなく。熱いひと目惚れもあったものだ。

「誰かが後ろをついてきている気配は感じていたんですけれど、距離があったし、さほど淋しい道を通ることもないし……気のせいだろう、と思ったんです。もう少し注意して隙を見せなかったら、と後になって後悔しました」

翌日からは、しばらく休みをもらっていたアルバイトに出て、夜は一人でショッピングをしたり、同僚と食事やカラオケに行ったりした。公演が成功裏にすんだので、大いに解放感を楽しんだわけだ。だが、ストーカーの黒い影は、そんな彼女にぴたりと寄り添っていた。

「蜂谷さんからの最初の接触があったのは、一月二十九日の夜です。十時頃に電話がかかってきました」

「彼がどう言ったのか、覚えているかぎり正確に教えてください」

警部補が促す。森下刑事はボールペンを立てて用意をした。いつものブランドスーツに身を包んだ船曳班最年少刑事は、今日はメモ係に徹するらしい。

「『ハチヤと言います。君の舞台を観て、好意を感じた。今、近くにいるので、よければ会って話ができないかな』と……。突然、そんなことを言われてびっくりしました」

「彼は蜂谷と名乗ったんですね？」鮫山は確認する。「紳士的だな」

「何が紳士的なんですか」異を唱えたのは伊能真亜子だ。「夜の十時にいきなり見ず知らずの男から電話がかかってきて、『今、近くにいるので』と勝手に呼び出される独り暮らしの女性の身になってください。恐怖心を想像してください」

「ごもっとも」と鮫山は頷く。「非常識で、非紳士的なふるまいですね。ただ、卑劣で陰険なストーカーだと思っていた蜂谷が、いきなり名乗ったことが意外だったんですよ。女性へのアプローチとしてはまるでなってませんが、彼なりに真摯な想いがあったのかもしれませんね」

　誰も答えなかった。微かに亀井が鼻を鳴らしたようだったが。

「で、清水さんは当然ながら誘いを拒んだわけですね。蜂谷はどんな反応をしましたか？」

「口籠もりながら、『遅くにいきなり電話して、ごめんなさい』と謝罪しました。その夜は、それっきりです」

「携帯電話にかかってきたんですか？」

「いいえ。ファックスのついた固定電話です。奈良の実家の母が難聴なもので。不経済ですが、携帯だけだと不便なんです」

「蜂谷は、どうしてその電話番号を知っていたんでしょう。まさか電話帳に番号を載せているわけでもないんでしょう?」

「それが、掲載されているんです。有名女優でもないので、こんなことになると思っていませんでした」

「用心が足りないのよ、伶奈。おぼこいんだから」

真亜子が肘で突いた。

翌三十日、やはり午後十時頃に二度目の電話がかかってくる。その時は、「君が好きになった。君も僕を好きになって欲しい。それが無理なら、離れたところから君を見守っているだけでもいい」と、しおらしい態度だったそうだ。だが、これとて紳士的な言動とは言えない。本気でそう思うのなら、黙って退けばいいのだから。

「嫌でした。ずっとお前を監視するぞ、という宣言のようで。口では純情ぶったことを言っているけれど、そのうち凶暴性を剝き出しにするかもしれない、身辺に注意しよう、と思いました。で、何気なく窓の外を見たら……いたんです」

黒っぽい野球帽をかぶった男が、電柱の陰に立っていた。自分の部屋を見上げていたらしい。目が合うか合わないかのうちに男は身を翻したが、その手に携帯電話が握られているのを見て、この人がハチヤなんだな、と察した。

蜂谷は電話をやめなかった。二月に入ってからも、十時のコールは続いた。しかも、その口調は次第にぞんざいになっていく。

――今日の白いアンサンブルはよく似合っていたね。目を楽しませてもらったよ。まだ僕に興味は湧かないかな。ちょっと窓から顔を出してくれたらうれしいんだけれど。

――明日の晩もくるからね。嫌だと言っても、僕にも僕なりの自由がある。迷惑？　ほんの一分か二分の電話が迷惑とは言い過ぎじゃないのか。こっちだって遠慮しながらかけているんだから。

――人前に出る仕事をしてるくせに、ファンにその態度はないやろう。ところで、なんで出勤のルートを変えたりするんや？　僕を避けてるんかな。そこまで嫌われるとは思ってもみんかったわ。

五回目の電話ともなると、蜂谷が苛立っているのは声から明らかだった。それだけではなく、彼女は通勤の途上で何度も野球帽のストーカーを目撃するようになる。地下鉄のホームやら、事務所の周辺やら、自宅近くのコンビニやらで。

「いつも十メートル以上の距離をおいたところからこちらを見るだけで、決してそばに寄ってはきません。それでも、すごいプレッシャーを感じました。夜には電話のベルが鳴るし。相手を刺激するのが怖くて、私は『困るんです』と言うのがやっとでした。向こうがまだ何か言おうとしているのに強引に電話を切ったら、それ以降は無言電話がかかってくるようになって……」

「律儀に電話に出るんですね」

私が、ついこぼした。皮肉のつもりはなかったのだが、真亜子ににらまれる。

「劇団やバイト先や友だちからの電話かもしれないのに、出ないわけにはいかないでしょう。テレビ局からのオファーだってあり得るんですよ」

「そうですね、失礼しました」と詫びる。清水伶奈のことを、彼女は妹のように可愛がっているらしい。

「伶奈ちゃん、あれを刑事さんたちにお見せしたら？　ほら、僕が言ってた記録」

亀井に言われて、兎はシステム手帳をバッグから取り出した。そして、細かな書き込みのある一葉を鮫山に手渡す。

「ムンさん、いえ亀井さんのアドバイスで、蜂谷さんがどんなふうに私に付きまとっていたのかを箇条書きにしたメモです。それをご覧いただくのが早いと思います」

「伶奈は怖くなって、私に相談してきたんです」真亜子が自分の胸を指す。「二月五日にここで稽古をした後のことです。そこへたまたま亀井君が顔を出したので、彼にストーカーのことを話したら、そんなふうに記録を取っておくのがいい、と」

「適切な措置ですね」鮫山は、亀井に微笑みかける。「その他にも何かアドバイスをなさいましたか？」

　脚本家は、咳払いをしてから話す。

「彼女に何かあったら大変ですから、僕がボディガードを引き受けました。夜遅くなる時は家まで送っていく、という程度のことですけれどね。どこかで蜂谷と出喰わしたら、ガツンと一発かましてやるつもりでした。あ、もちろん手荒なことをするのではなくて、言葉できつく咎(とが)めるという意味ですよ」

　彼には少林寺拳法の心得があるのだ、と真亜子が言った。なるほど一見したところさほど屈強そうではないが、よくよく見ると引き締まった体をしているし、棒のようにまっすぐ伸びた背筋もいかにも武道家らしい。

　鮫山から森下、火村を経て私の手許にメモが回ってきた。それによると、伶奈が亀井たちに相談を持ち掛けた翌六日の零時過ぎに、蜂谷から電話がかかってきている。彼女はこの時に初めて、迷惑なので今後は私にかまわないでくれ、と強く拒絶した。援軍を得たことで、やっとそれだけの勇気が振り絞れたのだ。蜂谷はショックを受けたらしく、狼狽(ろうばい)しながら「すみません」と素直に謝った。彼からの不愉快な電話は、そこでいったん途切れる。七日金曜日の夜、電話が鳴ることはなかった。

　ところが、ほっとしたのも束の間。八日から九日にかけて、友人の結婚式に出席するため名古屋に行った伶奈を、カメラを片手にした蜂谷は付け回していたのである。彼女がそれに気づいたのは、帰りの新幹線を待つ名古屋駅のホームだ。全身に鳥肌が立った、と言う。

「彼は笑っていました。バレちゃ仕方がないな、と照れたように。そして、『同じ電車で帰るのは遠慮しとくよ』という感じで階段を下りていったんです。名古屋までついてくるなんて、信じられませんでした。私が家を出た時から尾行していたんだ、と思うと気味が悪くて……」

「あなたが土曜日曜と結婚式のために名古屋に行くことを、蜂谷は知らなかったはずなんですね？」

「当然です」伶奈の声が高くなる。「ストーカーに週末の予定を話すわけがありません。名古屋に行くことを伝えてあったのは、亀井さんだけです。金曜日に、『蜂谷は謝りました。もう治まったみたいです。土日は結婚式で名古屋に行きますけれど、遅くなったら帰りは駅からタクシーに乗るつもりだし、大丈夫です』と」

「そう聞いて安心した僕が愚かでした」亀井が渋面になる。「蜂谷は最初の電話の際も『ごめんなさい』と謝罪しておきながら、ストーキングをやめなかった。あいつの『すみません』なんて、信用しちゃいけなかったんだ。それなのに僕は、日曜日の晩、『一件落着ですかね』と伊能さんに得意げに報告していました。そこに、清水さんからの電話が入ったものだから、もうボディガードの面目まるつぶれで、恥ずかしいやら悔しいやら」

黙ったままだった火村が、ここで初めて口を開いた。

「清水さんが家を出るのを見張っていて、そのまま名古屋までついて行った、というのは荒業ですね。そういうこともあろうかと、蜂谷は財布にたっぷり軍資金を入れて歩いていたのかな」

亀井が、ばさりと前髪を掻き上げる。

「僕は、蜂谷に情報提供なんてしていませんよ」

「あなたがリークした、と疑っているわけではありません。——清水さんに伺いますが、蜂谷があなたの電話を盗聴していたという可能性はありませんか？」

兎は、人差し指を唇に当てる。

「それは考えてもみませんでした。でも、盗聴器を仕掛けるためには、私の部屋に侵入しなくてはなりませんよね。留守中に誰かに忍び込まれた気配は感じませんでしたけれど……」

「では、結婚式の案内状を盗み読まれた形跡は？」

「案内が届いたのはストーキングが始まるより前でしたから、それはありません。——ただ、落ち着いて考えたら思い当たることがあります。亀井さんとも話したんですけれど……」

式の一週間ほど前、ヨーロッパを旅行中の友人から絵葉書が届いた。その中に、「九日の結婚式には出られないけれど、由美(ゆみ)によろしく。名古屋のゴージャスな披露宴を見てきてね」とあったと言う。由美は新婦の名だ。

「ならば、蜂谷はその絵葉書をこっそり読んだのかもしれませんね」

「はい。マンションのメールボックスには鍵が掛かりますけれど、道具を使えば隙間から葉書を抜き取るぐらい簡単です」

ストーカーならば、執着する相手の郵便物に興味を示さないはずがない。おそらく伶奈の想像は的中しているだろう。

「なるほどね。——日曜日以降のお話を伺いましょう。月曜日から亀井さんの護衛が再開したんですね？」

脚本家は、火村の方に少し体を向けて話しだす。

「ええ。ようやくボディガードの本領を発揮することになります。僕は、清水さんや伊能さんの期待に応えられなかったことを反省して、今度こそ蜂谷を完全に追い払ってやる、と大いに燃えたんです。そのために、夜だけでなく、朝も昼も彼女を見張ることにしました。幸か不幸か、そうするだけの暇があるもので。どこかで奴が姿を現わしたら、とっ捕まえて懲らしめるつもりでした。その最初の機会は、さっそく月曜日に訪れます」

伶奈のストーカー記録には、「10日（月）昼休みに事務所付近で目撃。亀井さんが追うと逃げる。／午後10時　自宅近くに現われ、亀井さんが捕まえる」とあった。

「昼休みには逃がしましたが、夜は百メートルほど駆けっこをして取り押さえましたよ。奴は脚を怪我しているのか、全力で走れなかったので造作もありませんでした」

肩に手を掛けられると、蜂谷はじきに観念した。そして、怯えた目で亀井の厳しい非難を聞いたと言う。

「初めて対面したストーカーは、ひたすら情けない男でした。『馬鹿なことはするな。お前がしてることは犯罪なんだぞ』と叱りつけると、ぶるぶる顫えながら頷くだけなんです。そして、『もうやめる』と言う。『だったら、これまで撮った彼女の写真を送り返せ』と言ったら、『そうする』。どこの誰なのか吐かせるつもりだったんですが、あまりの無様さに拍子抜けしてしまい、『本当にやめるのなら勘弁してやる』と宥してしまいました。僕は、つくづく甘い」

ストーキングをやめなかったのだ。二日おいた十二日の水曜日に、蜂谷は性懲りもなく伶奈の部屋の下に立つ。

「そして、ゲームが始まった」

「ゲーム？」

火村が聞き返すと、亀井は傍らを見て言った。

「伶奈ちゃん、君から話してくれるか」

7

十二日の午後十時過ぎ、コピーをとる必要があって近くのコンビニに出掛けた伶奈は、またしても蜂谷を目撃する。一ブロック離れた角にある電話ボックスの中に潜んでいたのだ。こんなこともあるかもしれない、と予想していたので、彼女は冷静だった。あいにくと、その日は亀井に所用があったためにボディガードはついていなかったが、目が合った途端に蜂谷が狼狽えたのが判った。向こうが怯えている。亀井に一喝されて、萎縮したらしい。油断は禁物だけれど、完全に撃退するためにはむやみに恐れない方がいい。

蜂谷がこちらを盗み見ているのを意識しながら、彼女は店の前で携帯電話を掛けるふりをした。頼れるボディガードと連絡を取り合っているポーズである。と、気弱なストーカーはたちまち逃げていくではないか。胸がすっとした。

にやにやしながら部屋に戻る。しばらくしてから「まさかね」とカーテンをめくって覗いてみると——またもや電柱の陰に野球帽だ。やれやれと、嘆息したところに亀井から電話が入った。今夜はどうだ、と訊いてくるので、明るい声で報告した。

「ハチヤ君はご出勤です。今もうちの下に立っています」

電話を手にしたまま外を見ると、蜂谷は目を伏せて頭を掻いた。

亀井の方は鋭く舌打ちして、「あの馬鹿」と毒づく。

「用事がすんで、今、心斎橋にいるんだ。車で五分とかからないから、行くよ」

「そんなの申し訳ないですよ、ムンさん。私はもう外出することもないし、一時間ほどしたら鬱陶しい張り込みも消えるでしょうから、今夜は結構です」

「いや、僕の気がすまないから行く。今度こそ首根っ子を捕まえて、二度とふざけた真似ができないように懲らしめてやる。ああ、無茶はしないから心配はいらないよ。とにかく、あのハチ公がどこのどいつなのか素性を明らかにするんだ」

月曜日にそれを突き止めそこねたことを、彼はひどく残念がっていたのだ。伶奈がろくに応える暇もないまま、電話が切れる。今夜は静かに脚本の構想でも練ろうと思っていたのに、そうは問屋が卸してくれなかった。

きっかり五分後に、亀井のプリメーラがマンションの前に到着した。彼は車から降りるなり、蜂谷の姿を求めてきょろきょろする。伶奈は窓を開けて、ここまで上がってきて、と無言のまま招いた。

「奴は？」

ドアを開けるなり尋ねてくる。獲物が逃げたと知ったら、肩を落とすことだろう。伶奈は、まずはコーヒーでも、と勧めた。

「私が誰かと電話をしているのを見て、帰ったみたいです。ムンさんが飛んでくる、と察したんでしょうね。ご苦労様でした」

「逃げ足の早い野郎だなぁ。子供にからかわれてるみたいな気分だ」

亀井はまた舌打ちをして、出されたコーヒーを飲む。「うまい」と笑顔になった。

「さっきコンビニに行った時も見掛けたんですけど、びくついていましたよ。迫力なし。怖がりすぎていたのかもしれません」

そう言うと、亀井はきつい口調でたしなめる。

「なめちゃいけない。ああいう輩は急に態度を変えるんだ。君は、あいつに直接関わらない方がいいよ。ソフトに接しても、冷たく接しても、きっとよくない結果になる。乗り掛かった船だから、僕に任せてくれ。マーさんのラーメンが懸かっているし」

「ラーメン?」と聞き返したら、「こっちの話」と、いなされた。

おかわりを注いだカップを口まで運びかけたところで、亀井の表情に変化が訪れた。傑作なジョークを思い出したかのように、顔中の筋肉がゆるんだのだ。

「ねぇ、伶奈ちゃん」彼はテーブル越しに身を乗り出す。「この前、車の中でした話を覚えてるだろ? 君は脚本を書いてみたい、と言った」

「ええ……はい」

ぜひ挑戦してみろ、と亀井は励ましてくれた。そして、もしも静かなところで集中して執筆したいのなら僕が場所を提供できるよ、とも。彼は、鳥取に亡父から相続した別宅を持っていた。そこを使ってもいい、というありがたい提案だ。

「ストーカー騒動でそれどころじゃなかっただろうけれど、本気で取り組んでみないか? 君がどんな芝居を書くのか興味がある。公演もすんだし、アルバイトも金曜日で区切りがつくそうだし、今が絶好のチャンスじゃないかな。そのうちに、と言っていたらいつまでたっても一枚も書けないよ。口先だけはよくない。でしょ?」

「そうですね」と相槌を打つ。

「もしも予定がないのなら、善は急げだ。この週末あたりから鳥取に行かないか？　僕もたまに流行作家気取りで自主缶詰になって脚本を仕上げることがあるから、ものを書く道具は揃っているよ。使い慣れたパソコンがいいのなら、それだけ提げていけばいい。どう？」

やけに熱心に勧めるので、まさか下心でもあるのでは、と思いかけた。だが、彼は前髪を手で梳きながら紳士的に言う。

「そこなら誰にも邪魔されない。家の鍵を渡すから、自由に使えばいいんだ。僕はついて行ったりしない。古くてぼろい家だけれど、海が近いから執筆の合間に浜辺の散歩が楽しめるよ。食料や日用品ぐらいは近所で調達できるし、缶詰には理想的な環境さ。きっと落ち着いて創作に没頭できる。——ハチ公もやってこないしね」

いいかもしれない、と気持ちが動いた。先輩の好意に甘えようか。——が、次の瞬間、二つの不安が頭をもたげる。

一つは、そこまで蜂谷がついてきたらどうしよう、という心配だ。名古屋まで泊まり掛けで追ってきた彼のことだから、鳥取まで食らいついてくる可能性は否定できない。亀井の家は僻地の一軒家ではなさそうだが、ここよりはずっと淋しいところに建っているのだろう。慣れない場所でストーカーに遭えば、心細さは今の比ではない。

もう一つの不安は、亀井がボディガードを務めることに倦み、自分を遠くに厄介払いしようとしているのではないか、という疑念だった。真亜子に命じられて渋々と世話を焼いてくれているのだったら申し訳ない。と言うよりも、たまらなく気が重い。

「とてもいいお話なんですが……」

　伶奈は思ったままを口にした。亀井は目を伏せて、くっくっと笑う。そのあたりは、元役者らしく芝居掛かっていた。

「これは僕が悪かった。デリカシーのないしゃべり方をしたみたいだな。どっちの心配も無用だよ」

「でも——」

　亀井は、人差し指をまっすぐに立てる。

「まず、はっきりさせておこう。僕は、君の護衛役を迷惑がってなんかいない。爪の先ほどもね。今夜のように用事がある時は、『悪いけどボディガードはできない』と遠慮なく言っていただろう？　あくまでも可能な範囲で時間を割いていただけだ。これは疑わないこと」

　安堵して、「はい」と頷いた。

「それから、蜂谷が鳥取までついてきたらどうしよう、という心配について。これは僕も懸念したことだ。君が町はずれの家に一人きりでいる、とあいつが知ったら間違いが起きないともかぎらない。だから、絶対に鳥取までついてこられないようにする必要がある。でも、そんなことは難しくないだろう？　名古屋まで奴がついてきたのは、君が無警戒だったからだよ。相手はたった一人なんだ。尾行を振り切るぐらいわけない」

今度は幾許かの不安を残しつつ、「はい……」と応える。亀井は、そんな胸の裡をやすやすと読み取った。

「尾行なんて、させないよ。君が鳥取に行くまでにあいつをふん捕まえるから。君が出発する日は、逆に僕がハチ公を見張っていてもいい。いや、それよりもっと面白い方法もあるんだけれど――」

そこで、また思い出し笑いのように唇の端を歪める。

「鳥取へ行かないか、と提案する直前に考えたことがある。伶奈ちゃん一人だけで鳥取にやるには、蜂谷を何とかしないとな、と思って。そうしたら、変なアイディアが浮かんだんだ」

コーヒーを飲み干した彼は、ハンカチで口許を拭った。

「変なアイディアって……？」

「これまでつけ回されたお返しに、奴にひと泡吹かせてやりたい、と思わない？　ああいう精神的ガキは、お仕置きしてやった方が身のためだ」

反動が怖いので、あまり刺激するような真似はしたくなかったが、亀井が何を企んでいるのか知りたくなった。

「ねぇ、奴が名古屋までついてこられたのは、友だちからの絵葉書を盗み読まれたからじゃないか、と言ってたよね？」

「はい。よく考えてみたらそうじゃないか、と」

葉書の裏面に、セロテープをはがしたような痕跡があった。メールボックスの底にあったものを、何か細工をして引っぱり出したのだろう。さすがに気持ちが悪いので、郵便物は局留にしてもらった方がいいのかな、とまで考えている。

「多分、あいつは本当に盗み読みをしていたんだと思うよ」亀井はうれしそうだ。「ならば、その行儀の悪さを利用してハチ公を嵌めることもできる」

つまり、贋(にせ)の葉書を自分宛てに出して、わざと蜂谷の目に触れるようにする、というわけだ。

「罠に嵌めてやるんだ。面白いゲームだと思わないか？　葉書の内容は……どんなのがいいかなぁ。どうせだから、きりきり舞いさせてやろう」

北海道、と言ったのは伶奈だった。

「今度は週末に北海道で結婚式、とか」

亀井はテーブルを叩いて面白がった。

「いいね、それ。うんと遠くに飛ばしてやれ。一人で北の旅を満喫してもらおうよ。蟹でも土産に買ってきてもらおうか」

彼は大乗り気だ。伶奈も名案に思えて、二人でそれらしい葉書の文案を練った。札幌のチャペルで高校時代の後輩が結婚することにする。前回の二番煎じだが、それに出席できない友人が伶奈に葉書を寄こすわけだ。「私の分まで祝福してきてあげてね。立て替えてもらっているプレゼント代は、この次に会った時に返すから。風邪ひかないでね」といった調子で。

「もっと具体的に書く手もあるぞ。『ＡＮＡ何便でしょ。できたら見送りに行くわ』なんて文章があったら、きっとハチ公はその飛行機を予約するよ。ところが、先に搭乗してマドンナを待っていても、ついに君は現われない。愕然とするだろうな」

「少しやりすぎかも……」

「いいよ、それぐらい。自業自得なんだから」

「あの人のことだから、私が家を出るところからついてくるかもしれない」

心配性だな、と亀井に笑われた。

「そこまではしないと思うけれどね。札幌行きの飛行機まで判っていたら、安心して空港に先回りするはずだ。もし万一、奴が家からついてきたとしても、途中でまくこともできる。向こうは飛行機を掴んでいるつもりだから、尾行中に見失っても大丈夫、と油断するだろうから」

「でも……慣れてますよ、尾行」

亀井は肩をすくめた。

「案ずるより産むがやすし、だと思うけれどな。まぁ、いいや。そのへんについては、当日までにもう少し綿密に策を練るとして、とりあえずハチ公を北帰行させる作戦は発動させようよ」

座興めいた計画でいったん盛り上がったが、伶奈はまた少し弱気になる。

「彼が、このゲームを楽しんでくれるとは思えませんけれど……」

「再逆襲されるのが怖い？　僕がついていても？」

別に怖がってはいない。相手は執念深いのが取り柄の、ひ弱な男らしい。お灸を据えてやりたい気分ではある。

「よし、やろう」と亀井が手を打ったところで、やっと気づいた。いつの間にか、伶奈が鳥取で缶詰をすることが決まってしまっている。亀井にとっては、ストーカーをからかうことよりも、彼女に脚本を書かせたい、という興味が優先していたのかもしれない。

結局、日曜日から来週の木曜日まで向こうに滞在し、その間に一本の芝居の初稿をあげることを約束させられた。きついノルマにも思えたが、努力目標としては適当だろう。伶奈は、「やります」と答えた。

「それまでに僕がハチ公を捕まえて、本気の詫びを入れさせることができれば理想的だ。君は心安らかに鳥取に行ける。それができなかった時のために、やっぱり罠を仕掛けておこうよ。そのためには、贋の葉書を君宛てに送らなくっちゃね」

「じゃあ、明日、私が――」

「いや、奴は君の筆跡を知っているかもしれない。かと言って僕が書いたら女の字には見えないから、マーさんに頼むことにしよう。明日の午前中、稽古場で会うんだ。その時にさっき言ってた文案どおりに書いてもらって、すぐ投函しておく」

冗談と悪戯好きの真亜子なら、嬉々として乗ってくるだろう。

「おっと、こんな時間か」と亀井は慌てる。もう十一時が近い。「夜更けに上がり込んで、ごめんよ。これで失礼する」

彼がジャケットを羽織っている間に、伶奈はカーテンの隙間から路上を窺った。もしストーカーが立ち戻っていたら、今すぐ亀井に懲らしめて欲しい。そして、晴れ晴れとした日常を取り戻したい、と希ったのだが、夜風にカサカサと紙屑が転がっているだけだった。

*

「伊能さんに書いてもらった葉書はこれです」

伶奈はバッグから実物を取り出した。雪山風景をあしらった絵葉書に、札幌での結婚式云々が綴られている。

「この葉書も、片隅にテープをはがしたような痕がついています。蜂谷は、きちんと盗み読みしてくれたんですよ」

得意げな亀井に、火村が尋ねる。

「日曜日までに彼を改心させる、という理想の形にはならなかったんですね？」

「ええ、残念ながら。当日までほとんど彼女に接触してきませんでしたから。ひょっとすると、北海道旅行の支度で忙しかったのかもしれません」

真亜子が書いた葉書には、〈乗るのは10時40分関空発の札幌行きね。できれば見送りに行きたいんだけれど、ちょっと難しそう〉とある。

「それで――ゲームはどうなったんですか？」

鮫山が続きを促した。

8

十三日の木曜日。伶奈は、昼休みに職場近くのレストランで亀井と会い、パスタランチを食べながら報告を聞いた。

「さっきマーさんに頼んで、昨日の打ち合わせどおりの葉書を書いてもらった。ほら、これ」

実物を見せてもらう。伶奈は、日曜日の朝10時40分に関西国際空港を飛び立つ飛行機で札幌に向かうことになっていた。

「明日中に君のところに着くよう、すぐにポストに入れておくよ。ハチ公は慌てて航空券の手配をするだろう」

「札幌行きって、大阪空港からは出ていないんですか？」

本当に乗るわけでもないのだが、ひっかかって尋ねた。

「いや、伊丹発の方が便数は多い。関空にしたのは何となくだよ。そっちの方が広くて賑やかだから、ゲームに好都合だろ。ハチヤは、君の姿を捜しても見つからないので、『おかしいな。もう乗ったのかな』と首をひねりつつ搭乗するよ」

亀井は優雅な手つきでカルボナーラを巻き上げ、フォークを口に運ぶ。この人が役者のままだったら、食事のシーンも達者だったろうな、と伶奈は思った。

「それで、当日の私はどうすればいいんですか？　あの人は家の前で張り込んでいるかもしれません。関空と反対の大阪駅に向かったら、すぐに嘘がバレてしまいます」

「ああ、昨日もそんな心配をしていたね。君が関空発10時40分の飛行機——ちなみにＪＡＬ871便なんだけど——に乗る、とハチヤが信じたら、わざわざ朝から家の前で張り込んだりしないと思うんだけれどな。むしろ、先回りして君を驚かせようとするはずだ。——でも、さらに用心を重ねたいのならば、何か考えておこう」

昨日もそんなことを言っていた。彼が楽観的なのか、自分が臆病すぎるのか、伶奈にはよく判らなかった。

「いよいよバイトは明日で終わりだね」亀井は絵葉書をしまって、「君に言っておきたいことがある」

真剣なまなざしに、少しひるみながら伶奈は「何でしょう？」と訊いた。

「午前中にマーさんとも話したんだけれど、これを機に伶奈ちゃんには大きく飛躍して欲しい。もうアルバイト稼業からは足を洗って、役者一本の背水の陣を敷いてもらいたいんだ」

言われるまでもなく、それこそ伶奈の望むところだった。そう答えると、亀井は頷きながらも硬い表情を崩さない。

「オーケー。――じゃあ、もう一つ。マーさんはコネをたぐって、君がテレビの仕事に就けるように画策している。もちろん、清水伶奈のためによかれと思ってのことだ。でもね、正直なところ僕はそれには賛成していないんだ。君には、舞台で大輪の花を咲かせてもらいたい。まず女優として、それも脚本が書ける演劇人として一流になってくれないか？　才能豊かな君を、テレビみたいな小さな箱に閉じ込めたくない。もっと正直に言おう。テレビで成功したら、君はうちの劇団を離れてしまうだろう。僕は、それを恐れている。〈ワープシアター〉にとって、君はなくてはならない存在なんだ。できることなら、劇団と一緒に大きくなって欲しい」

彼が本気でしゃべっていることは、目を見れば判る。買い被られている気もしたが、それで合点がいった。亀井が自分の護衛を引き受けてくれるのも、鳥取の別宅で執筆できるよう便宜を図ってくれるのも、看板女優を劇団に引き留めたいがためだったのだ。

「ムンさんこそ、心配性ですね」

劇団に後ろ足で砂を掛けるような真似は絶対にしない、と言明すると、ようやく亀井の表情が和らいだ。

「ありがとう。この話は、もうしない」腕時計をちらりと見て、「そろそろ行こうか。事務所の前まで送っていくよ。今日も六時まで？　何か予定はある？」

「鳥取に行く準備があるので、ミナミで買物をして帰りたいんですけれど……。護衛についていただかなくても平気ですよ。あの人、人込みで悪さをしかけてきたりしませんから」

「だったらこうしよう。僕は、付かず離れず君を見張ることにする。で、もしもハチヤがのこのこ現われたら、後ろから『おい』と襟首を捕まえてやるよ。それで、今度こそ成敗だ。僕にかまわず、自由にショッピングをしてくれたらいいからね」

「まるでムンさんにストーキングされるみたいですね」

彼の計画どおりにことが進み、ハチヤが身を退いてくれたらどんなにありがたいだろう。今夜すべてが解決したら、何の憂いもなく鳥取で創作に専念できる。そうなりますように、と伶奈は念じたのだが――

結局ストーカーは現われなかった。彼女が買物と食事をすませて帰宅したのは九時過ぎ。一時間ほどして亀井から電話が入った。

「奴は出なかったね。今日は休みだったのかもしれない」

ぐったりと憔悴（しょうすい）したような声だった。伶奈が部屋に戻ってからも、マンションの近辺で張り込んでいたらしい。恐縮して「コーヒーでも飲みにいらっしゃいませんか？」と誘ったが、「いいよ」と言う。明日は用事があるので、夜だけのボディガードでいいかな。バイト先の送別会があるって言ってたね」

「事務所の近くの居酒屋で食事をするだけですから、そんなに遅くなりません。タクシーで帰るつもりだし――」

遠慮したのだが、亀井は聞かなかった。今夜、無駄足を踏まされたことでハチヤに対する敵愾心（てきがいしん）がさらに募ったのか、意地になっているのか。

「あいつを捕まえるチャンスは逃したくない。それに、鳥取の件の打ち合わせをしなくちゃ」

素直に言うことを聞くのがよさそうだ。

「では、お言葉に甘えます。今日、ランチを食べた店は遅くまで営業していますから、そこに十時ということで――」

「判った。ハチ公を確実に北海道に飛ばす方法、考えているからね。おやすみ」

無言電話もないまま、一日が終わった。

小さな薔薇の花束を抱えて店に入ると、窓際の席に亀井と伊能真亜子が並んで座っていた。彼らは食事を終えていたが、伶奈のアルバイト生活のピリオドを祝うためと称して真亜子がグラスワインを注文し、三人で乾杯する。

「お疲れ様でした。でも、ひと息つく間もなく缶詰で原稿執筆ね。傑作を頼むわよ」

真亜子からも期待を寄せられているようだ。旅行の支度はまだだが、書きたいものは頭の中でまとまりつつあった。

「マーさんに書いてもらった絵葉書は、今日の午後には君のところに届いたはずだ。ハチ公は、また旅行鞄を押入から出してる頃かもね。――これを」

昨夜の電話では元気がなかった亀井だが、今日は溌剌としている。テーブルの上に差し出された封筒には、電車の切符が何枚か入っていた。

「卑劣なストーカーをキリキリ舞いさせる作戦が決まったよ。説明するから、しっかりと聞いてもらおう。いよいよゲームの山場だよ。――まず、切符を出してみて」

思いがけない行き先が入っていた。亀井は一枚ずつ指差していく。

「まず、これで関空まで行ってもらう。そして、この切符で新大阪まで引き返す」

一枚目は南海電車の特急〈ラピートα９号〉、二枚目はＪＲの特急〈はるか12号〉のものだった。〈ラピート〉は９時ちょうどなんば駅発で、９時32分に関西空港駅着。〈はるか〉は９時48分関西空港駅発の新大阪駅行きだ。

「９時32分に関空に着いて、48分発の電車で蜻蛉返りするんですか？　何のためにそんなことを……」

「ストーカーを振り回してやるのよ」

真亜子は腕組みをして、椅子の背にもたれた。口許に笑みが浮かんでいる。

「あなたは、家を出るところからハチヤにつけられたらどうしよう、と心配していたんでしょ。だから、ムンちゃんが知恵を絞ってくれたの。——いい？　当日の朝、もしハチヤの気配を感じたら、難波まで行って〈ラピート〉に乗ってしまうの。その時、尾行に気がついていないふりをすること。ハチヤは当然、〈ラピート〉に乗って関空までついてくるから、あなたは改札を出てまっすぐ空港の旅客ターミナルに入っていく」

「と、見せ掛けて」亀井が引き継いだ。「素早くＵターンし、ＪＲの改札口をくぐって〈はるか〉に飛び乗る。君が札幌行きの飛行機に乗ると思い込んでいるハチヤとしては、啞然呆然として、人工島から去っていく君を見送るしかない。いや、見送ってもらう必要もないか。隙を見てハチヤの視界から逃れることができたなら、奴は何が起きたかも判らないだろう。『あれ、愛しの伶奈ちゃんはどこへ行ったんだ？　まぁ、いいか。出発ゲートで待ち伏せしてよう』とお茶でも飲んで、時間をつぶすんじゃないかな。その間に君を乗せた〈はるか〉は、新大阪に到着する」

新大阪着は10時37分。ハチヤが搭乗券を確保している——であろう——ＪＡＬ８７１便は10時40分発だから、ストーカーは、なかなか伶奈が現われないことを訝しむに違いない。騙された、と気づいた時は手遅れだ。

「新大阪で〈はるか〉を降りた君は、新幹線に乗る。その切符が三枚目のこれだ」

10時42分発の〈ひかり369号〉。区間は新大阪から姫路まで。いったい、どんなルートで鳥取に向かうというのか？

「きょとん、としてるね。面倒な乗り継ぎだけど、次で最後だ。新幹線が姫路に着くのが、ここに書いてあるとおり11時11分。急いで在来線に乗り換えてもらう。今度こそ目的地の鳥取へ行く列車だ」

その列車とは、姫路発11時16分、鳥取着12時53分の特急〈スーパーはくと3号〉だった。テーブルの上に並べられた切符は全部で四枚。三回乗り換えることになる。

亀井は、ひと晩かけてこの計画を策定したのだろう。綾をつけるのは気が引けるが、伶奈が納得しかねることがあった。

「この〈スーパーはくと〉って、大阪から出ている特急ですよね？」大阪駅に停まっているのを見たことがある。「だったら〈はるか〉で新大阪まで行かずに、大阪駅で乗り換えられるんじゃ……」

姫路まで新幹線で追いかけて乗り換えるのは、面倒な上に不経済ではないか。

「うん、そうできればよかったんだけれどね。伶奈ちゃんは知らないのかな。〈はるか〉って、大阪駅には停まらないんだよ」

「え、そんな特急があるんですか？　でも、〈はるか〉は環状線を走っていますよ」

「確かにそうだけど、大阪駅は経由していない。福島駅あたりで大阪環状線から貨物の線路に進入して、大阪駅の裏側を駆け抜けるんだ」

〈はるか〉は、新大阪や京都と関西国際空港をダイレクトに結ぶための空港連絡特急なので、西日本最大の駅・大阪駅を堂々と無視するのだそうだ。

「ご理解いただけたかな？　ま、そんなわけで、君にはすごく遠回りをして鳥取に行ってもらう。何もそこまでしなくても、と思うかもしれないけれど、かくも周到に手を打てばシャーロック・ホームズや明智小五郎の尾行だって撒けるだろう。慎重の上にも慎重を期したプランだ」

安心のためなら、伶奈もこれぐらいの手間は惜しまない。しかし、鳥取に向かうのにいったん反対方向の関空まで往復する運賃が少しもったいなかった。本来は乗らなくてもいい新幹線の特急料金を含めると、おそらく五千円どころの出費ではない。

「ほんと、これなら完璧ですね。ただ……一本後の〈はくと〉に乗れば、新幹線代は節約できると思うんですけれど」

「こっちにも都合があってね。君には、なるべく午後早い時間に鳥取に着いてもらいたいんだ。僕は明日のうちに鳥取に行って、伶奈ちゃんをお迎えする準備を整える」

「あ、そんなことまで……」

また気を遣ってしまう。

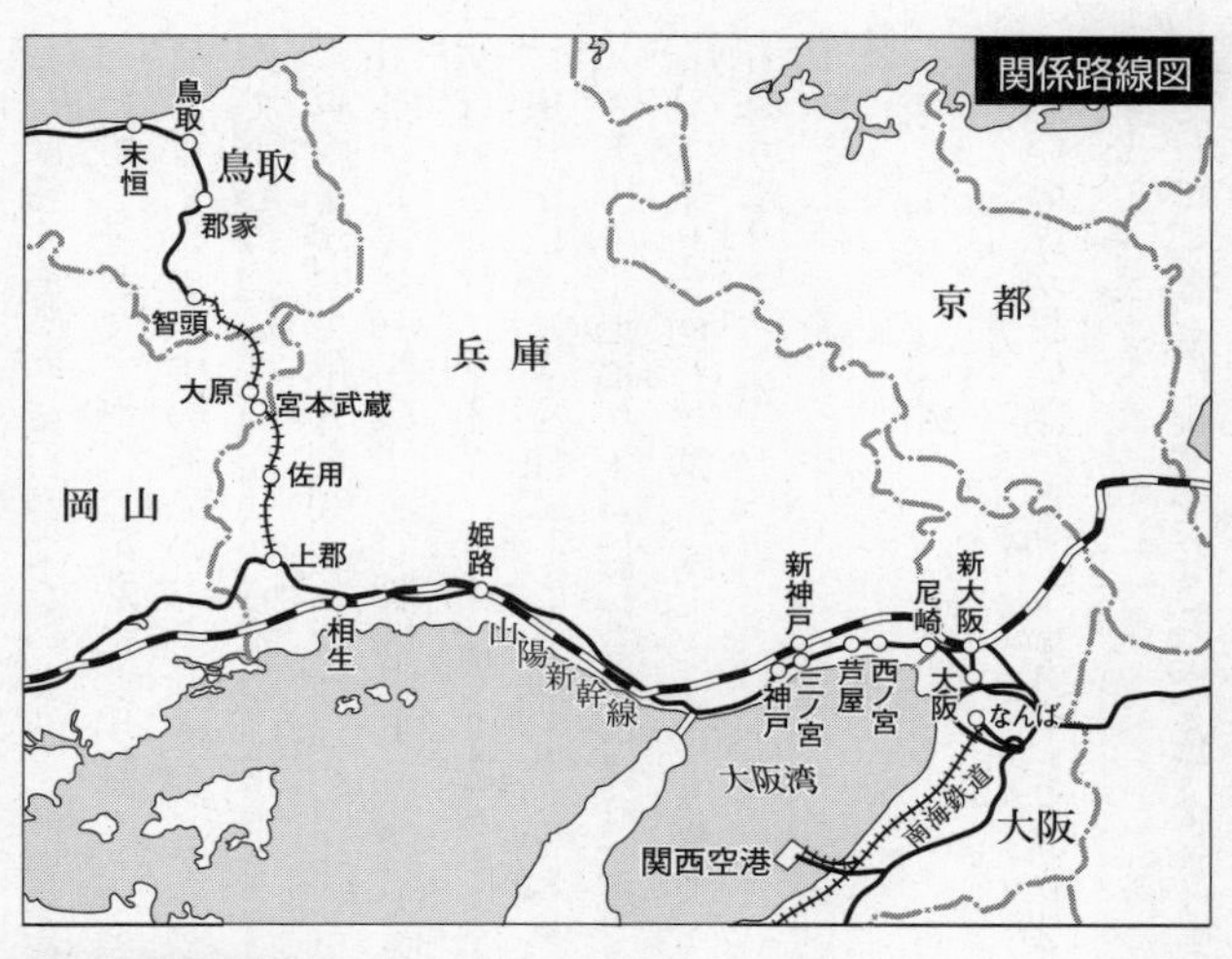
関係路線図
鳥取
末恒
鳥取
郡家
智頭
兵庫
京都
大原
宮本武蔵
佐用
岡山
上郡
姫路
相生
山陽新幹線
新神戸
尼崎
新大阪
三ノ宮
神戸
芦屋
西ノ宮
大阪
なんば
大阪湾
南海鉄道
大阪
関西空港

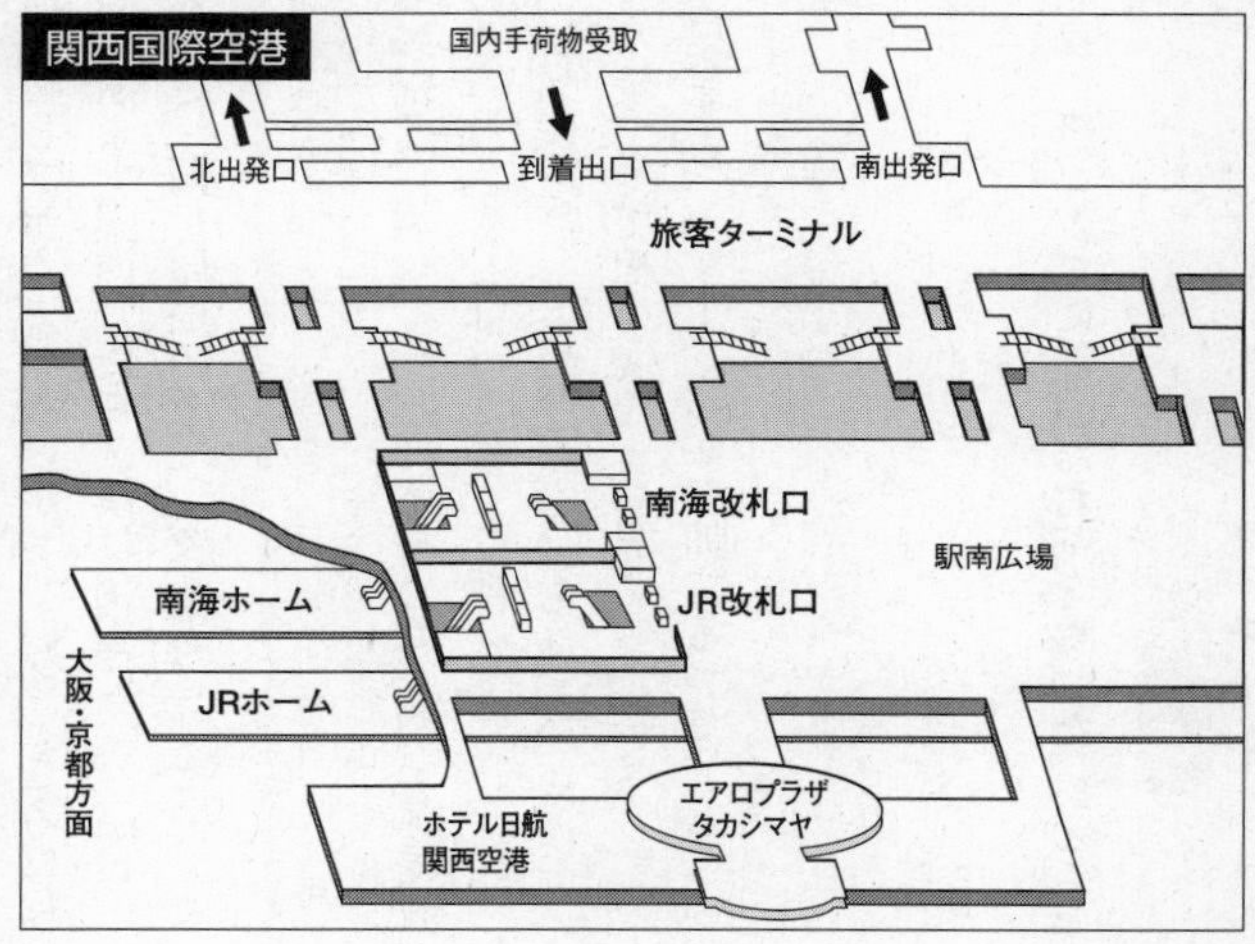
関西国際空港
国内手荷物受取
北出発口
到着出口
南出発口
旅客ターミナル
南海改札口
駅南広場
南海ホーム
JR改札口
JRホーム
大阪・京都方面
エアロプラザ
タカシマヤ
ホテル日航
関西空港

「しばらくあっちに行ってないから、換気や掃除をしておくよ。ちらかっているところは片づけて。それで、だ。鳥取駅にお出迎えし、君を家まで案内したら、僕は出雲に二、三日取材に行く。構想中の作品のシナリオハンティングさ。同じ屋根の下で一夜を過ごしたい、なんて下心は抱いていないから安心して」

真亜子が肘で亀井を突いた。

「痛いよ、マーさん。——取材がすんだら大阪に帰る。君は、何日でも好きなだけうちを使えばいい。オーケー？ ——よし。なら、そろそろ行きましょうか」

亀井が伝票に手を伸ばしたところで、「ねぇ、ちょっと」と真亜子が言葉を挟む。

「ストーカー退治ゲームに私も参加させてよ。ハチヤって男の顔を一度見てみたい」

「見て楽しい面じゃありませんよ」と亀井は苦笑する。「マーさんが参加するって、どういうふうに？」

「たとえば、こう——」

*

思いのほか長い話になっている。ここで伶奈は、紙コップに注いだお茶を啜った。ひと息入れたいらしい。

「それで、どんな提案をなさったんですか？」

鮫山警部補が真亜子に尋ねた。彼女はポニーテールに束ねた金色の髪を揺らして、はきはきと答える。

「空港まで伶奈を見送りにきた友だちの役を引き受けたんです。蜂谷が私の顔を知っていたらまずいので、サングラスで軽く変装したりして」

〈ラピート〉から降りてくる伶奈と改札口で落ち合う。親しげに話しながら伶奈の荷物を持ってやる。二人で肩を並べて国内線出発口の方に歩く。これ見よがしに荷物を持ったまま、伶奈が搭乗手続きにカウンターへ向かうのを見送る。伶奈は人の陰にまぎれて駅に引き返す。

――それが真亜子の書いた芝居の台本だ。彼女が預かる荷物は実はダミーで、本物はあらかじめ鳥取に宅配便で送っておけばいい。

「大きな荷物を私に預けた伶奈が、まさか突然、ほとんど手ぶらで駅に引き返すとは予想もしないでしょう。それが狙いです。蜂谷をひっかける絶対の自信がありました」

「ますますゲームじみてきたな」火村が呟く。「その顚末が気になりますが、まずは金曜日の夜と土曜日のことを。蜂谷に動きはあったんですか？」

紙コップを両掌で包んだ伶奈が頷く。

「土曜の夜の十一時頃、また窓の下に佇(たたず)んでいて、私と目が合うと……にやりと笑って帰っていきました。『明日からお前が札幌だということは知っているぞ』という意味の笑みだったんでしょう。私にすれば、『今に見てなさい』です」

そして翌日、ゲームはクライマックスを迎えた。蜂谷佳之の死の当日である。

9

「あなたに付きまとう狼は、現われたんですか？」

鮫山はストーカーを狼と呼んだ。私には、顔の周りをブンブンとうるさく飛び回る蜂にたとえるのが適切に思えた。名前からの連想だが、あの小さな羽虫にしても針を持っているのだから侮るわけにはいかない。

「はい」

清水伶奈は深呼吸をしてから、当日の様子を一気に話す。

「キャスターつきのスーツケースを持って自宅を出たのは八時半でした。見た目は大袈裟ですが、荷物は前日のうちに鳥取に送っておいたので、中身はほとんど空っぽです。タクシーを拾おうと長堀通に出てみると、お馴染みの野球帽がビルの陰に潜んでいるのが見えました。ちょっと嫌な気分になりましたけれど、対策は万全だし伊能さんもついていてくれる。だから、怖くはありませんでした。むしろ、うまくストーカーを踊らせて、その首尾を亀井さんに報告できる、と思うと胸が弾んだぐらいです」

前々日に亀井や真亜子と打ち合わせしたとおり、伶奈はストーカーにまったく気づいていないふりをする。

「タクシーを捉まえてから振り返ってみると、蜂谷さんも空車に向かって手を挙げていました。私の行き先を知らずに追ってくるのか、北海道行きの飛行機に乗ると思い込んで追ってくるのか、その時点では判りませんでした。やっぱり私宛ての絵葉書を盗み読んだんだな、と確信できたのは、南海電車のなんば駅の改札をくぐった時です。蜂谷さんは、〈ラピート〉の特急券をあらかじめ用意していたんです」

関西国際空港行きの特急〈ラピート〉は、駅の西端にある専用ホームから発着する。特急券を持っていなければ入ることができないのだ。

「彼は、その場で乗車券や特急券を購入したんじゃないんですね？」

火村が確認する。

「はい。そんな時間的余裕はありませんでしたし、電車に乗る前にちらっと様子を見たら、ポケットからごそごそ切符を取り出していましたから」

座席に着いた伶奈は、蜂谷が窓の向こうを通り過ぎていくのを見た。顔を列車からそむけ、いつものぎこちない足取りで。

そして、9時ちょうどに発車。後ろに流れて去っていくホームに彼女は注目していたが、ストーカーの姿はなかった。蜂谷が何両か前に乗り込んだのは間違いない。〈ラピートα〉はなんば駅を出ると終点までノンストップなので、走る密室に乗り合わせたことになる。そんなことはあるまいが、もしも彼がこちらの車両に移ってきたら、と思うといい気はしなかった。

「検札がすんでしばらくしても、蜂谷さんは私の様子を覗きにきたりしませんでした。それで、ほっとしていたら、関空が近づいた頃に電話が――」

列車が空港への連絡橋にさしかかったあたりだった。真亜子か亀井か、どちらかだろうと思い、ディスプレイも見ずに出る。聞こえてきたのは、最も耳にしたくない声だった。

「もしもし、蜂谷です。これからは、こっちに掛けさせてもらうわ。白々しい居留守はあかんで」

相手はまだ何か言いかけていたが、反射的に切り、電源もオフにしてしまう。

彼女は動揺した。蜂谷の声の背後で列車の走行音がしていたので、同じ電車に乗っているのは確かだ。そのことを伝えるためにわざわざ電話をしてきたのだろうか？　単純に彼女を付け回すことに飽き足らなくなり、「今も、すぐそばにいるんだぞ」と心理的に揺さぶることに喜びを覚え始めたのだとしたら、さらに質が悪い。

「そんな人に罠を仕掛けたりしたら、ますます泥沼化してしまうかも、という躊躇いが生まれたんですが、今さら計画を中断するわけにもいきません。絶対に振り切ってしまわなくては、と緊張しました」

「ちょっと待ってください」

鮫山がストップをかけた。そうとも、プロの捜査官がここで質問しなくてどうする。伶奈に説明してもらわなくては。

「蜂谷は、あなたの携帯電話の番号を知らなかったはずでしょう？　いつも固定電話にしか掛けてこなかったはずですが」

「はい」彼女は、はっきりと答える。「私もそれに思い至って、よけいに怖くなりました。いったい、どこでどうやって調べたのかしら、と」

金をもらえば何でもリサーチしてくれる不埒な業者が存在するから、さほど不思議ではない。ただ、蜂谷という男は経費と手間を惜しまずにそこまでするのか、とあらためて呆れた。

ほどなく列車は、定刻の9時32分に関空に到着する。

「荷物をひっぱりながら急いで改札を出ると、伊能さんが待っていてくれました」

凝ったメイクとサングラスでいつもと雰囲気が違っていたので、一瞬、誰だか判らなかったそうだ。

「化けるって言ってたでしょ」真亜子が言う。「髪型も変えていったしね。あいつが私を見て『劇団にいた女だ』と思ったら警戒するかもしれないから、用心したわ」

久しぶりに会った友だち同士を装い、二人で談笑しながら旅客ターミナルビルへと歩いていく予定だった。が、駅からあまり遠ざかって伶奈が48分発の〈はるか12号〉に乗れなくなっては困る。とっさに真亜子が提案して、空港ビルとは反対側の商業ビル、エアロプラザに向かった。飛行機の出発時間まで一時間近くあるので、喫茶店に入ったり買物をするように偽装することにしたのである。

「どの店に入ろうか、と迷っている演技を少ししてから、スーツケースを伊能さんにさりげなく預けて、ハンドバッグだけを持って早足で駅に引き返しました。あまり早く改札をくぐると蜂谷さんに反応する暇を与えてしまうし、あまりゆっくりしていたら電車を逃してしまうし。うんと我慢してから、ぎりぎりになってＪＲの駅に飛び込みました」

その時のスリルを思い出したのか、白い頬が微かに上気している。

南海とＪＲがともに乗り入れている関西国際空港駅では、両者の改札が左右に並んでいる。ついさっき〈ラピート〉で着いたばかりの彼女が、突然ハンドバッグから切符を取り出してＪＲの改札を駈け抜けるとは、いくら尾行に長けたストーカーでも予測不可能だっただろう。

「発車のベルが鳴りかけている〈はるか〉に乗ったところで、初めてホームを振り返ってみました。蜂谷さんが血相を変えて走ってきていたらどうしよう、とどきどきしながら。でも、彼の姿はどこにもありませんでした。どれだけ安心したことか。座席に着いてからも、しばらく膝が顫えていました」

「あなたはゲームに勝ったわけだ」火村が真亜子の方を向き、「とり残されて地団駄を踏む蜂谷をご覧になりましたか？」

「いいえ。伶奈が電車に乗った頃合を見計らって駅に戻ってみたんですけれど、野球帽をかぶった男は見当たりませんでした」

「いなかった？　では、心配だったでしょうね。ストーカーも素早く〈はるか〉に乗ったんじゃないか、と」

彼女は大きく頷く。

「それが何よりも心配でした。なので、すぐ伶奈に電話を掛けて、『どう、あいつをちゃんと振り切った？』と訊こうとしたんですけどね」

電話は通じなかった。言うまでもない。蜂谷の声を聞くのが嫌さに、伶奈が電源を切ってしまっていたからだ。

「うまくいったことを伊能さんに伝えるべきだったんですけれど、私、そんな余裕がなかったんです」という反省の弁に続けて伶奈は、「でも、尾行を撒いたかどうか確信が持てない時は、〈はるか〉の車内をざっと見て回れ、という伊能さんと亀井さんからのアドバイスは覚えていました。そこで失敗したら、ストーカーを鳥取まで誘導することになりますから」

すべての車両をチェックしたが、蜂谷は乗っていなかった。五割に満たない乗車率だったので、いたなら見落とすはずがないのだそうだ。

「トイレの中も調べたんですか？」と私が訊く。

「はい。ふさがっているトイレが一つあったので、中の人が出てくるまで待って確かめましたから。いませんでした。勝利を確信して、これでしばらくストーカーのいない生活が送れる、と飛び跳ねたくなりました」

兎が跳ねる、か。

その後、彼女は予定どおりに新大阪で〈ひかり369号〉に、姫路で〈スーパーはくと3号〉に乗り換えて、12時53分に鳥取に着く。兎は、冒険をやり遂げたのだ。

「亀井さんがホームまで迎えにきてくれていました。『大成功です』と報告すると、『何度か電話したのに切れてたね』と言われて……。その場で慌てて伊能さんに電話をしました」

「電話が通じないので、はらはらしていたんですよ。二つの理由で」

プランナーだった亀井は、私たちの顔を等分に見ながら言う。

「電話がつながらないということは、何かよくないことが彼女の身に起きたのではないか、というのがまず一つ。うっかり電源を入れていないだけかもしれない、とは思いましたけれどね。第二の心配は、乗り換えがうまくいったかどうかです。実は、その日の朝になって時刻表を見直していたら、新幹線と在来線の乗り換えに要する時間の駅ごとの目安が載っているのに気づきました。それによると、新大阪駅では十分、姫路駅では八分が標準的な乗り換え時間だと書いてあるじゃないですか。しくじったなぁ、と思いましたよ。僕の計画だと、新大阪も姫路も五分の余裕しかなかった。いくら手ぶらに近い軽装備だとは言え、彼女の脚力で間に合っただろうか。申し訳ないことをした、と悔やみました」

「焦りましたけれど、走れば間に合いました。走れば」ちょっと皮肉っぽい。「時刻表に書いてある時間は、乗物に不慣れなお客さんでもゆっくり乗り継ぎできるように設定してあるみたいですよ」

姫路駅の構造はよく知らないが、新大阪駅ならば五分で事足りるだろう。時刻表の指標は倍ほどに水増ししてあるということか。

落ち合った二人は、普通列車に乗り換える。鳥取駅が終点ではなかったのだ。

「鳥取から三つ目に、各停しか停まらない末恒（すえつね）という小さな駅があります」待合室しかない無人駅らしい。「僕の別宅は、そこが最寄り駅なんですよ。白兎海岸の方角に、ぶらぶら歩いて十分ほどですか」

「ハクト海岸というと……もしかして、〈スーパーはくと〉という名前は、そこから採ってるんですか？」

警部補が尋ねる。

「ええ、そうですよ。白い兎と書いて、はくと。『古事記』に出てくる大国主（おおくにぬし）と因幡（いなば）の白兎（しろうさぎ）の舞台とされている景勝地です。兎が渡った淤岐島（おきのしま）まで岩が規則的に並んでいるのがよく見えます。その岩を、騙されて整列したワニに見立てているわけです。近くには白兎神社があって――」

清水伶奈が創作に打ち込むために赴いた先で、白い兎の伝説が待っていたのか。そこへ彼女を運んだ列車の名前も〈はくと〉というのだから、念が入っている。

いや、待てよ。南海電鉄の名物特急である〈ラピート〉の名は、〈速い〉を意味するドイツ語に由来するらしいが、英語のラビットとも響きが似ている。兎だらけだ。事件の周りを、何羽もの兎がぴょんぴょんと飛び回っている。

別宅に着くと、亀井はあれこれを伶奈に説明してから、慌ただしく出雲への取材旅行に出発する。初めての土地の初めての家に残された彼女の気持ちの整理が着いたのは、日が傾く頃になってからだったらしい。そこへ大阪から時間指定で送った荷物が届いたので整理をして、と話が進んでいくので、鮫山がやんわりと打ち切る。彼女の缶詰生活をインタビューするつもりはない、ということだ。

「清水さんのお話にわれわれは、重大な関心を寄せなくてはなりません」

「どういう点がですか?」と尋ねたのは伊能だ。

「蜂谷佳之がいつ、どこで殺害されたかについては、非常に情報が不足しているんです。司法解剖で判っているのは、日曜日の午前七時から十一時までに殺された、ということだけですから。今あなたのお話によると、蜂谷は午前九時半に関西国際空港にいたことになりますね」

兎は、無言のまま頷く。

「そうか、それだけ犯行時刻が絞られたわけですね」

真亜子が納得している。だが、ことはそんなに単純ではないだろう。私が口をむずむずさせているのに気づいた警部補は、「何かありますか、有栖川さん?」と水を向ける。彼も抱いているであろう疑問を代弁させてくれるようだ。

「はい。ええと、伊能さんにお訊きしたいんですが、あなたは空港で蜂谷を目撃しましたか？」

「それが見ていないんです。どんな男か拝んでやろうとして、伶奈が乗ると見せ掛けた飛行機の出発ゲートで張り込んでいたんですけれどね。それらしいのは現われませんでした。一杯食わされたことを悟って引き上げたんでしょう」

それは推測にすぎない。真亜子は、蜂谷をまったく目にしていないとなると、見たと証言しているのは、伶奈ただ一人。それを鵜呑みにして犯行推定時刻の幅を狭めていいものなのか？

「清水さんに伺います」これは火村からの質問だ。「当日の蜂谷は、どんな服装をしていましたか？」

予期せぬ問いだったのか、記憶の襞をまさぐるように兎は目を閉じる。やがて返ってきた答えは、兎小屋の陰で冷たくなっていた男の出で立ちと大筋で合致した。黒いブルゾンに灰色がかったハイネックのセーター、ジーンズにスニーカー……。

「〈ラピート〉では、何号車に乗りました？」

「覚えていませんけれど……関空に着いた時、降りてすぐのところにエスカレーターがありました」

それなら何号車か調べがつくだろう。蜂谷はその二つほど前の車両に乗っていたということだから、当日乗務していた車掌に照会することもできる。

「伊能さんは、10時40分発の飛行機が発つまでゲート付近にいらしたんですね。その後は？」

「飛行場を珍しがる齢でもないし、用事もないので電車で帰りましたよ」

「清水さんから預かったスーツケースをひっぱって？」

「ええ、もちろんです。……それがどうかしましたか？」

「いえ」と火村は言葉を吞み込む。

あとになって、あの時に何を言おうとしたのだ、と彼に訊いたことがある。助教授は思わずこう尋ねかけたのだそうだ。

——そのスーツケースに、人間は入りますか？

10

客席は七割ぐらいの入りだった。劇場のキャパシティは三百人ぐらいで、入場料が二千円だから売上が四十万そこそこ。この公演にかかる経費がいくらか知らないが、とてもペイはしないだろう。芝居をやるというのは大変だ、などと考えているうちに照明が落ちていった。客席のざわめきが、どこかに吸い込まれるように引いていく。

と、幕が下りたままの舞台に坊主頭に眼鏡の男が現われた。彼は一礼して、観客に告げる。

「皆様、本日は〈人狼座〉の公演にお運びいただきまして、まことにありがとうございます。開演に先立ちまして、お願いがあります。お手許のパンフレットにも書きましたとおり、これから始まるお芝居は皆様のご協力があってこそ――」

右隣の席で、火村がパンフレット――というよりチラシだが――を見直している。あらかじめそれに目を通している生真面目な私は、どんな協力を求められるのか承知していた。芝居が始まったら、どんどんおしゃべりをしてくれ、というのだ。

舞台の上では立食パーティ会場の一幕劇が繰り広げられるので、劇場内はざわめきに包まれる。その中で時折聞こえる台詞をつなぎ合わせて、観客めいめいがドラマを発見して欲しいのだとか。実験的な試みだが、そんなことで面白いのか心配ではある。芝居の題名は『パーティ効果』。騒がしいパーティの席上でも、人間は自分が聞こうとする声をざわめきの中から選び取って認知できる、という心理学用語だ。

「それでは始めます。ごゆっくりお楽しみください」

男が下手に捌けると同時に、開幕した。パーティ会場といっても舞台装置はほとんどなく、大小の木箱が料理をのせたテーブルに見立てられているだけだ。その周りに、十数人の男女がちらばり、グラスや皿を手に賑やかに笑いさんざめいていた。

当惑していた客席からも、次第に声があがる。前の席のカップルは共通の知人の噂話を始め、左隣の若い女性はその向こうの男性に「はじめまして」と挨拶をした。私は、火村とダべるしかなさそうだ。

「色々と考えるもんやな。どうせやったら、ほんまにホテルの宴会場でやったらええのに。料理と飲み物のサービスつきで」

助教授は、にこりともしない。

「こんな芝居に清水伶奈が必要なのか？　俺やお前でも舞台が勤まるじゃねぇか」

〈人狼座〉は〈ワープシアター〉と友好関係にある劇団で、今日は伶奈が客演（きゃくえん）している。出演するはずだった女優が病気で倒れたので、急遽その代役を頼まれたのだという。私たちが観劇にきたのは、もちろんステージに立つ伶奈を観るためだ。事件解決に直接は結びつかないだろうが、できるなら蜂谷を惑わせた魅力の一端に触れてみたかった。

「素人には判らんことなんやろう。そのうち何か重要な演技をするのかもしれんし」

伶奈は青いイブニングドレスをまとい、中央付近で男たちに囲まれて談笑している。「去年と同じですよ」という台詞だけがかろうじて聞き取れた。

客席も今やリアルなパーティ会場と化して、舞台そっちのけの笑い声がそこここからあがり、やけに楽しそうな客もいる。左側の初対面の男女は、深刻な東アジア情勢について語っていた。

「遺体発見から、もう十日目か」

私は低い声で事件の話題を振ってみる。他に話すこともないからか、火村はそれを受けた。

「その十日の間に明らかになったのは、蜂谷佳之の人間関係は実に希薄だった、ということだけだ。付き合いがあったのは平井と本田ぐらい。その二人がやったとも考えにくいしな」

平井については、二十万円の借金について揉めていたという事実が判明しているが、動機としてはいかにも弱いし、おまけにアリバイが成立した。九時過ぎに起床した直後、窓越しに隣家の主人と挨拶をしたことを思い出し、隣人の証言も得られた。さらに十時半に自宅前で車を軽く洗っているところも目撃されている。殺された蜂谷が乗った〈ラピートα9号〉は、難波駅を9時ちょうどに出て、関西国際空港駅までノンストップで走る。平井に犯行は不可能だ。

もう一人の友人、本田についても十時から十一時にかけて東住吉区内の自宅近辺にいたことが遅蒔(おそま)きながら立証され、容疑の圏外に去った。シロの人物を除外できたのだから捜査は進展したとも言えるが——そこで行き詰まってしまったのだ。

「蜂谷の携帯電話はまだ見つかってないんやな?」

ずっと警察の捜査に張りついている火村と違い、私は本業のためしばしばフィールドワークからはずれるので、聞いていない情報がある。

「ああ。しかし、彼が事件当日の九時二十八分に清水伶奈に五秒間だけ電話をしたことは間違いない」

怜奈が任意に提出した電話の着信記録から判ったことだ。もちろん、電話会社にも照会ずみである。基地局から発信地点が〈ラピート〉の中だったことも、ほぼ確定した。

「関空で清水と伊能に振り切られた後、蜂谷がどう動いたのかがまるで摑めない。それが厄介なんだ」

「関空駅やったら、ホームや改札にビデオが設置してあるやろう。それを調べても判らへんのか？」

「ビデオは万能じゃない。野球帽で片脚をかばって歩く蜂谷らしき人物が下車する映像は残っているんだけれど、すぐに死角に入ってしまう。他の乗客と重なって隠れている人影もあって、はっきりしないんだ」

野球帽で片脚をかばって歩く人物。おそらく、それは蜂谷本人なのだろう。難波を出たら関空まで停まらない特急列車に乗っていたのだから、車中で殺されたのでもないかぎり、9時32分に関空駅のホームに立ったはずだ。

「一つだけ疑問がある。清水怜奈が受けた電話は、ほんまに蜂谷からのものだったんやろうか？　声の似た替え玉ということはないのか？」

いつの間にか大きな声になっていたので、私は慌ててボリュームを落とそうとした。だが、そんなことをしなくても周囲の観客の耳にわれわれの会話は届かないだろうし、あまり小声では隣席とも話ができなくなっていた。

「『何度も電話で聞いた声だから間違いない』と彼女は断言している。それに、蜂谷が替え玉を使って嫌がらせの電話をする理由って、あるか？」

思いつかない。ということは、やはり蜂谷は〈ラピートα9号〉に乗車したのだ。そして、9時32分に関空に着き……。

「蜂谷は、いつの時点で白兎に騙されたことに気づいたんやろう？」

「白兎？　ああ、彼女か」

火村が視線を前に投げたので、私もつられて見る。厚化粧をした中年の婦人が一方的にしゃべるのを聞かされて、伶奈は閉口している模様。照明に映える白い肩がまぶしい。

「彼女は10時40分発の飛行機に乗る、と蜂谷は信じてたわけやろう？　出発時刻が近づいてるのに搭乗ゲートに姿を見せなかった時点で、謀られたことに気づいたのか。あるいは、兎が〈はるか12号〉に乗るためＪＲの改札をくぐった瞬間に気づいたのか」

「どちらかは判らないな。関空署の助けも借りて、空港内での目撃者を探しているんだけれど、蜂谷を見た者が出てこない」

「誰の記憶にも残っていない、ということかもしれへんけれど……。逃げる兎の動きに素早く反応して、〈はるか〉に乗ったということはないかな？」

「兎がきっぱり否定していたじゃないか。トイレにもいなかった、と」

殺人事件の捜査について、衆人環視の中で堂々と話す。禁忌（タブー）を犯す快感のようなものを覚えてきた。

「10時40分が迫ってきて、ようやく謀られたことを知ったんやとしたら、蜂谷はどういう行動をとったやろう？　まずは自分が用意していたチケットをキャンセルしたかな。で、その後は？　空港のゴミ箱に蹴りでも入れて、帰るしかないやろう」

「しょせん、お前は褌担ぎ」

火村ではない。舞台上の誰かが言ったのだ。助教授の返事がないので、私は続ける。

「死亡推定時刻は午前七時から十一時やった。もしも10時40分近くまで蜂谷が空港にいたとしたら、どこで殺されたんやろうな。『伶奈に謀られた』と知ってから殺されるまで、三十分ほどしかない。その間に何が起きたと思う？」

火村は微かに笑みを浮かべた。

「〈ワープシアター〉の稽古場で、彼女や亀井たちの話を聞いた時から、俺はそのことを考えていたよ。迷子になったストーカーの身に何が起きたのか？　彼に殺意を抱いていた何者かと空港内でばったり遭遇し、殺されてしまった、というのも妙だ」

「考えにくい偶然やな」

「かといって、あの朝、彼が関空に行くことを知っていた何者かが、凶器を手に待ち伏せしていたとも思えない」

「蜂谷が関空に行くことを予測できたのは、清水伶奈、亀井明月、伊能真亜子だけしかおらん」

「もし、その三人の中に犯人がいるとしたら？」

おかしなことを言いだした。彼らは蜂谷のストーカー行為に悩まされてはいたが、殺すわけあるまい。警察に相談するほどの事態にも至っていなかったのに。

「伊能真亜子が怪しい、と？　動機がないぞ。可愛い後輩に付きまとう害虫を駆除したとでも？」

非現実的だ。あり得ない。

「空港に蜂谷がとり残された。兎は〈はるか〉で新大阪へ向かい、亀井は鳥取にいた。被害者に接触できたのは伊能しかいない」

「それは判ってるけど、動機がないって言うてるんや」

「動機は誰にもない。誰に犯行が可能だったか、を考えているんだ」

しかし、伊能がやったと仮定するのも困難である。

「空港のどこで殺したって言うんや？　適当な場所がない。もしできたとしても、死体の運搬が大変やぞ」

さすがに死体の運搬という言葉は過激かと思ったが、誰も聞いてはいない。本当に殺人計画を練っている奴が場内にいても、秘密は洩れないだろう。

「あ、そうか」思い出した。「お前は、彼女が兎から預かったスーツケースに人間が入るか、と質問しかけたことがあったな。それに死体を詰めて運んだんやないか、と考えたんや」

図星だ、と彼は認めた。キャスター付きのスーツケースは、そのような用途にも好都合だっただろう。だが、肝心のサイズが成人男子を収納するには小さすぎたのである。

「伊良部はストッパーの方がええんとちゃうかな」

斜め後ろから、そんな声が。つい反応しそうになった。サラリーマン風の男二人が阪神タイガースの戦力を分析しているのだ。伊良部は先発でいい。必ずふた桁は勝ってくれる。

「そうだ。一つ言い忘れていた」

火村は人差し指で唇を弾く。

「何や？」

「〈ワープシアター〉は、蜂谷の遺体が見つかった新浪速小学校で公演をしたことがあるんだ。森下さんが聞き込んできた。雑談の中で、ぽろっと伊能が洩らしたらしい」

「小学校で公演？　ああ、そういえば、俺も子供の頃に講堂で観たことがあるな。気恥ずかしいミュージカルを」

〈ワープシアター〉は、年に何度か大阪市内の小学校で児童向けの芝居を上演しているらしい。そうすることで、市から助成金などをもらいやすくなるのだろう。

「ぽろっと洩らしたということは、隠してたんやな？」

「『自分たちは事件と無関係なのだから、よけいなことを言って捜査を混乱させたくなかったんです』というのが彼女の言い分だ。しかし、気になる事実だろ？」

もちろんだ。犯人が劇団員だとしたら、土地勘があったことになる。ただし、〈ワープシアター〉があの小学校を訪れたのは四年前のことで、まだ清水伶奈は入団していなかったという。

「よく判らない事件だよ。まさか新学期が始まるまで片づかないということはないだろうけど。早々から休講はまずいから」

火村先生もそんな殊勝なことを考えるのか。履修要項（シラバス）には「学習心理学における自己効力を学びつつ、一年間にわたって休講を犯罪社会学の見地から考察する」と書いているのかと思ったのに。

「どうもひっかかるんだ」彼は首筋を掻く。「殺された日、蜂谷の影が薄すぎると思わないか？　彼を見たのは清水伶奈だけ。彼が〈ラピート〉に乗ったことを証明するのは、電話の送受信記録しかない。ビデオの録画では確認できず、駅員や車掌の記憶も曖昧模糊としている。本当に蜂谷は、兎たちが仕掛けた罠に嵌まったんだろうか？」

「絵葉書から指紋が出たんやろ？」

蜂谷を騙すため、真亜子が書いて亀井が投函した贋の絵葉書。それを提出してもらって警察で鑑定したところ、蜂谷自身の指紋が検出されたと聞いている。ストーカーは、ゲームに誘い込まれたはずだ。

「しかし、奴がJAL871便のチケットを購入した記録はない。街の金券ショップで買ったのを、警察が突き止められていないだけかもしれないんだが……」

事件解決の端緒はどこにあるのか、いつ見つかるのか、まだ見えてこなかった。

話すことが尽きたので、私たちは興味を舞台に戻した。すでに開幕してから一時間以上が経過していて、芝居は佳境（？）に差し掛かっているようだ。お客の中には、ここに何をしにきたのか失念した様子でしゃべり続けている者もいれば、さすがに退屈してきているような者もいる。舞台上のパーティも、明らかにダレてきていた。このあたりが限界だろう。

役者たちが少しずつ声を落としていく。それに釣られて、客席のざわめきも鎮まっていった。何か変化が起きるようだ。いや、これがクライマックスなのか？

「裏切った恋人を、恨んでなどいないわ。あの人は、私よりも――」

胸を反らせた伶奈の凛（りん）とした声。ごく普通に発したものなのに、それは他のどんな声も圧倒し、すべての観客に届いたはずだ。彼女は、最後の台詞を任されていたのである。

白い顔が正面に向き、客席を見渡す。その視線が火村で、次に私で、一瞬だけ確かに止まった。アドリブのひと言が決まったらしい。

「――犯罪を愛したのよ」

幕。

11

キャストとスタッフ全員が出口の前に整列し、観客を見送る。顔馴染みらしい客から「すごく刺激的でした」などという感想を聞いて喜んでいる役者もいた。

火村と私は、ステージ衣裳のままの清水伶奈に歩み寄った。向こうから「いかがでしたか？」と訊いてくる。

「話し込んでしまって、芝居のことを忘れてしまいました」

火村が真面目くさって言うと、兎は口許を隠して笑う。その指の隙間から、前歯が覗いていた。

「もしよろしければ、お時間をいただけませんか？　例の件で少し――」

伶奈が一瞬だけ返事を躊躇っていると、横にいた男性俳優が険しい表情になった。大切な客演女優が、おかしな客から誘われて困っているのでは、と警戒したのだろう。だが、彼女は快く承諾する。

「例の件ですね。私もお話を伺いたいと思っていたんです。二十分ほどしたら体が空きますから、それまで近くでお待ちいただけますか？　この向かいのビルの三階に〈ヴィスタ〉というカフェがあります」

「では、そこで」と火村は短く言い、劇場を出た。ネオンが瞬く心斎橋の上に、月が出ている。空が朧ろに霞んでいた。

狭い階段を上がったところにあるカフェは、重厚な扉をしていた。まるで会員制のクラブのよう。が、それを押し開けてみると何のことはない。クラシックな内装の喫茶店といった雰囲気で、メニューもごくありきたりのものだった。小腹がすいた私はクラブハウスサンドを注文する。

彼女がやってくるまでの間に火村は捜査本部の鮫山警部補に電話を入れ、何か進展はなかったかを訊く。「これといったものは……」という声が洩れ聞こえた。その後もしばらく警部補の報告が続き、火村はところどころで相槌を打つ。一、二度、こちらに何か目顔で伝えようとしたが、さっぱり意味が判らない。私はサンドイッチを平らげつつ、電話が終わるのを待った。

「おい、全部食べちまったのかよ」

電話を切った助教授の第一声はこうだ。ああ、そうか。自分の分も残しておいて欲しかったのか。気が利かなくてすまん、と詫びる。追加を頼まないところをみると、切実な空腹感はないのだろう。

「蜂谷の身辺をずっと洗っているんだけれど、変わったネタは出てこないみたいだ。彼の人物評は、暗かった、孤立していた、怠惰だった、吝嗇だった、無愛想だった、というあたりが関の山で、危険な人物だと見ていた者はいない。精神状態は安定していたんだろう」

「しかし、ストーカー行為に憑かれてたやないか」

「ストーカーといっても色々ある。思慕している対象から自分は愛されている、という被愛妄想――エロトマニーを抱いてたりすると危険性は高い。よその奥方に勝手に懸想しておいて、その旦那が自分の恋の邪魔をしている、なんて不条理な憎悪を燃やすからな。夫だけでなく、子供や親兄弟に危害が及ぶ懼れもある」

そのような症状の者をエロトマニアと呼ぶらしい。知らずに耳にすると、なんだかもっと卑猥な妄想に憑かれているように聞こえてしまうが。

「愛されているという妄想が、俺は迫害されている、という被害妄想に接近するわけか。しかし、面識のない異性から愛されている、てな錯覚を無根拠に抱くとはな」

「根拠がないのは妄想たる所以だ。もちろん、エロトマニーの対象は面識がある異性の場合が多い。変な勘違いをされないよう、お前も気をつけた方がいいぜ」

「軽い勘違いやったらウェルカムや」

つい馬鹿なことを口走ってしまう。

「本当に付きまとわれたら冗談じゃすまないぞ。お前だってファンレターをもらうことがあるだろう？」

「ごく、ごく、稀に」

「エロトマニアは、有名人やスターも対象にするんだ。――何、にやついてるんだ。別に有栖川有栖を有名人だのスターだのと同列に扱ってるんじゃねぇよ。とにかく、作家だって標的になるんだ。そのあたりのことは、お前の方が詳しいだろう?」

身近には知らないが、過去の事例は聞いている。——それにしても、有名人やスターから愛されている、と錯覚するのはあまりにも荒業ではないか。

「蜂谷が清水伶奈に抱いた感情も、そのような妄想なのか?」

「彼の場合は微妙だな。さっき俺たちも観たとおり、清水伶奈はステージに立つまばゆい存在ではあるけれど、万人が知る人気スターと呼ぶにはほど遠い。たまたま役者と観客という立場で遭遇したのであって、彼女がコンビニのレジに立っていても蜂谷は魅了されたのかもしれない。現に、彼が二年前に起こしたストーカー騒動の相手は、街を歩いていて見かけただけの女性だった」

「はっきり言って……蜂谷は精神的に病んでいたんやろうか?」

「彼を知る者の証言から総合的に判断すると、人格障害や境界例にあたるとも言いかねる。鹿爪らしい心理学用語なんて持ち出して、話を見えにくくすることもないだろう。要するに、彼は孤独であると同時に、幼く未熟だったんだ。好ましいものが支配下に入らないことで、駄々をこねていたのさ」

「駄々をこねてこそ、恋ではあるんやけれどな。そこがなぁ……まぁ、悩ましいところで——」

「何を煩悶してるんだ、こいつ」

凶暴で粘着質の男につけ狙われるヒロインを描いた通俗サスペンスドラマがいまだに作られているが、私はもっと鮮烈なストーカー映画を知っている。ストーカーという言葉がなかった時代の作品だ。

物語の主人公はヴィクトル・ユーゴーの実在した娘、アデル。彼女は一人の青年士官に激しく恋した挙げ句、海を渡って赴任地カナダにいる彼のもとまで押し掛け、結婚を迫る。その気がない男としては、たまったものではない。アデルを演じたのが美貌のイザベル・アジャーニだけに、「もったいない野郎だ」と怒った観客がいるかもしれないが、それはさて措き――アデルの行動は常軌を逸していき、男に娼婦を届けたり、結婚したと父に連絡して騒動を起こし、男の部隊の西インド諸島への移動が決まると、そこにまでついていく有様。やがて父からの仕送りも尽き、彼女の精神は異国で崩壊した。アデルはみすぼらしく憐れな風体となって、嘲笑されながら町をさまよい、愛する男とすれ違っても気がつかない。男が呼びかけても振り向かず、ただ魂の脱け殻となってどこまでも歩いて行くのだった。

究極のストーカー映画にして、究極の恋愛映画である。観る人によっては嫌悪感を抱くかもしれない。当時、恋をしていた私はアデルのために涙しながら、彼女を祝福した。よかったではないか、と。アデルの、アジャーニの美貌があってこそ美しい映画になっているのであって、ラストシーンで彷徨するのが私だったら、みじめで情けないだけの情景なのだろう。

それを承知で、私はアデルに憧れた。実らぬ片想いを嘆いておのが頭を撃ち抜いたウェルテルよりも、アデルになりたいと希った。——遠い昔の記憶だ。

蜂谷のことを考える。彼の片恋は映画になるだろうか？　あり得ない。蜂谷は遠巻きに伶奈を観察し、写真を撮り、脅したり賺したり無言のままだったりの電話を繰り返しかけたが、恋する対象との距離を保ち続けた。本気で恋愛に飛び込んでいない。やはり未熟すぎる、と首を振りたくなった。アデルを見ろ。こんなことをしたら、私はどれぐらい傷つくかしら、などと算段していない。そっちの方こそが無分別で幼いと感じる者もいるだろうが、傷つく前に傷つくことを恐れる者は、恋愛に不向きなのだ。何事にも、向き不向きはある。

「今度は怖いほど真剣な顔になったな、アリス。お前、役者を志願して演技の稽古でもしてるのか？」

「火村」訊いてみよう。「フランソワ・トリュフォーが監督した『アデルの恋の物語』という映画を観たことがあるか？」

「いや」

「……やろうなぁ。この女嫌いは」

友人を呆れさせてしまった。

そこへ伶奈がやってきた。丸いテーブルの空いていた椅子に掛け、「遅くなりました」と言う。モスグリーンのコートを脱ぐと、下に着ていたのは白いニットのセーターだった。これまた兎っぽい。

「お疲れのところ恐縮です。何か召し上がりますか？」

火村の問いに「いいえ」と答え、コーヒーだけを注文した。

「このお店、入りにくいでしょう。だから、お芝居を観たお客さんが流れてこない、と思ったんです」そういう配慮があったのか。「前衛的な趣向でしたけれど、お楽しみいただけましたか？」

私の反応も気にしているようだ。

「環境音楽の走りとも言える『家具の音楽』が初演された際、いつものように静かに鑑賞しようとする聴衆にむかって、作曲者のエリック・サティは『おしゃべりを続けなさい。歩き回りなさい。音楽を聴いてはいけない！』と叫んで回ったそうです。その逸話を思い出しました。新鮮な体験でしたね」

面白い芝居とは言いがたいが。

「認めていただいて、ほっとしました。――有栖川有栖さんというのは、ご本名なんですね。奇遇です。私は今、『不思議の国のアリス』のパロディめいた脚本を書いているものですから」

「鳥取で書いていらしたんですか？」と訊く。

「はい。でも、向こうでは出だしの部分しか書けませんでした。蜂谷さんのことがあったので……」

「警察の事情聴取に応じるため、予定を切り上げて大阪に帰っていらしたんですね」

「そこまでする義理はない、と伊能さんたちは言ったんですけれど、説明すべきことがたくさんありました。早くお伝えしておかなくては、と思って」

もちろんそれは、蜂谷を〈ラピート〉に乗せて振り回したゲームのことを指している。彼女の証言のおかげで、犯行推定時刻の幅が二時間半は後ろに縮まった。

「犯人は、まだ判らないんですか？」

この説明は火村に任せる。特に秘匿しておくべき情報もない現状を、犯罪学者は要領よく話して聞かせた。それが終わると、彼は質問者に転じる。

「公演の直後にお呼び立てしたのは、あなたにお尋ねしたいことがあったからです。じかにね」

「何でしょう？」と兎は座り直した。

「あなたは〈ラピートα9号〉の車中で、蜂谷佳之から電話を受けましたね。それが事実であることは——失礼、警察はすべての証言の裏を取りますので——受信時刻も含めて確認ずみです。しかし、私にはどうも腑に落ちないことがある」

「何でしょう？」

伶奈は再び問い返した。火村は煙草の箱をテーブルの上でいじりながら、ゆっくりとした口調で尋ねる。

「蜂谷は、あなたが友人の結婚式に出るため札幌に行く、と信じていた。そして、自分がその情報を摑んでいることをあなたが知らない、と思い込んでいた――はずですね？　それは、あなたを支配しようとしている彼にとって、かなり甘美な状況だったと推測されます。北海道に行っている間はストーカーから離れられる、という予想を打ち砕けるわけですから」

「……ええ」

「そんな彼が、空港に向かう電車の中で『これからは、こっちに掛けさせてもらう』という電話をしてくるものでしょうか？　私は強い違和感を覚える。そのことについて、あなたのお考えを伺えますか？　私の違和感を共有するかしないか、それだけでもいい」

思いがけない質問だったらしく、彼女は絶句した。私も意表を衝かれた。

火村の指摘は、もっともである。蜂谷がどのようにして伶奈の携帯電話の番号を調べ上げたのかは知らないが、それはストーカーにとって、じっくり味わいたいご馳走だったはずだ。だから、ここぞ、というタイミングで電話を入れて、彼女を最大限に驚かせる工夫があってしかるべきではないか？

「携帯に彼から電話が掛かってくれば、『こっちの番号まで知られたのか』とあなたは焦ったでしょう。とっておきの悪戯だ。しかし、それをやるのは別の機会でよかったように思う。何故なら、そんなことをしなくても、彼はまもなくあなたを心底驚かせることができたからです。『どうして私が乗る飛行機まで付いてくるの？』『私が北海道に行く予定をどこで知ったの？』とね」

兎の指が、胸許でぴくぴくと動いた。虚空に漂う何かをつまもうとするかのように。

「……火村先生のおっしゃることは理解できます。でも、私は何とお答えしていいのか判らない。ただ、蜂谷さんから電話が掛かってきたことは事実なんです」

「疑ったりしていませんよ。彼の携帯からあなたの携帯に電話が掛かったことは」

「いえ、それだけじゃなくて、蜂谷さんが私に話した内容も信じてください。あの人は、本当に……」

伶奈はショックを受けていた。偽証をしていると火村に詰め寄られているように感じたのかもしれない。確かに彼女の証言の持つ意味は大きく、それが覆れば捜査は根底からやり直す必要が出てくる。

気まずい沈黙が訪れた。それを払うために、私は別の質問をする。

「あなたが伊能さんに預けたスーツケースについて訊きます。それは間違いなく空っぽだったんですね？」

「ええ、そうですが……」

「空港とのアクセスを目的にした〈ラピート〉には、車両の端に荷物置場があります。スーツケースをそこに置きましたか？」

「はい」

「関空に着いて降りる際、それが重くなっていたということは？」

ここまで言えば、私が何を確かめようとしているのか察しがつくというものだ。伶奈は首を振った。

「そんなことはありません。蜂谷さんは〈ラピート〉の車内で殺されて、私が知らないうちにスーツケースに詰め込まれたんだとお考えなんですか？　それとも、私が殺して詰めたとでも？」

そこまでは言っていないのに、曲解されてしまった。ますます空気が重くなる。

それを救うかのように、火村の携帯電話が鳴った。「失礼」と彼は出る。

船曳警部の大きな声が洩れてきた。すぐきてくれ、と言っているようだ。

「東署の科捜研にいます。有栖川さんもご一緒なら、ぜひ。とんでもないことになりまして」

「どういうことですか？」

火村が尋ねても、警部は答えない。

「短くは言えんのですよ。とにかく、きてください。いやぁ、私も長年デカをやってますが、こんなことは初めてです。捜査本部はひっくり返ってます」

行くしかなさそうだ。

玲奈に非礼を詫びると、私たちは店を飛び出した。

12

カチン、とグラスを合わせて乾杯してから、伊能真亜子は神妙な表情になった。

「私たち、今、何に乾杯したの？」

亀井明月はレッドチェリーとレモンを添えたオールド・ファッションドをひと口飲んでから、どういうことですか、と言うふうに小首を傾げた。

「あの蜂谷という人が殺されたことを祝ってるみたい。悪趣味だわ」

「飲み物がきたから、意味もなく乾杯しただけですよ。趣味が悪いなんて、とんでもない」

「でも、さっき私がムンちゃんに奢ったラーメンは、ストーカーから玲奈を守ってくれたお礼でしょ？　で、その後あなたが『今度は僕が奢ります』と、こんな高級なところに案内してくれた。そこで乾杯したら、ストーカー撃退祝賀会になるじゃない」

「祝賀会と理解するから、おかしくなるんです。玲奈ちゃんを巡るストーカー問題が……まあ、穏便な解決ではなかったけれど、終決を見たことに対して『お疲れさまでした』と、互いを労い合う慰労会と言うのが自然でしょう」

真亜子は応えず、ミント・ジュレップを呷った。彼女にしてはアルコール度数の高いカクテルだ。クラッシュド・アイスが、涼やかな音をたてて鳴った。

「終決を見た、か。まさか死んでしまうとはねぇ。それも迷惑な話よ。おかげで刑事やら犯罪学者やらにうるさく訊かれて、まるで容疑者扱いだもの」

真亜子は溜め息をついて、広い窓の向こうに視線をやった。地上三十五階からの夜景が、パノラマになっている。このスカイラウンジの売物なのだろう。

「こっちって、北西方向よね。街の明かりが少ないわ。あのへんなんか真っ暗」

彼女は小さく指差す。

「あれは淀川ですよ。川面に明かりはありません。その先がべったりと暗いのは、海だから」

「ふぅん。大阪って、こうなってたのか。三十年も住んでるのに、まだどこがどうなっているのかよく判らない。こんな高いところに上ること、ないしね。高いところは値段も高いから」

亀井は、慣れた様子でここまで彼女をエスコートしてきた。テーブルチャージだけで二人で三千円。八百円のラーメンを奢ったお返しがこれでは、自分が間抜けに思える。真亜子は、彼の心遣いを素直に喜べなかった。

「容疑者扱いというのは大袈裟じゃないですか、マーさん？　僕はそんなものを感じていませんよ」

「事件の前日から鳥取にいたあなたと私では立場が違うの。こっちは殺される直前の蜂谷とニアミスしているんだから。『この女がキュッと絞め殺して、トランクに詰めて、小学校の兎小屋までゴロゴロと引っぱっていったのかもしれない』と刑事は考えているのよ。いえ、口に出して言いはしていないけれど、そう顔に書いてあった」

知らないうちに、拗ねた口調になっていたことに真亜子は驚く。自分は亀井に甘えたがっているようだ、と。

「気にしすぎです。刑事だって馬鹿じゃないんだから、本気でそんなことを考えたりしませんよ。だいたい、なんでわざわざ小学校に死体を運ぶ必要があるんですか？」

「……私に土地勘があるからよ。ほら、何年か前にあそこで公演したことがあったでしょ。四年生のよい子を講堂に集めて、『三年寝太郎』」

「土地勘があるというだけでしょ？　それではあんなところに死体を遺棄する理由になりません。死体の発見を一日ばかり遅らせたかったのなら、そんなことをしなくていいんだ。僕が犯人だったら、トランクに詰めたまま出鱈目なところに発送してしまうか、トランクごと海か川に投げ捨てましたね」

それもそうだ。亀井と話していると、もつれていた糸がほどけていく心地がする。

「じゃあ、犯人はどうしてあんなところに死体を運んだのかしらね。ムンちゃん、判る？」

「想像もつきません。――マーさん、ご機嫌がよろしくありませんね。僕が何か失礼なことを言いましたか？」

「そうじゃないけど……ラーメンが安っぽく思えてきて……」

それだけで亀井は彼女の胸中を察した。

「あの店、おいしかったなぁ。また行きましょうよ。——ラーメンの後にこんなところにお連れしたのが嫌味でしたか？」

「嫌味とは言わないけれど」

「マーさんが僕を労ってくれる気持ちはありがたいんですが、一方的に奢られるわけにもいきません。そもそも『伶奈を守ってくれたお礼』という言い方がおかしい。僕は、自分の思惑で彼女をガードしたんであって、マーさんに頼まれてひと肌脱いだわけではありませんよ。劇団のために、研けばまだまだ光る看板女優を保護しただけだ。劇団のためということは、自分のためというのに等しい」

「それは私も同じよ。うちにとって伶奈は掌中の珠だものね。仮名ムーンは、〈ワープシアター〉と一体ですからね」

「マーさんこそ、それだけですか？」

亀井は前髪の隙間から真亜子を見つめた。テーブルの上の小さなキャンドルライトが、その瞳に映っている。

「ええ。他意はないけど」

「ならば、いいんです。率直に言いましょう。僕は、マーさんが伶奈ちゃんを大切にしたがるのは、彼女自身に対する過剰な想いがあるからではないか、と邪推しかけたことがあるんです」

婉曲な表現だったが、言わんとするところは理解できた。黙ったままグラスを唇へと運ぶ。

「笑いましたね」

「笑うわよ。私とあの子ができている、とでも？　さすがに脚本家のイマジネーションは豊かね。どこにでも愛欲の世界を創り上げてしまう」

「違いましたか？　ならば謝ります」

「邪推しかけただけなら謝らなくていいのに。さては本気で勘繰っていたな。もっと人間観察の目を養った方がいいわね。だいたいよ、私があの子に惚れているのなら、ムンちゃんみたいなスマートな男性に身辺警護を依頼したりしないわ。そんなことをしたら、あなたに奪われてしまうかもしれないもの。私が女の細腕で守ろうとしたはず」

「あまり細くはありませんが——いて」

手の甲を叩かれた亀井は、わざとらしく痛がった。

「でも、打ち明ける。実は、あなたと伶奈がくっついちゃうんじゃないか、と気を揉んだことはある。でも、それは伶奈が私の恋人だったからじゃない。あの子の凜としたところが、男に入れ込んで蒸発してしまうのを見たくなかったから。もうしばらく芝居だけにのめり込んでいる伶奈を見ていたかったからよ。だから、探偵まがいのこともした」

「どういうことです？」

「ムンちゃんは、伶奈を別宅に案内したら、出雲に取材に行くと話してたでしょう？　それが本当なのか確かめたくなったの。ごめんね。あなたが泊まったという旅館に、電話をしちゃった」

「それはつまり……『この日に亀井明月という人が宿泊しましたか？』と問い合わせたということですか？　まいったなぁ。そこまで信用がなかったか。ええい、やけ酒だ」

亀井はグラスを空けて、ウエイターに同じもののお代わりを頼んだ。

「で、どうでした。僕に何もやましい点がないことがはっきりしましたか？」

「一点の曇りもなかった。『亀井明月様でしたら、確かに十六日と十七日にお泊まりいただいております。ええ、お一人でしたよ』と聞いたから。あなたの身の潔白は証明されたわ」

「あの旅館の人間って、口が軽いな」

劇団の経理担当者だと言って、経費の精算確認がしたいから、と聞き出したのだ。

「私が技巧の限りを尽くしてうまく聞き出したのよ。昼間に伶奈と会っていた形跡もなかったわね。宿を出たり入ったりしていたそうだから。精力的に取材してたんだ」

「足で稼ぐ取材でした。疲れてきたら宿に戻って一服して、また出掛ける。その繰り返しだった」

「その成果が早く見たいものね」

真亜子は、ふと腕時計を見る。九時半を過ぎていた。

「伶奈の芝居、もう終わってるな。急に客演を頼まれて慌ててたけど、うまくいったのかしら」

亀井は、くっくっと鳩のように笑った。

「うまくいくも何も。〈人狼座〉の『パーティ効果』でしょ？　あんな芝居、中学校の演劇部員でも勤まりますよ」

「辛辣ね」

「金を払って観る客の気が知れない。まぁ、伶奈ちゃんは義理があって手伝ったんでしょう。才能の濫費（らんぴ）です。――そうか、今夜はあの芝居の日だったのか。すっかり忘れていた。ほらね、僕と彼女の間には何もないでしょう？」

「ムンちゃんも元役者だからね。役者同士が信じ合うのは難しい」

「馬鹿な。そっちの方は大根だから足を洗ったんですよ。――ああ、もう、つまらないことを言うその口をふさぐために、切札をさらしましょう。マーさん、真剣に聞いてくださいよ。今夜、このホテルに部屋を予約してあるんです」

遠くでグラスの割れる音がした。「ソーリー」と外国人客が詫びている。

「駄目ですよ、マーさん。念力で悪戯をしちゃ」

思わず噴き出した。だが、亀井は真顔のままだ。真亜子は口許を引き締めた。

「それはつまり……『僕と一緒にお泊まりしませんか？』という誘い？」

「そうに決まっているでしょう。真面目に話してるんです。下心あって、このスカイラウンジにお連れしたわけですよ」

さて、どうしたものか、と真亜子は夜景に目をやる。川面はあくまでも暗く、黒い帯のようだった。

「生まれて初めて言われたわ。『部屋を予約してあるんです』。ドラマではよく聞く台詞だけれどね。私、前から気になっていたの。もしもそこで女が『ご遠慮します』と辞退したら、男はどうするのかしら。今さらキャンセルも無理だし、そういう時は独りで淋しく泊まって帰るもの？」

「経験がないので答えられません。もしかしたら、たった今、僕は断わられたんでしょうか？」

断わったわけではない、と言うと、亀井の顔に無邪気な笑みが広がった。それを見て、からかわれているのではないらしい、と真亜子は思った。

「あなた、いつだったか言ったわね。『伶奈はタイプじゃない。僕が恋愛の対象にするのは勝ち気なぐらいの子だ』とか何とか。私は確かに気が強い方ではあるわ」

「勝ち気って言っても、鉄火肌の姐御がタイプなわけじゃありませんよ。僕が憧れるのは、女性ならではの芯の強さを具えていて、そんな内面が魅力となって外ににじみ出している人です。それに加えて、好きなことに一途で、きらりと光る才能の持ち主ならば、もう降参ですよ。——勢いや思いつきで部屋を取ったわけではありません」

亀井の視線は熱かった。男から口説かれるのは久しぶりだ。いや、ここまではっきりとした言葉で求愛された記憶はない。真亜子は戸惑っていた。そんな想いを胸に秘めていたのなら、せめてもう少し匂わせてくれたらよかったのに。あまりに唐突ではないか。

「僕に男として興味が湧かないのなら、そう言ってください。蜂谷の真似はしたくありませんから、諦めるよう努力します。そこまで拒絶しないまでも今夜はそんな気分ではないのなら、別の機会を待ちます。どうですか？」

年下のくせに、押しが強い。覚悟を決めてしゃべっているのだろう。彼女の心はキャンドルの炎のように揺れる。

「事件のことが片づいてから……という気分だけれど」

「蜂谷のことですか？　あの男の死が僕の行く手を阻むとは、思っていませんでした。彼は、劇団員の一人に迷惑行為をしたというだけの通りすがりの人間ですよ。殺されたのには驚きましたけれど、それで僕たちと縁が切れたんです。マーさんが気に病んだり、喪に服す必要はありません」

「いくらお人好しのマーさんでも、彼のために喪に服すわけないでしょう。私はただ、警察に容疑者扱いされているのが鬱陶しいだけ。まだ関わりが完全に切れていないのが嫌なの」

また拗ねた口調になっている。そんなもやもやした気分を亀井が振り払ってくれることを望んでいるんだな、と真亜子は自らを分析した。

「自意識過剰でないと舞台には立てないでしょうけど、実生活ではいただけませんね。いいですか。警察は、マーさんに関心なんか持っていませんよ。断言してもいい。だって、蜂谷を殺す動機が微塵もないんですから。犯行の動機の有無。これはアリバイの有無以上に重要ですよ」

なるほど、亀井が力説するとおりかもしれない。

「そうでしょう？　まさか刑事まで僕みたいな邪推をして、マーさんが嫉妬のためにストーカーを抹殺したとは考えないでしょうからね」

「邪推する根拠もないしね」

「ええ。もっとも、僕については『別宅に清水伶奈を誘うぐらいだから、気があったんだろう。それでストーカーが憎かったのかもしれない』と、無根拠のまま的はずれな推理をされている可能性はありますけれどね」

「でも、もしそうだとしても、事実無根なんだから立証できないわよ。伶奈も否定するだろうしね。おまけに犯行があった日も、その翌日も、翌々日も山陰にいたというアリバイがあるんだから磐石よね」

「二人とも磐石です。僕たちと蜂谷の縁は切れたんです。もう忘れましょう。きれいに忘れて……」

用意した部屋に行こう、と目で懇願される。真亜子の返事が決まった。

「ごめんなさい。まだすっきりした気分になれない。火村という人にトランクのことを訊かれたのが応えたの」

亀井は両肩を落としていた。深く失望させたかもしれないが、恥はかかせていないつもりなのだが。やがて男は顔を上げ――

「今夜は諦めます。でも、またいつか、という望みはつないでいいんですね？」

「いいわ」

答える声がわずかに掠れたことに、自分でどきりとする。前言を撤回したくなった。

「マーさんをブルーにしたアホな犯罪学者を恨みながら、今夜は独りで過ごします。……あのトランクには何の意味もないのに」

真亜子は、顔を伏せたまま亀井の様子を窺った。最後のひと言がひっかかる。トランクに意味がないことは、二人ともよく知っているから、おかしな発言ではないが――亀井は、意味がある別の何かを知っているかのようだった。

13

東警察署内にある科学捜査研究所に駈けつけた火村と私を、船曳警部が待ちかまえていた。そして、挨拶抜きで白衣の指紋係に引き合わせる。柔和な顔をした五十がらみの技官だった。

「久しぶりですね、先生」

彼と火村は面識があるようだ。助教授が私を紹介すると、右手を差し出す。ピアニストのように長くて繊細な指をしていた。

「有栖川さんの噂は、かねがね伺っていますよ。鑑定官の中森と申します。詳しい自己紹介は省いて、さっそくご覧いただきましょうか。自動識別システムのデータをこいつに取り込んであります」

中森鑑定官の物腰は穏やかだったが、傍らの船曳は、顔をさすったりベルトをいじったりと落ち着かない。早く説明しろ、と急かしているようだ。

中森は椅子に浅く腰掛けて、机上のパソコンに向かった。ディスプレイに鮮明な指紋が現われる。拇指紋のようだ。何か解説があるのかと思いきや、彼は無言のままキーを叩いて、今度はやや輪郭がぼやけた指紋を呼び出した。

「で、見やすいように、こいつを……よいしょ」

パソコンを操るのに、よいしょという掛け声も珍しい。

二つの指紋が画面上に並んだ。中森は椅子を半回転させて、私たちに向き直る。そして、胸のポケットからボールペンを抜き、まず右側の指紋を指した。きれいに渦を巻いた渦状紋だ。

「火村先生は先刻ご承知でしょうが、指紋で個人識別を行なう際、われわれは特徴点というものに着眼します。この指紋の場合、いくつか非常に顕著なものがありますね。渦の中心から三本目の隆線（りゅうせん）が、細かな分岐と接合を繰り返している。時計回りに見ていきますよ。例えば、ここ。例えば、ここ。……ここも。あるいは、ここ」

ボールペンの先が、カチカチと画面上で音をたてる。技官の言葉と日常の用語とは異なってはいるが、言わんとすることは理解できる。指紋の文様は、表皮から隆起しているように見えるため、隆線と称するのだろう。その一本に注目すると、なるほど、ランダムに枝分かれしたり、別の隆線と合流したりしている。

「この隆線は、いったん分岐した後にまた接合して島形線になっていますね。こっちで分岐したものは、ここに終結点がある」

中森はサインペンに持ちかえて、大胆にも画面に直接マーキングをしだした。おかげで話がより判りやすくなる。

「九つ……十。これぐらいでいいかな。以上の特徴点に加えて、渦の右斜め上から下に向かって白い筋が走っているのを覚えておいてください。おそらく、これは親指についた傷跡だと思います。両側の肉が盛り上がっていますから、古傷かもしれませんね。——では、今度は左側の指紋。不鮮明な箇所がありますが、右側のものと酷似しているのがお判りいただけますか？　見にくければ、もっと画面に寄ってください」

私は遠慮なく顔を突き出した。

「こちらの特徴点をチェックしていきましょう。同じく渦の中心から三本目の隆線に着目して、時計回りに。はい、ここ。……ここ。……ここに島。……ここに終結点。そして、隆線と隆線の間にぽつんぽつんと点があります。ここと……ここと……ここ。そして、先ほどの指紋と同じく、右斜め上から下へ流れる白い線があります」

鑑定官が何を語っているのかは、とうに明らかだ。二つの指紋が完全に同一のものだと証明してくれているのだ。ずぶの素人にも判るように。

中森はペンを置いて、座ったまま私たちを見上げる。

「二つの指紋に同じような特徴点がある確率は、およそ十分の一です。画面上の指紋をよく見てください。十の特徴点が一致していますね。これが異なる人間の指紋である確率は、百億分の一です」

「一兆分の一ですよ」火村が画面を指差す。「ここと、ここの接合点も一致しています。隆線だけでなく、傷跡らしきものもぴたりと重なるようだから、もはや両者が別人のものだという可能性は限りなくゼロに近い」

中森は頷いた。

「くどすぎる説明でしたか？　しかし、一点の疑問もない鑑定がしたかったんですよ。この二つが同一人物の指紋だとしたら、大変なことになる」

焦れったくなって、思わず割り込んだ。

「誰の指紋なんですか？」

「誰の指紋であるか以上に、どこで採取されたものなのかが重要ですよ、有栖川さん」中森は諭すように言う。「右側の鮮明なものは、清水伶奈さんから預かった絵葉書から検出された拇指紋です。それを蜂谷佳之が手にした形跡があるか否か、を調べていて検出しました」

「これは蜂谷の指紋なんですね？」

「いいえ」と鑑定官は首を振る。「蜂谷の指紋を特定する過程で、絵葉書についていた他の指紋も調べていて、これにぶつかったんです。驚きました」

だから何に？　早く私を驚かせてくれ。

「細々（こまごま）とご説明しましたけれど、この指紋の最大の特徴は、やはり上下に走る傷跡なんですよ。私が専門とする指紋は万人不同にして終生不変ですが、傷跡はそうではない。故意に同じ傷をつけることもできるし、浅い傷なら時間の経過とともに消滅します。ですから、指紋のスペシャリストとして黙殺しがちなんですが、『こういう傷は、子供の頃にカミソリで悪戯していてついたものかな』などと想像して、印象に残ることもあるわけです。こいつの場合がそうでした。私は、この傷跡を見た途端にピンときました。ごく最近、どこかで同じものを見たことがある、と。そういう時に威力を発揮するのが、自動識別システムです。私がここ一カ月の間に手懸けた指紋を洗ったところ、コンピュータはたちどころに該当するものを見つけてくれました。それが、左側の指紋です」

ここで中森は、もったいぶるように咳払いをした。

「これが誰のものなのか、われわれは知りませんでした。二月十三日に、ある事件現場から採取された指紋だからです。その事件というのは——覚えていらっしゃいますか？　北区兎我野町のラブホテルで二十歳の女性が殺害されたのを」

忘れていたが、言われて思い出した。蜂谷が横たわっていた兎小屋のそばで、疲れた様子の船曳警部に火村が声を掛けていたではないか。

——このところ大きな事件続きで、大阪府警も大変ですね。

警部が担当していたのは連続押し込み強盗だが、それ以外に数件の凶悪事件が立て続けに発生していた。そのうちの一つが専門学校生殺害事件である。

現場は兎我野町のホテル。またしても兎か。

「この指紋は、現場となったホテルの洗面台で採取した遺留指紋です。従業員は、被害者が入室する直前にタオルで拭って清掃した、と証言している場所についていたもので、かつ被害者のものとは一致しません。従業員の証言が正しいとしたら、必然的に犯人のものだということになる」

「犯人は、援助交際の相手だということでしたね？」

火村が警部に確認する。

「援助交際と言っても、行きずりの男ですよ。携帯電話の出会い系サイトで知り合ってホテルに同伴したんでしょう。被害者がそのようにして小遣いを稼いでいたことは、何人かの知人が証言しているそうです。もちろん、捜査本部は電話の送受信記録から相手の男をたぐろうとしましたが、まだ行き着けていません。犯人は、悪さをするのに都合がいい電話を持っていたんでしょう」

プリペイド式の携帯電話の購入にあたっては身元の証明が必要だが、それを掻い潜る方法は存在する。

「えーと。どういうことなんやろう」私は混乱しかけた。「専門学校生殺しの犯人のものと覚しき指紋が、清水伶奈から預かった絵葉書にも遺っていたということは……」

「絵葉書の指紋は誰のものなんですか？」

火村が勢い込んで尋ねる。

「亀井明月の指紋です。鮫山警部補が彼から受け取った名刺からも、まったく同じものが検出されました」

警部が胸を反らして私たちを見た。どうですか、衝撃的な発見でしょう、と言うように。

火村は額に手を当てたまま固まってしまっているので、私が驚いてみせた。

「こんなことがあるんですね。別の事件の捜査で採取した指紋が、ぴたりと一致するやなんて……」

「こういうケースは初めてです」中森がきっぱりと言う。「片方は殺しの現場の遺留指紋ですが、もう片方は捜査の必要上から採取した関係者の指紋ですからね。その二つが数日の間隔をおいてうちに回ってきた。天の配剤めいています」

私は興奮した。すると、可憐な兎をストーカーの魔手から守った亀井が専門学校生殺しの犯人だったということか。堂々とわれわれに相対していたあの男が、行きずりの女をホテルで殺害していたとは夢にも思わなかったが。

「火村先生」

沈黙している助教授に、船曳警部が呼びかける。

「この指紋だけをもって、亀井が兎我野の事件の犯人だと断定することはできませんが、その疑いは濃厚です。外見に似合わない凶悪犯かもしれないわけです。あの男の話したことを根底から疑って、再検討してみる必要があると思います。それも大至急やらんと……」

火村の硬直が解けた。

「ホテルの指紋の主が割れたことは、あっちにも伝わっているんですね？」

「もちろんです。曾根崎署の捜査本部から、担当の柏原という警部がきています。亀井の素性について知りたがるので、今、別室で鮫やんが説明しているところです。すごい鼻息でしたよ。明日にでも、早々に亀井に接触をとりかねません」

「柏原さんなら、いつぞやご一緒したことがありますよ。気の短い人だ」

「最近はちっとは長くなったんですよ、火村先生」

　後ろから野太い声が飛んできた。振り向くと、戸口に小柄ながら肩幅の広い男が立っている。刻まれたように深い眉間の皺と、ひしゃげた獅子鼻が印象的だ。眼光はあくまでも鋭くて、「や」で始まる自由業者を思わせた。

「ご無沙汰しています、柏原警部」

　火村が言うと、片手を上げてのっしのっしと歩いてくる。肩で風を切る様が、ますますそれっぽい。

「面白いことになりましたわ。そっちはそっちで難渋してるんでしょ？　うちは棚から牡丹餅が落ちてきたらしい。亀井という男は、殺しの現場におのれの指紋を遺したことに気がついてないみたいですな。ご親切に、絵葉書にべったりつけて『はい、どうぞ』と提出してくれた」

「殺された学生と亀井を結ぶ線は、まだ見つかってないやないか」

　船曳は、亀井を庇うかのように言う。横手から割り込んできて、関係者をいじられたくないのだろう。柏原は、にやにや笑っている。

「それはこれから見つけたる。あんたとこの事件を調べる顔をして、まずは亀井とお近づきになりたいな。鮫山主任にも頼んどいたんやが、さっそく明日にでも誰かをうちの捜査員と同行させてくれ」

「ちょっと待て。勝手にうちの捜査員を煙幕に使われても困る。うちが持ってる情報は渡すやないか」

「そんなもん、あらかた主任から吸い上げたわ。わしが曾根崎署で育ったん、あんたも知っとるやろ。あの事件は早う片づけたいんや。うちは他にも強盗（タタキ）を抱えとる。明日の午前中、一人でええから貸してくれ。なんやったら、火村先生をもろていこか？　あんたのところは先生を借りて楽をしすぎや。うちの情報が欲しかったら、若いのを一人そっちにやってもええ」

押しまくる柏原警部に、火村がストップを掛けた。

「私でよければお手伝いは厭いませんが、トレードに出される前に教えてください。専門学校生が殺されたのは、十三日のいつ頃ですか？」

「お、先生に出馬願えるとはありがたいですな。——こっちの犯行時刻ですか？　午前零時から一時の間です」

「犯人と被害者がホテルにチェックインしたのは何時です？」

「零時です。入室してすぐに殺された可能性もあるわけです。同伴の男がチェックアウトしたのが午前一時です」

「その男の人相風体は？」

「コートを着た中肉中背の男で、顔は誰も見ていません。ああいう施設ですから。フロントに設置してあったビデオは、テープが切れていて録画されてなかった」

「遺体は早朝に見つかって、午前中にニュースで流れたんでしたね……」

柏原の迫力に押されたのか、火村は専門学校生殺しの捜査にも関与しようとしている。二兎を追って大丈夫なのだろうか、と心配になる。

「わしは本部に戻るんですが——」

「こちらからご連絡します。私は船曳警部と相談することがありますので」

「ほな、ここへ電話を」

火村にメモを渡すと、柏原は大股で去っていった。船曳は渋い顔をしている。

「火村先生は、えらくあっちの事件に関心がおありなんですね。蜂谷の霊も浮かばれるようにしてやって欲しいんですが」

助教授は、微かに唇の両端を持ち上げた。そして、パソコンの画面上に並んだ指紋を見ながら言う。

「われわれは、蜂谷を殺す動機を持った人間を探し回っていましたね。それが、たった今見つかったように思うんです」

「それは……亀井のことか？」

私が訊く。犯罪学者は頷いた。

「ああ。十二日の夜の彼の行動を覚えているか？」

伶奈の部屋を訪ねて、十一時前に帰っている。大人にすれば、まだ宵の口だ。それから携帯電話で遊び相手を漁ることもできただろう。

「深夜にどこで何をしていたかは不明や。兎我野の事件のアリバイはない」

「蜂谷は？」

何が言いたいのやら。

「その夜は臨時休業だったんやろう」

「アリス。お前が蜂谷だったら、亀井に興味が湧かないか？　愛しの白兎、清水伶奈に寄り添う男が何者なのか、確かめたいと思うだろう。そうしたら——どうする？　お前は蜂谷だ。答えろ。何か得意なことがあったよな？」

尾行だ。

14

鑑定官から指紋のデータを受け取った船曳警部は、鮫山警部補とともに捜査本部に向かうことになった。

今夜の捜査会議は白熱したものになるだろう。

「先生方は車ですか？　そうでないのなら、私どもと一緒に」

船曳は私たちを誘う。てっきり便乗させてもらうものと思ったのだが、火村はやんわりと断わった。すぐに追って行く、と。

警部らを見送った後、彼は廊下の隅の喫煙スペースで煙草に火を点けた。そして、木製のベンチに腰を下ろすと、声を掛けるのが憚られるほど険しい表情で黙考を始める。私はその隣に座り、急展開した事態を反芻することにした。

美しい白兎に焦がれた蜂谷佳之。気弱な男はストーカーとなって兎を——清水伶奈をつけ回すが、やがてその前に亀井明月が立ちはだかり、手厳しい言葉とともに彼を追い払った。詫びて退く蜂谷。だが、兎をあっさりと諦められなかった彼は、忌々しいボディガードがどこの何者なのかを調べるため、亀井を尾行することにした。十二日の夜のことだ。いや、それ以前にも尾行を試みたことがあるのかもしれない。

日付が十三日に変わろうとする頃、ストーカーは驚くべき場面を目撃する。伶奈の恋人かと思われた男が、他の女と某所で落ち合い、ラブホテルに入っていくではないか。彼に抜かりがなければ、愛用のカメラで現場写真の一枚も撮ったであろう。これを伶奈に送りつければ、亀井に愛想を尽かすぞ、と北叟笑みながら。

それからどうした？　待機したはずだ。不貞の決定的な証拠写真を撮影したいのなら、男女が肩を並べてラブホテルから出てくるところを押さえるに如くはない。寒さに耐えて路上で一時間を過ごしただろう。やがて亀井が出てきたが、女は姿を現わさない。その時点では、理想の写真がものにできなかったことを残念がっただけかもしれないが、翌日になって専門学校生殺害事件のニュースに接して、蜂谷は何が起きたかを理解する。なんと亀井は、女を殺して逃げたのだ。重大な秘密を摑んだ彼は——

「つけ回す相手を……亀井に替えた」

私は、われ知らず呟いていた。

自分と伶奈を切り離そうとしたことへの怨嗟を晴らしたかったのか、口止め料を得たかったのか、あるいはその両方だったのかは判らないが、蜂谷は恐喝者として亀井に接触を図る。お前が殺人犯である証拠を握っている、要求に応じろ、と。亀井がどれほどの衝撃を受けたかは、想像に難くない。プライドの高い彼は、卑小なストーカーの脅しに屈するつもりはなく、ほとんど迷うことなく口封じのための殺人を決意したものと思われる。あまりにも愚かな所業だが、殺人の動機としては充分だ。

影の薄い男、蜂谷佳之に殺意を向ける人間の存在が炙り出された。しかし、亀井明月が蜂谷を殺すことは可能だっただろうか？　犯行があった時間、彼がどこにいたかは立証されていないが、〈スーパーはくと3号〉から降りてくる伶奈を鳥取駅で出迎えたことが事実だとしたら、犯行は不可能だろう。

蜂谷は、伶奈を追って〈ラピートα9号〉に乗り込んだ。9時32分に関西国際空港駅に着くまでノンストップで走る特急だ。もしも亀井が同じ列車に乗っていて、車内で蜂谷を殺害したとしても、終点に着くまでは絶対に下車できないから、9時32分には空港にいたことになる。それから大阪市内まで引き返して小学校の兎小屋のそばに死体を棄て、伶奈よりも先に鳥取駅のホームに立つなどという芸当ができたわけがない。

こいつだ、という容疑者にぶち当たったことに興奮してしまったが、喜ぶのは早すぎたようだ。亀井明月にはアリバイがある。そもそも彼が蜂谷にゆすられていた証拠もないのだ。彼はクロなのか、シロなのか？　火村はどう考えるのだろう、と振り返ると、助教授の二本目のキャメルがほとんど灰になりかけていた。

「亀井は、蜂谷にしっぺ返しを喰らわされてたんやな」

私の言葉に頷き、煙草を吸い殻入れに棄てる。

「ああ。十三日の昼間は快活だった亀井が、夜には憔悴した声で電話をしてきた、と清水伶奈は言っていただろう。おそらく、その間に蜂谷から亀井への脅迫があったんだ。そして、亀井はその夜のうちに蜂谷を殺害する計画をまとめ上げた」

「どんな計画や。蜂谷を北海道に飛ばしてしまおうというゲームは、それに関係してるのか？」

「いや、あの話が持ち上がったのは十二日で、十三日の昼には切符の手配まですんでいた。ゲームの開始は専門学校生殺しよりも前だ。亀井は、蜂谷の脅迫を受けてからゲームを織り込んだ殺人計画を大急ぎで練り上げたことになる。締切直前の物書きの馬鹿力というところか」

命懸けでストーリーをまとめたわけだ。

「で、そのゲームを織り込んだ殺人計画というのは具体的にどんなものなんや？」

「アリバイを捏造する手を考えたんだろうな。蜂谷が殺された時間帯に、亀井がどこで誰と何をしていたのかは明らかになっていないだろ。工作の余地がある」

随分とあっさり言ってくれる。

「死亡推定時間の所在は不明やとしても、亀井のアリバイは堅牢やぞ。清水伶奈が12時53分に鳥取駅に着いた時、亀井はホームで待ってた。蜂谷を大阪で殺害し、死体を小学校に遺棄してから鳥取に先回りする手段はない」

「本当にそうか？　どこかに穴があるかもしれない」

「無理や。……いや、考えてみようか」

「それでこそ推理作家だ」

火村は、にやりと笑って足許に置いていた鞄からフィールドノートを取り出した。そして、蜂谷のアリバイに関係する書き込みのあるページを開く。そこには時刻表の縮小コピーが何枚もクリップで留めてあった。

「さて、どこから崩していくかな」

「蜂谷は〈ラピートα9号〉の車中で伶奈に電話を掛けてる。えーと、関空に着く少し前の9時28分やったかな。それまでは生きてたわけやから、おそらく殺されたのは空港に着いてからやろう。亀井は土曜日から鳥取に行っていたと話してたけれど、実は大阪に留（とど）まっていたのかもしれへん。そして、日曜の朝、空港で蜂谷を待ち伏せして、人目のない場所で殺害した。問題はそれからや」

「人目のないところって、どこだ？　駐車場に誘い出して車の陰で襲いかかったとでも言うのか？　――そこまででもかなり問題があるけれど、まあ続けてみろよ」

「〈ラピート〉の関空着が9時32分。その直後に蜂谷を殺害したとする。亀井は、すぐに死体を新浪速小学校に運ばなければならない。自分の車を使ったとして、その処理に一時間はかかるんやないかな。大サービスして、仮に一時間弱しか要しなかったとしよう。それでも、もう10時30分や。この後、亀井は12時53分までに鳥取駅に行かなくてはならない。引算をすると残された時間は二時間二十三分ということになるけれど、これは短すぎるやろう」

大阪と鳥取を結ぶハイウェイバスでも、三時間以上はかかる。休憩をとらずに車を飛ばしても、中国山地を斜めに横断する特急〈スーパーはくと3号〉を追い越すことはおろか、追いつくこともできまい。

「短すぎるな。現実的に考えれば、蜂谷を人目のないところにおびき出して殺した時点で、すでに10時を過ぎてしまうだろう。死体を車に積んで大阪市内に戻り、こっそりと小学校に運び込んだりしていたら、たちまち11時だ。ヘリコプターでも調達しないかぎり、12時53分より前に鳥取駅に着くことはできない」

「まさかとは思うけれど、飛行機……」

　それはない、と思いながらも、私は確かめずにはいられなくなった。ノートを見つめる火村を置いたまま、署内を駈け回って警務課で時刻表を借りてくる。そして、航空ダイヤのページをめくった。

「やっぱり……あかんか」

　論外であった。都合のいい便があるかないか以前に、大阪からは鳥取空港行きの定期便が飛んでいなかった。営業上、そんなものを飛ばしても、特急〈はくと〉に対抗できるはずがないのだろう。

「どんな交通手段を使っても鳥取に早回りすることはできない、という結論が出たな。お手上げやぞ、先生」

「今日は諦めがいいじゃないか。せっかく時刻表を借りてきたんだから、もう少し食い下がってみろよ」

　火村が吸っている煙草が何本目なのか、もう判らない。

「しかしなぁ」私は時刻表を持ち上げて、「これのどこを見ても答えは載ってないやろう。清水伶奈は9時48分に関空を出る〈はるか12号〉で新大阪に向かい、新幹線、〈スーパーはくと3号〉と乗り継いだ。鳥取に行くにはそれが最速の方法や。人を殺して、死体を運んだ上で、亀井がその伶奈を追い抜くやなんて無理な相談やぞ。先発の兎に後発の亀が追いつけるわけがない」

先発の兎とは、雪兎のような伶奈を乗せた〈はくと〉。後発の亀とは、もちろん亀井明月だ。

「兎と亀か。しかし、お伽話の兎は亀に追い抜かれた」

「それは兎が油断して居眠りをしたからやないか。伶奈はどの列車にも乗り遅れへんかったし、列車の延着もなかった」

「ストーカーから自由になりたくて、兎は必死だったからな」

そう、必死で逃げた。

「だけどな、アリス。兎がそんなふうに走ったのは、亀が仕向けたからなんだぜ。亀には、兎が逃げても逃げても追いつける、という確信があったのかもしれない」

「待てよ。亀井があのゲームを提案したのは、まだ蜂谷に弱みを握られてなかった時やないか。その時点で、もうアリバイ工作を仕掛けてたというのはおかしい」

「そうは言ってないさ。ゲームの目的は、あくまでも蜂谷を翻弄することだから、秘密のルートを使って大阪から鳥取にひとっ飛びし、いざとなったらアリバイが作れる、と考えたりしていなかったはずだ」

「ああ、そうやな。としたら……ますます判らんやないか。なんで亀井にアリバイができるんや？　なんで亀のくせに逃げる兎を追い抜けたんや？」

自信家らしい脚本家の顔を思い出す。忌々しい亀だ。自分には蜂谷を殺す動機がない、と主張しながら、いざという時のためにこんなにしっかりとしたアリバイを用意していやがったとは。

「死体を小学校に運ぶ時間が大きいんやなぁ。かと言うて、空港で蜂谷を殺した後、死体をひとまずどこかに隠しておいて、後日に運んだのでもない。日曜の夕方から死体が発見された月曜の朝にかけて、亀井が出雲方面を旅してたことは確認されてるからな。殺して、すぐに運んだんや。せやけど……」

火村の口が横に広がった。何故こんなところで笑う？

「俺は、お前が苦吟（くぎん）しているのを見ていると、新しい発想が浮かぶ。告白すると、いつもありがたく思っているんだ」

そう聞いて喜べるはずもない。

「おかしな皮肉を言うな」

「いや、本心だ。見事に思考の迷路に嵌まっているお前を眺めているうちに、俺は別の道を見つけたよ」

「聞こう」

「今しがた、『殺して、すぐに運んだんや』と言いながら、また迷路の奥に引き返そうとしていただろう？　逃げる兎を追わないといけないのに、死体を運ぶ時間が惜しい。それがもどかしいわけだ。ならば、こう考えたらどうだ？　――死体の運搬は、先にすませておけばいい」

からかわれているのか、と思った。蜂谷が生きてピンピンしているうちに、どうやってその死体を運ぶというのだ？

「つまり、〈ラピートα9号〉に乗る前に、死体を小学校に棄てておいたのさ」

「その説明で、俺が理解できると思うか？」

犯罪学者は肩をすくめた。

「どうやら不親切だったらしい。言い直すよ。——亀井は、〈ラピートα9号〉に乗るよりも前に、すでに蜂谷を殺害して兎小屋のそばに遺棄していたんだ。あり得ないことじゃない。蜂谷の死亡推定時刻は午前七時から十一時の間だったのを思い出せ」

まだ不親切だ。

「理解できへんな。あの朝、蜂谷は清水伶奈が自宅マンションを出たところから付きまとい、〈ラピート〉に乗り込んだやないか。車中から彼女の携帯に電話を掛けてきたやないか。9時28分までは生きてたんや」

「生きていたという証拠はない。清水伶奈はいつものように野球帽を目深にかぶり、ぎこちない足取りでついてくる男を目撃しているだけで、それが本当に蜂谷だったかどうか疑問だ。彼女はその姿を一瞥しただけでいつものストーカーだと思い込み、目を合わせなかったからな。誰かが蜂谷に化けていた可能性が残る」

大胆なことを言いだした。

「亀井が蜂谷に変装していた、と言うのか。けれど、電話の声は――」

「録音してあった声を聞かせただけだろう。周囲の人間の目を避けて、トイレの中から電話したんだろうな。あの時の蜂谷の言葉はこうだ」ノートのメモを読む。「『もしもし、蜂谷です。これからは、こっちに掛けさせてもらうわ。白々しい居留守はあかんで』。それだけだ。この言葉に虚心に耳を傾けてみろよ。蜂谷から亀井への脅迫電話に聞こえないか？　亀井は、それを録音しておいてアリバイ工作に利用したのさ」

〈これからはこっちに〉というのは、〈固定電話ではなく携帯電話に〉ということではなく、〈伶奈ではなく亀井に〉という意味だったのか？　そう言われたら、そんな気もしてくる。

「亀井が蜂谷に扮して伶奈を尾行したり、自分の家に掛かってきた電話の声を伶奈に聞かせた理由は一つ。蜂谷は〈ラピートα9号〉に乗り、関空に到着する間際まで生きていた、とでっち上げるためだ。本当は、もっと早い時間に犯行はすんでいたんだ」

だとしたら、亀井のアリバイは崩れるのか？　いや、その前に質しておこう。

「その推理は空想的すぎへんか？　なるほど、清水伶奈は蜂谷の顔をしっかり見てなかったようやし、空港で落ち合った伊能真亜子にいたっては蜂谷をまったく見ていない。せやからと言うて、あの時の野球帽の男は亀井明月だった、と断定できるか？」

「駅の防犯カメラや回収した切符を精査すれば、蜂谷でないことが判るかもしれない。そうなれば、奴が犯人なのは確定だ。おそらく防犯カメラが奴の命取りになる」

そう決めつけていいものか？

「〈ラピートα9号〉から降りてきた男が蜂谷に化けた何者かやと判ったとしても、それが亀井とは断定できへんやろう」

「できるね。死体の服装と、偽の蜂谷の服装が完全に一致しているからさ。亀井はあらかじめ同じ衣服を二着用意しておき、一着は犯行後に死体に着せて、もう一着を変装用に着用したんだろう。――言い換えよう。あの日のストーカーが蜂谷の偽者だとしたら、化けたのはこういう人物だ。第一に、そいつの性別は男。第二に、そいつはあの朝、清水伶奈が〈ラピートα9号〉に乗ることを事前に知っていた。第三に、そいつは死体となった蜂谷の服装を知っていた。総合すると、結論が出るよな。あのストーカーは、蜂谷を殺害した亀井明月である」

なるほど、それは理屈だ。

だが、まだ亀井のアリバイは崩れていない。〈ラピート〉に乗る前に犯行をすませていたとしても、やはり亀は兎に追いつけなかったはずなのだ。

清水伶奈に付きまとい、〈ラピートα9号〉に乗り込んだのは亀井明月で、彼はその前に蜂谷佳之を殺害していた。それはあり得たことかもしれない。蜂谷に変装したり、テープに録音した彼の声を伶奈に電話で聞かせたりして、死亡時刻を実際より遅く偽装していたわけだ。しかし、それでも謎は残る。

「蜂谷に化けてたんやとしたら、亀井は9時32分に関空駅に着いたことになる。〈ラピートα9号〉は、難波を出たら終点までノンストップなんやからな」

当たり前だ、と火村は頷く。

「もちろんだ。空港に着く直前に車内から電話をかけているんだし、途中下車できたはずがない」

「としたら、やっぱりアリバイは崩れへんやないか。〈ラピート〉で関空に着いた兎は、9時48分に関空を出る〈はるか12号〉で大阪に蜻蛉返りをした。亀井も、その〈はるか〉に乗って引き返したって言うのか？　それは危険すぎるやろう。彼女は、蜂谷の尾行を完全に振り切ったことを確認するため、車中をくまなく見て回った。亀井が蜂谷の扮装を解き、サングラスだの付け髭だのマスクでまったくの別人に変装したとしても、疑心暗鬼で乗客の顔を確かめて回る兎の目をごまかせたやろうか？」

素顔をさらしていない人間がいたら、真っ先に彼女のセンサーが反応したはずだ。

「まして伶奈は、亀井自身と伊能の二人から『ストーカーを撒いたことをよく確かめろ』と忠告されてた。亀井が犯人なら、恐ろしくて〈はるか〉に乗れなかったと思うぞ。——まさか、車掌に化けてたから兎が見逃したとか、屋根にへばりついてたとか言うんやないやろうな？」

火村は無言で首を振った。

「それに、や。もし仮に、亀井が天才的な変装でまんまと兎を欺けたとしても、彼のアリバイは依然として成立する。兎は〈はるか12号〉から〈ひかり369号〉へ、さらに〈スーパーはくと3号〉へと乗り継いだ。亀井がその背後にぴったりと影のごとく寄り添ってたんやとしたら、兎を追い越すことはできない。つまり、鳥取駅のホームで彼女を出迎えることはできない、ということ。この問題についてどう考える？」

兎がとったのは、鳥取に向かう最速のルートだった。途中のどこかで彼女と別れ、もっと速い交通機関に乗り換えるということは不可能だ。

「やっぱり亀は兎に追いつけない。そうやろ？」

「そうでもないさ」

火村は落ち着き払って言った。

「どうやったら追い抜けるんや？」

「追い抜けなくてもいいだろう。追いつけばいい。亀井は、鳥取駅のホームで兎を出迎えたって言うけれど、彼が〈スーパーはくと3号〉が到着する前からホームに立っていたとは限らない。兎の指定席を取ってやったのは亀井なんだから、最後尾もしくはそれに近い車両の中ほどの席をリザーブしていたことを利用したわけだ。そして、自分はもっと前の車両に乗って、駅が近づいたら素早く下車できるよう昇降口付近で待機する」

「つまり……亀は、兎と同じ〈はくと〉に乗っていて、ひと足早くホームに降り立っただけやった、と？」

助教授は、ゆっくり頷いた。

「鳥取駅は大した規模ではないし、〈はくと〉は新幹線の数分の一の長さしかないとはいえ、大勢の乗客がいっせいに降りたはずで、それにまぎれてひと芝居打つことは難しくなかっただろう。ここでは断言できないけれど、兎に訊けば確かめられると思うぜ。ストーカーに化ける時と同様、ここでも演技力が必要だ。しかし、役者崩れの亀井はその能力を持っている」

子供騙しだが、それならひっかかるだろう。現実味のある仮説に思えてきた。

「そうやとしても、まだ謎が――」

見ようによっては兎にも似た、滑らかな鼻っ面の特急〈はくと〉が、私の脳裏を驀走している。その逃げる兎を、どうすれば捕まえられるというのだ。

「〈はるか12号〉に乗っていなかった亀井が、どうやって〈スーパーはくと3号〉に追いつくことができたか、だな。できるさ。お前は単純なことを見落としている」

「何をや？」

「あの朝、清水伶奈を追跡していたのは蜂谷じゃない。ゲームのプランナーである亀井自身だ。当然、ゲームの全容を知っていた。だとしたら――答えは、その中にあるはずだ」

彼は、私の手から時刻表を取ると、航空ダイヤのあたりを調べだした。鳥取行きの特急列車を追うのに使える飛行機などないのに。そもそも、〈はくと〉の途中停車駅に隣接した空港など存在しないはず。――だが、彼は目的のものを発見したらしい。

「見ろ、アリス。これを使えば、亀は兎に追いつく」

火村が指差す先を、私は覗き込んだ。

15

真亜子かと思って振り返ると、立っていたのは伶奈だった。

「やあ」と亀井は笑顔を作る。「早いね。三時からなのに」

「ムンさんこそ早いですね。まだ二時ですよ。マーさんと待ち合わせですか?」

見抜かれてしまった。次の公演の出し物についての打ち合わせの前に、真亜子と二人で話す時間を取っていたのだ。なのに、肝心の真亜子からは「用事で遅れる」と携帯に電話が入り、伶奈がきてしまった。仕方がない。真亜子とは打ち合わせの後、どこか別の場所で会うことにしよう。ミナミの行きつけのバーにでも誘おうか、と亀井は算段する。

キタのホテルでふられてから五日目。このあたりで第二波のアタックを掛けてみたい。彼女だって、自分のことを憎からず思ってくれているに違いないのだ。今日は、首を縦に振らせてみせる。そう心に決めていた。

「誰もいない稽古場って、好きなんです。だから早くきて、一人で考えごとをしようかな、と思ったもので」

「作品の構想を練るためかな。今、第二稿だったね。進んでる？」

「あまり……」

伶奈の表情は硬かった。創作が捗（はかど）らないせいなのか、他に悩みでもあるのか、窺い知れない。

「元気がないみたいだね」

「色々と気になることがあるもので」

そっけない返事だ。ストーカーから解放されたというのに、まだ気に病むことがあるらしい。

まあ、伶奈のことなど、どうでもいい。彼の頭の中は、真亜子のことでいっぱいだった。彼女が欲しい。彼女から必要とされる男になりたい。こんな気持ちになったのは、十代の頃以来ではないだろうか？　二十歳を過ぎてからも恋をした相手は何人かいたが、釣り上げてしまうと熱はたちまち冷めた。

恋といっても、どの女にも敬意など払っていなかった。自分の魅力の理解者を求めていただけなのだ。だから、交際が進んで打ち解けるにつれ、相手から注がれる敬意が薄れたことを感じると、たちまち不愉快になる。やがて、俺の気位の高さは相当なものだな、と自覚するに至った。

真亜子になかなか想いを伝えられなかったのは、その気位のせいもある。初心な中学生のように逡巡し、悶々とした夜をいくつも過ごした。一方的に恋い焦がれる日々を楽しんでいたのかもしれない。切なさは、甘い苦痛だ。その一方で、肉体の渇きを癒すためだけの女を求めたりもした。

わが手で殺めた蜂谷佳之に、ふと同情しそうになる。あの男も切なかったのだろう。どうしていいか判らず、ただ闇雲に恋した女を付け回したのだ。愚かで哀れだが、一抹の共感を覚える。

だが、彼は赦せない行為に及んだ。

――この俺をゆすりやがった。虫みたいなつまらん野郎が、この俺を。

――出会い系サイトで知り合った、いや、まだ知り合ったとも言えない女を殺してしまうとは、われながら罪なことをした。しかし、あれは相手にも落ち度があるんだ。

――この俺を、女に不自由している冴えない男のように扱いやがって。あんな目で、この俺を。

「証拠写真を撮った」と蜂谷は言ったが、それがはったりなのは判っていた。ホテルを出入りする際、奴はフラッシュを焚いていない。まともな写真が手許にあるはずがないのだ。それでも、恐喝を無視するわけには断じていかない。たとえ証拠がなくても、奴を敵に回せば、

「亀井という男が専門学校生殺しの犯人だ」と警察にたれ込むのは避けられない。せっかく捜査が暗礁に乗り上げているというのに、ここでそんな真似をされてはたまったものではない。

「ここで警察の方に会うんです」

伶奈が言った。

「会うって……今から?」

「はい。ムンさんやマーさんと三時に稽古場で打ち合わせがある、と言ったら、『ちょうどいい。あなたのお話を聞いた後で、亀井さんや伊能さんにもお目にかかりたい』と、あの太った警部さんが。それで私、早めにきたんです」

捜査が難航しているので、関係者にもう一度当たって回るのだろう。亀井は動揺しない。警察なんて恐れるに足りない。あの専門学校生の事件にしても、すでに迷宮入りの様相を呈しているのだから。

西洋の諺に言う。〈悪魔は絵に描かれているほど黒くはない〉。極悪な人間にも人間味は具わっている、という意だろう。それをもじって言ってやりたい。〈警察はドラマで描かれているほど優秀ではない〉。だから、こっそりと犯罪学者やら推理作家に助言を求めたりするのだ。嘆かわしいことだが、自分にとってはその無能さがありがたい。伶奈をストーカーから守っているうちに蜂谷に激烈な敵意を抱いたのではないか、と警察から勘繰られた場合のため、骨を折ってアリバイを偽装したが、そんなものは必要なかったのかもしれない。

「また犯罪学者の先生も一緒なのかな」

「くるそうです。……あの人、私に変なことを尋ねてきたんですよ。一昨日の夜遅くに、電話で」

まだトランクにこだわっているのか。間抜けな学者だ、と思いかけたのだが——

「ムンさんが鳥取駅で出迎えてくれた時、ホームのどのあたりにいたのか、とか。どんな荷物を持っていたのか、とか。私が座ったのは何号車のどのへんだったのか、とか。一番おかしかったのは、『姫路駅で新幹線から〈はくと〉に乗り換える時、あなたの後から走ってくる人に気づかなかったか?』という質問です。『後ろに目がついていないので判りません』と答えたんですけれど、変な質問ですよね。……どうかしましたか?」

「いや……」

いきなり頭から氷水を掛けられたような気がした。火村がどうしてそんな質問をしたのか、彼には理解できる。何ということか。あの学者は、トリックの核心に到達しているのだ。

——そう。君は、後ろなんかまるで気にしていなかった。乗り換え時間に余裕がない、と脅していたから、遅れまいと必死だったんだ。そうなることは見越していたし、もし何かの拍子に振り向いてもできるだけの距離を置いていたし、マフラーやリヴァーシブルのコートを活用した二番目のコスチューム・チェンジも万全だったから、君に、俺だと判ったはずがない。

隠されたもう一つのゲーム——亀井のアリバイ工作には、いくつか危険なポイントがあった。伶奈と距離を保ちつつ、決して〈はくと〉に乗り遅れてはならない、という姫路駅での乗り換えは、その急所の一つだったのだ。火村は、的確にそこを攻めてきた。

鳥取駅での出迎えについても疑っているらしい。亀井はホームで待っていたのではなく、伶奈より早く〈はくと〉から降りてきただけなのではないか、と。いたくなる。この調子だと、〈ラピートα9号〉のトイレから伶奈に掛けた電話についても、録音した蜂谷の声だと割れているかもしれない。

——そこまで突き止められているとしたら、実際の犯行時刻が朝早くだということも、俺がどんな乗り継ぎをしたのかも、すべてバレているか？

それはない、と信じたかった。

「他には、どんなことを訊かれた？」

「〈ラピート〉で受けた電話について訊かれました。本当に本人の声だったか、録音したものではないかって、気にしていたみたい。蜂谷さんの声だったことは間違いないんですけれど、テープじゃなかったか、と訊かれても答えられませんよ。ごく短い電話だったし、静かな場所で聞いたのでもありませんから」

「……他には？」

さすがに伶奈は怪訝そうな表情になった。やけに気にするんですね、と言いたげだ。

「それだけですよ。〈はるか〉に乗り換えた時、車内に不審な人物はいなかったか、と念を押されたぐらいです。一番しつこく訊かれたのは、姫路駅のことだったかしら」

「鳥取駅で会った時の僕の荷物にも興味があったんだろ？　どうしてだろうね」

「肩からバッグを提げていただけで、変わったものは持っていませんでしたよね。『それがどうかしたんですか？』と聞き返せばよかった」

「あの先生に疑われているのかな」

「どうしてムンさんが？　殺人の動機がありませんよ」

大ありなんだ、と告げたらどんな反応が返ってくるか観察したい衝動に駆られたが、もちろん口にはしない。伶奈の口許が、さらに何か問いたそうに、もごもごと動いた。蜂谷の遺体を小学校に放置した時、傍らの小屋で餌を貪(むさぼ)る兎たちがこんなふうに口を動かしていたのを思い出す。

――日曜日の昼までに遠出をしなくてはならない。用意できただけの金を渡すので、早朝に会いたい。

そんな申し出に、蜂谷はやすやすと引っ掛かった。彼の自宅近くに呼び出し、「これから人に会って金を受け取るので、同伴してくれ」と言うと、疑いもなく乗り込んできたので、あらかじめ下見をしておいた木津川べりの路上で車を停め、不意を衝いて殺害した。そして、かつて訪ねたことのある小学校の片隅に遺体を運んだ。そこならば月曜日の朝に発見されることが予測できて、好都合だったからだ。さすがに死体を剝き出しのまま放置するのは危険だから、兎小屋の陰に置いてビニールシートを掛けておいた。

その後、車を自宅に戻してから、蜂谷に扮して怜奈のストーカーとなり、〈ラピートα9号〉に乗り込む。そして、頃合を見計らって蜂谷の声を怜奈に聞かせて、彼の死が九時半よりも後であるかのように思い込ませることにひとまず成功した。すべては計画どおり進んだ——はずだった。

——怜奈は〈はるか12号〉の全乗客を見て回った。「そこに亀井が乗っていなかったか？」と刑事に尋ねられることがあったら、彼女は「いいえ」と答えてくれる。それでアリバイは完璧だったはずなのに。

亀井が姫路駅で〈はくと〉に乗り換えたことを、火村は見破ったらしい。気づかれたのだ。〈はるか12号〉に乗らずとも、〈はくと〉に追いつける方法がある、と。

見破られて、何の不思議もない。9時32分に関空にいた人間が、可及的すみやかに鳥取に進路を変えようとしたら、とるべき方法は一つではないか。蜂谷をからかうゲームをひと捻りした急ごしらえのアリバイ工作。それは、何ほどのものでもない。ストーカーを罠に嵌めている、と怜奈たちに思い込んでもらうことによって、当たり前の乗り継ぎを悟られないようにしただけなのだ。

　怜奈が足早に改札を抜け、真亜子に駈け寄るのを見送った亀井は、向かいのホームに停まっていた列車に乗り込んだ。9時35分発の〈ラピートβ58号〉だ。まさかストーカーが尾行対象の怜奈より先に蜻蛉返りをするとは、誰も予測できまい。〈ラピートβ58号〉の難波着は10時12分。蜂谷の扮装を駅前のゴミ箱に棄て、タクシーを新大阪駅に飛ばせば、10時42分発の〈ひかり369号〉を捕まえられる。亀は逃げる兎に追いつけたのだ。

　あまりにも当たり前の乗り継ぎ。

　盲点を衝いたつもりだが、〈ラピートα9号〉のストーカーが蜂谷ではなく、ゲームの立案者である亀井だと気づかれては万事休すだ。〈はるか12号〉より先に関空を離れる特急が存在することは、時刻表の〈空港への交通機関〉のページを調べればじきに判ることだ。

　——駄目なのか。アリバイという砦は、もう陥落したのか。

　まだ保っている、と最後まで信じたい。

　その時。

　ドアが開いた。まばゆい陽光を背にして、真亜子が微笑みながら現われる。

「遅くなってごめんなさい。ちょうどそこで刑事さんたちと一緒になって」

　女神の後ろに、見覚えのある顔がいくつも並んでいる。

　——逃げ切れないのか。

　火村と目が合った瞬間、亀井は肩をゆすって身顫いした。

（「ＪＲ時刻表」二〇〇三年二月号を使用した）

あとがき

収録作品はいずれも原稿用紙百枚から二百六十枚の長さなので、本書は中編集と呼ぶのがふさわしいかもしれない。

「不在の証明」は、少し捻ったアリバイ崩しもの。それが肩透かしと読者に取られるか、ひと工夫ありと加点してもらえるか、微妙なところだろう。私はこれまでに双子をトリックに用いた作品を何本か書いている。これからも書いてしまいそうだ。こういう表現は失礼かもしれないが、双子という存在は本格ミステリにとって、やはりおいしく感じられてならない。

なお、お断わりするまでもなく、作中に登場する通俗アクション作家にモデルはいない。

「地下室の処刑」のテーマは、言うまでもなく犯行の〈意外な動機〉だ。作中人物が語るとおり、かつて推理小説でも描かれたことがない利益を発見したつもりなのだが、さてどうだろう。書いている途中、法月綸太郎氏の傑作短編「死刑囚パズル」（『法月綸太郎の冒険』所収）が頭に浮かんだ。そちらで描かれるのは、絞首刑の執行直前に死刑囚が毒殺されるという謎で、動機の設定もさることながら、エラリー・クイーンばりのロジックを駆使した犯人探しが素晴らしかった。未読の方には強くお薦めしたい。

シャングリラ十字軍は本作に先立ち、「異形の客」（『暗い宿』所収）という中編でお目見得しているテロ集団だ。彼らと火村助教授は今のところすれ違っているが、いつか直接対決をする日がくる予感がしている。

「比類のない神々しいような瞬間」は、作品のラストで火村によって明かされるある事実に気づいたことから生まれた。その事実を何人かに話したところ、みんな実物を見て「あっ、本当ですね」と面白がってくれたものだから、何とか本格ミステリに仕立てられないものか、とあれこれ考えて形にしたのだ。賞味期限のあるアイディアなので、なるべく早めにお召し上がりください。

火村シリーズは、〈私＝アリス〉が語る一人称が基本形なのだが、この作品では彼の視点と別の人物の視点を交互に採用している。いくつかの効果を期待してのことながら、どの程度まで成功しているかは判らない。

これが「白い兎が逃げる」になると、〈私〉以外の視点が三つに増える。そうしないことには、読者に提供できない心理的データがあったためで、私がアリスの一人称に飽きているわけではない。

初出一覧にあるとおり、これは他の三作と違って、パソコン雑誌「週刊アスキー」に十六回にわたって連載された。某氏から「(パソコン音痴の)有栖川さんの小説があの雑誌に載っているのは……もごもご」と言われた時、すかさず「浮いてるでしょ」と爽やかに応えたものだ(いや、別に「週刊アスキー」は決まったタイプの小説だけを掲載するのではないのだけれど)。牛尾篤さんに素敵なイラストを描いていただいたおかげもあり、楽しい連載だった。

ストーカーをからめた〈見えにくい犯行動機〉と、鉄道を利用したトリックの二本立てになっている。関西国際空港が重要な舞台になっているのに、飛行機がまったくトリックに関係していない点がミソ……というほどのものでもないか。

本作は雑誌連載と連動して、ウェブサイト e-NOVELS (http://www.e-novels.net/) でも販売された。

これより謝辞です。

雑誌掲載時に大変お世話になった「ジャーロ」編集部の北村一男さん、「週刊アスキー」編集部の子田聖子さんには、あらためてお礼申し上げます。おかげでこんな本が作れました。

本書にチャーミングな〈顔〉を与えてくださった牛尾篤さんには、まずはお詫びをしなくてはなりません。個展の開催でご多忙の最中、無理なお願いをしてしまい、申し訳ありませんでした。深く感謝しております。

そして、本書をまとめてくれたノベルス編集部の鈴木一人（すずきかずと）さん。色々と面倒なことを言って、これまたすみませんでした。「もう一つご相談が……」と切り出した時に返ってきた「今日は（日本シリーズ第三戦で）阪神が勝ったから何でも聞いちゃう」のひと言には泣けた。また一緒にお仕事をしましょう。

そして、お読みくださったすべての方に――ありがとうございました。

二〇〇三年十月二十六日

有栖川有栖

文庫版あとがき

ノベルス版にこんな〈著者のことば〉を添えた。

かねてよりカッパ・ノベルスにお目見得する時は、ぜひとも鉄道の登場する本格ミステリで、と思っていました。／表題作が鉄道がらみの中編です。「時刻表はちょっと苦手で……」という方にも楽しんでいただけると思います。

カッパ・ノベルスといえば鉄道ミステリというイメージが私にはあったので、こんなことを書いたのだ。『点と線』（松本清張）、『新幹線殺人事件』（森村誠一）、『下り「はつかり」』等のアンソロジー（鮎川哲也・編）、『寝台特急殺人事件（ブルートレイン）』（西村京太郎）といった作品群のせいだろう。

できるなら、またの機会（この次とはかぎらないけれど）に、舞台が日本のあちらこちらにわたる長編の鉄道ものを、と思っている。ま、野望ですね。

文庫版の謝辞です。

わくわくするほど楽しい鉄道ミステリを書き続けていらっしゃる大先達に、思い切って解説をお願いしました。ご多忙の中、積年の希望をかなえてくださった辻真先先生に心より感謝いたします。どうもありがとうございました。

また、ノベルス版とは別の素敵なイラストをお描きいただいた牛尾篤さんにも深謝を。今回も個展のご準備でお忙しいところ、すみません。

そして、光文社文庫編集部の吉野陽さん。この次もよろしくお願いします。

二〇〇六年十一月一日

有栖川有栖

※文庫初刊時のあとがきを再録いたしました。

解説

辻 真先（作家）

　有栖川さんの作品はデビュー作である『月光ゲーム』以来、せっせと読ませてもらっているが、はじめて仕事をごいっしょしたのは——というと、なんだか合作でもやったような言いぐさだが——たしか鉄道ミステリについての座談会で、司会者を務めていただいたときであったと思う。そのときの出席者は、レールウェイ・ライターの種村直樹さん、東京女子大学教授（当時）で鉄道ファンの小池滋さん、それにぼくの三人であった。ぼくは驥尾に付した程度でも他のふたりは一流の鉄ちゃんだから、司会役は大変だろうと思ったらとんでもない。鉄道知識満タンの有栖川さんにびっくりしたことを、昨日のように覚えている。

　宮脇俊三さんの著作群が世に出るまで、大のオトナが汽車ポッポごときにうつつを抜かすのは情けない——そんな風潮がこの日本にははびこっていたけれど、鉄道は立派な大人の趣味と存在価値を認められるようになって、ぞくぞくと隠れ鉄道ファンが名乗りをあげるようになった。だが、ことミステリに関しては、『鉄道』はとっくの昔に市民権を獲得している。クロフツの昔にさかのぼらなくても、わが国には『ペトロフ事件』以後鉄道トリックの先鞭をつけた鮎川哲也さんがいた。いまも健筆を揮っている西村京太郎さんの膨大な著作群だって、多くが鉄道ミステリに分類できるだろう。

そんな中で鉄道に蘊蓄をお持ちでいながら、著作リストを一瞥すると、有栖川さんの鉄道ミステリは必ずしも多くないようだ。表題が『マレー鉄道の謎』とあった長編を、それっとばかりに読んだことがある。あの密室解明にはみごとしてやられて大いに堪能したのだけれど、ぼくが勝手に想像した鉄道ミステリとは違っていた。だから今回の作品集でタイトルに使われた「白い兎が逃げる」は、著者本人が「鉄道がらみの中編です」と名乗っているだけに、絶大な期待を抱いて読み——そしてまた、してやられたのである。

いやあ、ミステリ読者というのはおかしな心理状態にあるもので、騙されまいと眉に唾をつけて読む癖に、見ン事騙されるとスカッとした気分になって、快感さえ覚えるのだ。良きミステリ読者には、M性が要求されるのかもしれない。

もっともこれだけミステリの読者層が広がると、時刻表を見るだけで頭痛を起こす人もいるだろう。それについて著者はちゃんと配慮済みだ。解説のマナーとしてトリックのヒントを口にすることはできないが、時刻表の読み方なぞ知らなくても、犯人の詭計はきっちり理解できる。

ぼくは時刻表が愛読書のひとつなのに、ころっと騙された。いやはや。かつての鉄道ダイヤには、列車の追い抜きあり分割併合あり、編成にさまざまな仕掛けがあったので、ミステリのトリックに援用しやすかった。「L特急なぞという代物が登場してから、うま味がなくなった。昔はよかった……」なぞとほざく年寄りのミステリライターもいるが、鉄道ミステリ「白い兎が逃げる」を読めばそんな遅れたライター（あ、ぼくのことでしたか？）は、脱兎の如く逃げ出すに違いない。

鉄ちゃんの端くれとして、つい「白い兎……」ばかりまな板に載せたけれど、もうひとつの読みどころとしてはこの作品が〝中編〟ということだ。

〝著者畢生の力作、〇〇〇枚の大長編！〟……と売り出すミステリも、〝汲めども尽きぬ珠玉の短編集！〟……と声を張るミステリも、むろん得難い。量感たっぷり、ドンデン返しに次ぐドンデン返しで読者を手玉にとったり、鮮やかに切って落とした結末で読者をあっといわせるのも、共にミステリの醍醐味だが、さてその狭間にある中編は難しいものだ。分量で圧倒するにも切れ味で唸らせるにも、中途半端な長さであろうから。上梓される長編や短編集に比べ、中編の出番が少ない理由もそこにありそうだ。雑誌の売り物にしようにも一挙掲載には長すぎ、単行本として上梓するには短すぎる。

だが書き手の側から見れば、中身に見合う器の大きさという問題がある。水増しでも駆け足でもなく、それが考え抜かれた内容にふさわしい枚数であるのなら、中編はボリュームと幕切れ双方のいいとこどりができるはずだ。「白い兎……」がトリックを生かすための人物造形と、物語の奥行きに配慮できたのは、この長さあってのことだ。中編ミステリならではの面白さを味読していただきたい。

メインタイトルに使われた「白い兎……」の他、本書には三作の短編ミステリが盛り込まれている。目次を読んで、タイトルだけでも（面白そう！）と思わせるところが、作者の腕の冴えといっていい。

まず「不在の証明」である。不在証明ではない、不在〝の〟証明だ。これまた時刻表を持ち出して、アリバイ崩しに苦心する描写があるのだが――そして確かにこの作品は〝珠玉〟のアリバイ小説なのだが――ああしんどいねえ、解説でトリックに言及できないというのは！ とわかりきった愚痴をこぼしたくなるミステリなのだけれど。

……どうです？ 本文を読むより先に解説から目を通しているあなた、読みたくなったでしょう。実際にぼくもそうだった。そして読後の気分は、ぼくが保証する。そんな資格はないといわれればそれまでだけれど、解説者の権威を笠に着て保証しよう。

「地下室の処刑」は凝りに凝った設定だ。まずその話作りに敬服したが、感心するばかりでは解説にならないので、一言ふた言つけくわえてみる。物語の牽引役である刑事をこんな形で舞台に引っ張りだしたことに驚き、また納得した。いくつか殺人小説を書いているわりに、ぼくの話の中では、刑事がまっとうな形で扱われたことはきわめて少ない。警察が嫌いで書かないというより、よく知らないから書けないのだ、きっと。それにぼくのミステリには、事件に際して警察が展開するような、科学技術とシステムの粋を尽くした捜査場面は似合わない。だから敬遠するばかりなのだが、刑事をシンにしてもこんなひねった設定ができるのなら、いっそパクりたくなるほどだ。あ、もちろん本気にしないでくださいね、みなさん。

そして据えられた根幹の謎。その解決のなんと魅力的で鮮やかなこと。ああ、〝動機〟にはまだこんな手があったのか。ぼくはもちろん、読者の大半が気づかなかったであろう動機、それも決して持って回ったこじつけのような代物ではないから、その一点を衝かれてウーヌと天を仰ぐしかなかった。

鮮やかということでは、もう一編の「比類のない神々しいような瞬間」も負けていない。ぼくには希有なケースなのだが、作者が提示したダイイングメッセージについては、（ははあ、アレだろうきっと）……ほぼ予想をつけることができた。にもかかわらず、最後で示される犯人追及の決まり手は、ぼくごときの想像を絶した。

あっ……そーゆーことか！　まことに気分よくしてやられた。

ときどき思うことがある。同業のはずのミステリ屋のぼくだ、こんな局面で（なるほど、そうきましたか……）にこにこ笑っているようではダメだ、とうていまともな作者にはなれやしないと、反省したくなるのだが、しかし。――またこうも考えるのだ。作者としてより読者としてのキャリアが長いだけに、ぼくはこんなとき見事なほど素直で単細胞で純粋に、ミステリの楽しみに喉を鳴らしてしまう。作者の意地なんざ、どうだっていい。面白いミステリをみつけたら、一読者として大喜びのあげく他の人に吹聴する。伝道師なぞという大層な代物になるつもりはない、みんなといっしょにミステリの神輿を担いで、ワイワイ騒いで跳ね回りたい！　そのレベルなんだなあ、そう思う。

そしてこの有栖川作品集は、そんなぼくが舌なめずりして賞味させてもらった一冊である。とあらためて保証したところで、ぼくの解説を終わらせてもらおう。

※文庫初刊時の解説を再録いたしました。

有栖川有栖 著作リスト（2023年6月現在）

★…火村英生シリーズ　☆…江神二郎シリーズ
●空閑純シリーズ　▲濱地健三郎シリーズ

〈長編〉

月光ゲーム Yの悲劇'88☆　東京創元社('89)／創元推理文庫('94)

孤島パズル☆　東京創元社('89)／創元推理文庫('96)

マジックミラー　講談社ノベルス('90)／講談社文庫('93、'08)

双頭の悪魔☆　東京創元社('92)／創元推理文庫('99)

46番目の密室★　講談社ノベルス('92)／講談社文庫('95)

ダリの繭★　角川文庫('93)／角川書店('99)

海のある奈良に死す★　双葉社('95)／角川文庫('98)／双葉文庫('00)

スウェーデン館の謎★　講談社ノベルス('95)／講談社文庫('98)

幻想運河　実業之日本社('96)／講談社ノベルス('99)／講談社文庫('01)／実業之日本社文庫('17)

朱色の研究★　角川書店('97)／角川文庫('00)

幽霊刑事（デカ）　講談社('00)／講談社ノベルス('02)／講談社文庫('03)／幻冬舎文庫('18)

マレー鉄道の謎★　講談社ノベルス('02)／講談社文庫('05)

虹果て村の秘密（ジュヴナイル）　講談社ミステリーランド('03)／講談社ノベルス('12)／講談社文庫('13)

乱鴉（らんあ）の島　新潮社('06)／講談社ノベルス('08)／新潮文庫('10)

女王国の城☆　創元クライム・クラブ('07)／創元推理文庫('11)

妃は船を沈める★　光文社('08)／光文社カッパ・ノベルス('10)／光文社文庫('12)

闇の喇叭●　理論社('10)／講談社('11)／講談社ノベルス('13)／講談社文庫('14)

真夜中の探偵●　講談社('11)／講談社ノベルス('13)／講談社文庫('14)

論理爆弾●　講談社('12)／講談社ノベルス('14)／講談社文庫('15)

鍵の掛かった男★　幻冬舎('15)／幻冬舎文庫('17)

狩人の悪夢★　KADOKAWA('17)／角川文庫('19)

インド倶楽部の謎★　講談社ノベルス('18)／講談社文庫('20)

捜査線上の夕映え★　文藝春秋('22)

〈中編〉

まほろ市の殺人 冬　蜃気楼に手を振る　祥伝社文庫('02)

〈短編集〉

ロシア紅茶の謎★　講談社ノベルス('94)／講談社文庫('97)
山伏地蔵坊の放浪　東京創元社('96)／創元推理文庫('02)／角川ビーンズ文庫('12)
ブラジル蝶の謎★　講談社ノベルス('96)／講談社文庫('99)
英国庭園の謎★　講談社ノベルス('97)／講談社文庫('00)
ジュリエットの悲鳴　実業之日本社('98)／実業之日本社ジョイ・ノベルス('00)／角川文庫('01)／実業之日本社文庫('17)
ペルシャ猫の謎★　講談社ノベルス('99)／講談社文庫('02)
暗い宿★　角川書店('01)／角川文庫('03)
作家小説　幻冬舎('01)／幻冬舎ノベルス('03)／幻冬舎文庫('04)
絶叫城殺人事件★　新潮社('01)／新潮文庫('04)
スイス時計の謎★　講談社ノベルス('03)／講談社文庫('06)
白い兎が逃げる★　光文社カッパ・ノベルス('03)／光文社文庫('07)
モロッコ水晶の謎★　講談社ノベルス('05)／講談社文庫('08)
動物園の暗号★☆　岩崎書店('06)
壁抜け男の謎　角川書店('08)／角川文庫('11)
火村英生に捧げる犯罪★　文藝春秋('08)／文春文庫('11)
赤い月、廃駅の上に　メディアファクトリー('09)／角川文庫('12)
長い廊下がある家★　光文社('10)／光文社カッパ・ノベルス('12)／光文社文庫('13)
高原のフーダニット★　徳間書店('12)／徳間文庫('14)
江神二郎の洞察☆　創元クライム・クラブ('12)／創元推理文庫('17)
幻坂　メディアファクトリー('13)／角川文庫('16)
菩提樹荘の殺人★　文藝春秋('13)／文春文庫('16)
臨床犯罪学者・火村英生の推理 密室の研究★　角川ビーンズ文庫('13)

臨床犯罪学者・火村英生の推理 暗号の研究★
角川ビーンズ文庫('14)
臨床犯罪学者・火村英生の推理 アリバイの研究★
角川ビーンズ文庫('14)
怪しい店★　KADOKAWA('14)／角川文庫('16)
濱地健三郎の霊(くしび)なる事件簿▲　KADOKAWA('17)／角川文庫('20)
名探偵傑作短篇集 火村英生篇★　講談社文庫('17)
こうして誰もいなくなった　KADOKAWA('19)／角川文庫('21)
カナダ金貨の謎★　講談社ノベルス('19)／講談社文庫('21)
濱地健三郎の幽(かくれ)たる事件簿▲　KADOKAWA('20)／角川文庫('23)
濱地健三郎の呪(まじな)える事件簿▲　KADOKAWA('22)

〈エッセイ集〉
有栖の乱読　メディアファクトリー('98)
作家の犯行現場　メディアファクトリー('02)／新潮文庫('05)
迷宮逍遥　角川書店('02)／角川文庫('05)
赤い鳥は館に帰る　講談社('03)
謎は解ける方が魅力的　講談社('05)
正しく時代に遅れるために　講談社('06)
鏡の向こうに落ちてみよう　講談社('08)
有栖川有栖の鉄道ミステリー旅　山と溪谷社('08)／光文社文庫('11)
本格ミステリの王国　講談社('09)
ミステリ国の人々　日本経済新聞出版社('17)
論理仕掛けの奇談　有栖川有栖解説集　KADOKAWA('19)
／角川文庫('22)

〈主な共著・編著〉
有栖川有栖の密室大図鑑　現代書林('99)／新潮文庫('03)
／創元推理文庫('19)
＊有栖川有栖・文／磯田和一・画
有栖川有栖の本格ミステリ・ライブラリー　角川文庫('01)
＊有栖川有栖・編
新本格謎夜会　講談社ノベルス('03)
有栖川有栖の鉄道ミステリ・ライブラリー　角川文庫('04)

＊有栖川有栖・編

大阪探偵団　対談 有栖川有栖 vs 河内厚郎　沖積舎('08)

＊河内厚郎との対談本

密室入門！　メディアファクトリー('08)
／メディアファクトリー新書('11)(密室入門に改題)

＊安井俊夫との共著

図説 密室ミステリの迷宮　洋泉社 MOOK('10)
／洋泉社 MOOK('14 完全版)

＊有栖川有栖・監修

綾辻行人と有栖川有栖のミステリ・ジョッキー①　講談社('08)
綾辻行人と有栖川有栖のミステリ・ジョッキー②　講談社('09)
綾辻行人と有栖川有栖のミステリ・ジョッキー③　講談社('12)

＊綾辻行人との対談＆アンソロジー

小説乃湯　お風呂小説アンソロジー　角川文庫('13)

＊有栖川有栖・編

大阪ラビリンス　新潮文庫('14)

＊有栖川有栖・編

北村薫と有栖川有栖の名作ミステリーきっかけ大図鑑
ヒーロー＆ヒロインと謎を追う！
第１巻 集まれ！　世界の名探偵
第２巻 凍りつく！　怪奇と恐怖
第３巻 みごとに解決！　謎と推理　日本図書センター('16)

＊北村薫との共同監修

おろしてください　岩崎書店('20)

＊市川友章との絵本

【初出】
不在の証明　「ジャーロ」二〇〇一年冬号
地下室の処刑　「ジャーロ」二〇〇一年秋号
比類のない神々しいような瞬間　「ジャーロ」二〇〇二年秋号
白い兎が逃げる　「週刊アスキー」二〇〇三年七月二十九日号〜二〇〇三年十一月十八日号に連載

二〇〇三年十一月　カッパ・ノベルス（光文社）刊
二〇〇七年一月　光文社文庫刊

光文社文庫

本格推理小説
白い兎が逃げる　新装版
著者　有栖川有栖

2023年6月20日　初版1刷発行

発行者　三宅貴久
印刷　萩原印刷
製本　ナショナル製本

発行所　株式会社　光文社
〒112-8011　東京都文京区音羽1-16-6
電話（03）5395-8147　編集部
8116　書籍販売部
8125　業務部

ISBN978-4-334-79542-9　Printed in Japan

組版　萩原印刷

光文社文庫最新刊

夢を釣る　決定版　吉原裏同心(30)	佐伯泰英
山よ奔(はし)れ	矢野　隆
傾城(けいせい)　徳川家康	大塚卓嗣
光る猫　はたご雪月花(五)	有馬美季子
江戸のいぶき　藤原緋沙子傑作選(二)	藤原緋沙子　菊池仁・編
殺しは人助け　新・木戸番影始末(六)	喜安幸夫

光文社文庫　好評既刊

一年四組の窓から　あさのあつこ
明日になったら　あさのあつこ
不自由な絆　朝比奈あすか
奇譚を売る店　芦辺拓
楽譜と旅する男　芦辺拓
おじさんのトランク　芦辺拓
松本・梓川殺人事件　梓林太郎
信州・善光寺殺人事件　梓林太郎
小倉・関門海峡殺人事件　梓林太郎
悪漢記者　安達瑶
鄙の聖域　安達瑶
天国と地獄　安達瑶
名探偵は嘘をつかない　阿津川辰海
星詠師の記憶　阿津川辰海
透明人間は密室に潜む　阿津川辰海
太閤下水　姉小路祐
もう一人のガイシャ　姉小路祐
凜の弦音　我孫子武丸
境内ではお静かに　縁結び神社の事件帖　天祢涼
境内ではお静かに　七夕祭りの事件帖　天祢涼
おくりびとは名探偵　天野頌子
四十九夜のキセキ　天野頌子
怪を編む　アミの会(仮)
みどり町の怪人　彩坂美月
神様のケーキを頬ばるまで　彩瀬まる
黒いトランク　鮎川哲也
憎悪の化石　鮎川哲也
風の証言　増補版　鮎川哲也
死のある風景　増補版　鮎川哲也
翳ある墓標　鮎川哲也
白の恐怖　鮎川哲也
死者を笞打て　鮎川哲也
りら荘事件　増補版　鮎川哲也
黒い蹉跌　鮎川哲也